JAHVALANDIA
ONNEN ETSIJÄ

Timo Vataja

JAHVALANDIA
ONNEN ETSIJÄ

© 2024 Timo Vataja
Kustantaja: BoD · Books on Demand GmbH, Helsinki, Suomi
Kirjapaino: Libri Plureos GmbH, Hampuri, Saksa
ISBN: 978-952-80-8462-4

1. JAHVALANDIA

Juhlasalin eturivissä istui kaksikymmentä eriskummallista ja erinäköistä otusta. Yhteinen piirre niillä kaikilla oli, että hiki valui ruumiista aiheuttaen pienen hajuongelman juhlaväen sieraimiin. Sali oli täynnä. Lähes 3000-päinen juhlaväki istui hiljaa ja kehot jännittyneinä. Eturivissä oli vastavalmistuneita jahvanauttikokelaita odottaen tuomiota, olisiko heidät hyväksytty jahvanauteiksi. He olivat muuntautuneet kunkin kohdeplaneettansa olioksi, josta syystä heillä jokaisella oli erilainen ulkomuoto. Jahvanautti 2019-6, lempinimeltään Juise oli yksi eturivissä hikoilevista kokelaista. Kenelläkään ei ollut vielä tietoa, olisiko läpäissyt pitkän koulutuksen ja pääsisikö kohdeplaneettaan suorittamaan isänmaallisia velvollisuuksia.

Jahvalandia sijaitsee muutamien valovuosien päässä Tellus nimisestä planeetasta, joka myös Maapallona tunnetaan. Jahvalandia on satojatuhansia vuosia edellä maapallon kulttuuria ja teknologiaa. Kehitys on mennyt niin pitkälle, että kaikki luonnonvarat on kulutettu loppuun ajat sitten. Tämä on luonut tarpeen matkustaa muille planeetoille ja komeettojen pinnoille hankkimaan elämää ylläpitävää hyvinvointia.

Jahvalandia muistuttaa – kuten nimikin viittaa – appelsiinin kuorta, koska sen uloimmasta kuoresta on ajat sitten hävinnyt kaikki kasvillisuus ja vesi. Kaikki elämä planeetalla tapahtuu pääasiassa kuoren alla, jonne on rakennettu koko planeetan kattava elinympäristö.

Teknologian ansiosta planeetalta ei näyttäisi ensi silmäyksellä puuttuvan mitään. Planeetan asukkailla eli jahvalandialaisilla on mahdollisuus teknologian avittamana tehdä lähes

5

kaikkea mahdollista. Täydellinen mahdollisuus kloonata lähes mikä esine, asia tai elollinen olio on erittäin näppärä ominaisuus. Työtä ei myöskään juuri tarvitse tehdä, koska teknologian ansiosta kaikki mahdollinen on saatavissa vain ajatuksen voimalla. Ruoan tarve on minimoitunut ajan ja evoluution myötä, joten syödä ei tarvitse läheskään niin paljon kuin maapallolla on tapana syödä. Ruokakulttuuri on käytännössä hävinnyt Jahvalandiasta. On vaan turhaa syödä kaiken maailman erilaisia ruokia, kun ravinnontarpeen voi helposti tyydyttää pienellä kapselilla. Sen verran kulinarismia kuitenkin vielä on olemassa, että ruokakapseleita on erikokoisia ja värisiä. Maku kapseleissa vähän vaihtelee, tämän verran on turhamaisuudelle jätetty jalansijaa.

Vaikka Jahvalandia elää näennäisesti ihannetilassa ja elo on lähes paratiisinomainen, jotain sieltä kuitenkin puuttuu. Elämän ilo planeetalla on hiipunut ja kaikki tuntuu arkisen harmaalta. Väki ei enää tunnu muistavan tuhansien vuosien takaista elämää planeetalla, missä vallitsi täysin erilaiset olosuhteet. Tuohon aikaan oli olemassa vielä iso kirjo eri heimoja. Planeetan pinta oli rehevää, monivivahteista ja asumiseen hyvin soveltuvaa. Väestö tunsi myös kaikenlaisia tunteita, jotka ovat ajan myötä vaipuneet unholaan: viha, rakkaus, kateellisuus, katkeruus, ilo, suru. Nykyään vallitseva tunnetila planeetalla on harmonia. Tämä harmoninen olotila on - suoraan sanoen - alkanut tuomaan monelle asukkaalle ahdistuneisuutta. Kaikki positiiviset tuntemukset ovat taaksejääneitä. Tähän planeetalla ollaan nyt johtohenkilöiden taholta havahduttu ja päätetty tarmokkaasti puuttua.

Jahvalandian hallinto ja johtaminen on eriytynyt tietynlaiseksi. Ylintä valtaa pitää Iso-Jahva. Iso-Jahvalla on apunaan ministeriöitä. Iso-Jahva on yli 2000 vuotta vanha. Hän on nähnyt kaikenlaista planeetan historiassa. Muistikuvat eivät kuitenkaan kanna niihin aikoihin, jolloin vallitsi myös positiivisia tunnetiloja. Siksi Iso-Jahva on päättänyt lähettää JMM:stä (Jahvalandian Matkustus Ministeriö) koulutetun jahvanautin johonkin lähiavaruuden planeetalle keräämään esineitä, asioita, tietoa ja tunnetiloja, joilla saataisiin Jahvalandian elämään jälleen positiivisuutta.

Jahvanautti Juisella on ikä 900 vuotta. Vähän aikaa sitten hän hikoili juhlaseremonioissa ja sai vihdoin huojentavan tiedon, että hänet oli hyväksytty jahvanautiksi. Koulutus kesti noin 60 vuotta. Se piti sisällään monia asioita, joita galaksien välisessä matkustamisessa on tarpeen hallita. Alusta sinänsä on helppo ohjata, asetetaan vain määränpääkoordinaatit, jonka jälkeen laitetaan nukkumaan. Nukkumista harjoitellaan sitäkin enemmän. Unen aikana tulee tehdä kaikenlaisia harjoitteita, jotta toimintavire määräpäässä olisi mahdollisimman hyvä. Välillä pitää myös herätä ja jaloitella. Alus kulkee lähes valonnopeutta, joten se luo myös erinäisiä haasteita, joita tulee pystyä käsittelemään matkan aikana. Ehdottomasti suurin aika koulutuksessa vierähtää muuntumiskouluttautumisessa. Jahvanautin tulee pystyä muuntautumaan kohdeplaneetan asukkaaksi nopeasti ja tavalla, jossa kohdeplaneetan asukkaat eivät kykene tunnistamaan kohtaamaansa jahvanauttia toisen planeetan muukalaiseksi. Jahvanautin tulee kyetä kommunikoimaan myös usealla eri kielellä. Hänellä tulee olla perustietämys kohdeplaneetan nykyoloista, tavoista ja maantiedosta. Kaikkea jahvanautin ei tarvitse kuitenkaan muistaa ulkoa, sillä hänellä on apunaan "Jaafle". Kyseessä on hakukone, jolla voi jaaflata ja etsiä tietoa kyseisestä planeetasta. Jaaflen huono puoli on kuitenkin se, että siihen ei voi täysin luottaa ja joskus se antaa myös väärää tietoa. Käyttöliityntä Jaafleen on kuitenkin erinomainen. Sitä voi käyttää monella tapaa, mutta ehkä paras tapa on käyttää sitä ajatuksen voimalla.

2. MATKA

Kohdeplaneetaksi oli valikoitunut jo ajat sitten kaukainen sinisenhohtava upea planeetta, nimeltään Tellus, Maapalloksikin useasti kutsuttu. Telluksella oli käyty aiemminkin. Aiemmilla matkoilla oli lähinnä tarkkailtu, missä kehitysvaiheessa planeetta on ja voisiko sieltä oppia jotain. Teknologisesti se on kuitenkin vielä takapajula, joten teknisessä mielessä sieltä ei ole saatu juurikaan mitään oppia. Muutama aiempi jahvanautti olikin jättänyt kokeeksi erinäisiä teknisiä esineitä ja asioita Tellukselle. Tarkoituksena oli saada selville, miten nopeasti teknistyminen kehittyisi, jos heitä jonkin verran avitettaisiin. Einstein ja Torvalds olivat mm. tällaisia kohdehenkilöitä, joille oli jätetty vihjeitä. Einsteiniin otettu yhteys meni melkolailla pieleen, kun jahvanauttimme tapasi maanasukas Albertin ja antoi hänelle kaavan, jolla voisi lentää valon nopeudella. Näin Albert voisi tulla vastavierailulle Jahvalandiaan. Homma kusi jo heti kättelyssä. Jahvanautti oli tekeytynyt toiseen kuuluisista ilmailuajan Wrightin veljeksistä, Wilburiksi. Kun jahvanautti tapasi Albertin ja sanoi hänelle huonolla murteellaan: "Meitä on Jenkeissä kaksi tutkijaa (Wright and Wright). Olemme kehitelleet nopeaa menopeliä. Emää-se-toinen oo vaan mä oon se ensimmäinen, Wilbur". No, Albertti alkoi heti höpöttämään jostain $E=MC2$ kaavasta ja meni ihan transsiin. Yritä siinä sitten myydä hänelle valon nopeudella kulkevan menopelin kaavaa. Toinen yhteydenotto Linuksen kanssa oli sitten hedelmällisempi. Hän kehitti tapaamisen jälkeen käyttöjärjestelmän, jonka jahvanautti kopioi seuraavalla matkalla. Linux käyttöjärjestelmä onkin syrjäyttänyt viime aikoina JahvaxOS:n Jahvalandiassa. Nähtäväksi jää, mitä Juise tulee jättämään

Tellukselle, josta voisi kehkeytyä jotain hyvää sekä Tellukselle että opiksi Jahvalandialle. Aiemmilla matkoilla Tellukselle on tehty myös erinäisiä henkilökokeita. Kokeiden tarkoituksena on ollut tutkia, saisiko geenimuunnoksilla aikaiseksi Jahvalandian kansalaisille positiivisia tunteita, joita heillä ei enää ole. Jahvanautit antoivat mm. Adolf Hitler, Donald Trump ja Vladimir Putin nimisille satunnaisille ihmislapsille DNA pistoksen heidän syntyessään, jolla heidän DNA-perimäänsä hieman muunneltiin. Maasta kantautuneiden tietojen mukaa kyseiset kokeilut eivät ole olleet kuitenkaan kovinkaan rohkaisevia. Mutta näistä tuloksista ei Juise tulisi lannistumaan, vaan hän tulisi tekemään mahdollisesti uusia DNA-kokeiluja matkansa aikana.

Kolme, kaksi, yksi, nolla, pam. Näin avaruusalus lähti kohti Tellusta. Usea valovuosi tulisi vierähtämään matkaan ja Juise saisi viettää omaa aikaansa aluksella. Matkaan lähti vain yksi jahvanautti, koska ruumatilaa haluttiin säästää mahdollisimman paljon maapallolta tuotaville esineille, asioille ja tunnetiloille. Ei ollut mitään käsitystä, kuinka paljon tilaa esimerkiksi veisi positiivisuus-niminen tunnetila aluksen tiloista. Tästä syystä päätettiin ottaa varman päälle ja säästää kaikki ylimääräinen tila.

Juise oli jo jonkin aikaa vaihtanut arkipuheensa maapallon kielille, jotta sisäistäisi kielen mahdollisimman hyvin. Hankaluutena on kuitenkin ollut kielten valtava määrä ja monivivahteisuus. Näiden kaikkien kielten opetteluun hänellä toki on paljon aikaa pitkän matkansa aikana. Matkavauhti on noin 250 000 kilometriä sekunnissa ja suurimman osan aikaa Juise on ajatellut nukkua. Mutta aina välillä herätessään hän on päättänyt päntätä lisää maapallon eri kieliä, jotta kommunikoinnissa tulisi mahdollisimman vähän ongelmia. Koulutuksessa oli kerätty joitain hyödyllisiä sanoja ja sanontoja, joita jahva-

9

nautin tulisi opetella, jotta pärjäisi maassa small-talkkia puhuen maan asukkaiden kanssa. Tässä muutamia: "Tämä on pieni askel ihmiselle, mutta suuri harppaus ihmiskunnalle", "kiitos", "perkele", "oho", "ompas säitä pidellyt..", "hou hou, onkos kilttejä lapsia?", "Carloksen auto syttynyt palamaan! Nii? Mitäää... Mitä!!?", "fifti-siksti", "olen berliiniläinen", "ei auta itku markkinoilla". Juise oli jo innoissaan päästäkseen käyttämään opettelemiaan sanontoja ja uusia kieliä maan asukkaiden kanssa, vaikka hän ei täysin vielä sisäistänyt, missä tilanteessa ja missä kohtaa kutakin sanaa ja sanontaa tulisi käyttää.

Matka alkoi olla jo lopuillaan ja sininen täplä avaruudessa suureni suurenemistaan. Aluksen automatiikka oli jo hyvän aikaa sitten vähentänyt matkavauhtia valonnopeudesta ykkösvaihteelle, joka sekin körötteli alusta runsaan 2000 kilometrin sekuntivauhtia. Alus oli juuri Saturnuksen renkaita ohittamassa, kun Juise heräsi unesta valmistautuakseen maan kohtaamiseen. Piti käydä kusella ja syödäkin jotain, jotta olisi virkeä laskeutumaan johonkin maan kolkkaan. Ja tosiaan, nythän alkoi olla aika valita, mihin maahan hän laskeutuisi ensimmäisenä. Tätä ei JMM ollut määritellyt hänelle etukäteen, vaan Juise sai itse valita matkareittinsä ja vierailemiensa maiden kohteet parhaaksi katsomallaan tavalla. Hän tunsi oikein luissa ja ytimissä näin suuren vastuun saamisen matkan suunnittelussa. Tärinä meni läpi kehon moista kunniaa miettiessään. Tärinän loputtua kehossa hänellä alkoi kuitenkin lyödä tyhjää päässä.

- *Mihin hittoon sitä oikein laskeutuisi ensimmäisenä?*

Juise pohdiskeli kuumeisesti.

Alus alkoi olla jo niin lähellä maata, että päälle piti laittaa visuaalisen havainnoinnin ja tutkan häivyttävä VITU-systeemi. Kyseinen systeemi häivyttää aluksen täysin maan alkeellisten laitteiden ulottumattomiin. Ei näe tutka mitään, ei näe kaukoputki mitään, ei näe satelliitti mitään. Kaikki on piilossa uteliaiden maan asukkaiden havainnoinnilta.

- *Nyt on oiva mahdollisuus laskeutua näkymättömästi aluksella mihin maan kolkkaan tahansa, kunhan vain perkele tietäisi, mihin laskeutua,* Juise mietti itsekseen.

Viimeisen kuittauksen Juise teki vielä Jahvalandian matkanseuranta-koordinaatioryhmälle:

- Laitoin VITUn päälle ja olen nyt lähestymässä maata. Kommunikointi teidän kanssa nyt hankaloituu, kun saavun maan ilmakehään.

- *Tiedä vaikka tämä lause jäisi Jahvalandian avaruushistorian yhdeksi kuuluisimmista lauseista tulevaisuudessa.* Juise aprikoi.

Näihin ajatuksiin vaipuneena Juise alkoi keskittyä laskeutumiseen johonkin tuntemattomaan kohtaan maanpalloa.

3. USA

Paljon maapallon historiaa opetelleena Juiselle oli tullut selväksi, että USA on planeetan johtava valtio, joten se olisi luonnollinen aloitusmaa – "tartutaan suoraan härkää sarvista ja tyhjennetään pajatso". Nämä sanonnat olivat Juiselle tuttuja fraasienopettelukurssilta, jotenkin niiden sanomin tähän kohtaa tuntui oikealta. Alus suuntasi kohti USA:n itärannikkoa illan hämärtyessä. Maan valaistus paljasti, että kannattaisi suunnata itärannikon yläosiin, koska siellä tuntui olevan eniten valoja päällä ja näin ollen eniten ihmisiä hereillä, joiden kanssa voisi alkaa hieroa lähempää tuttavuutta. Alus laskeutui pehmeästi New York nimisen kaupungin laidalla olevalle hiljaiselle kukkulalle. Laskeutumispaikka oli autio, eikä ristin sielua näkynyt paikalla – täydellinen ensikosketus maahan! Kukkula sijaitsi noin 20 kilometrin päässä kaupungin keskustaa. Laitakaupungin kortteleihin olisi vähemmän matkaa. Etäisyys ei kuitenkaan ollut ongelma Juiselle, koska hänellä oli Jahvalandian edistyksellinen teknologia puolellaan. Hän pystyisi liikkumaan todella sukkelaan verrattuna hitaisiin maan kansalaisiin.

Nyt hänen olisi aika täyttää lupauksia eli alkaa kerätä tietoa ja tavaroita maasta. Tarkoitus olisi löytää positiivisia asioita, esineitä – mitä vaan millä Jahvalandian harmaa arki saadaan muutettua. Jo jahvanautin koulutuksessa painotettiin, että parhaat paikat tiedustella ja tarkkailla maan asukkaita ovat tilaisuudet, jossa ihmiset ovat kokoontuneet yhteen ja missä heillä on rentoutunut olo. Näin heidän mielipiteisiinsä ei sekoitu mitään valmiiksi opeteltuja litanioita. Näissä olosuhteissa aidot kommentit ja mielipiteet suorastaan tulvivat ja pursuavat ihmisten suusta. Tällaisiksi paikoiksi koulutuksessa listattiin mm. ravintolat ja pubit. Siellä tarjoillaan nestettä, joka saa ihmiset rennompaan tunnetilaan, joka irrottelee myös heidän puhehermojaan. Eli ei muuta kuin pubia etsimään! Juise surffasi Jaaflella, etsien oikean näköistä olomuotoa ja vaatetusta. Nopeasti löytyi standardinnäköinen kuva USA:n kansalaisesta rennossa pubivaatetuksessa, jota Juise pystyi käyttämään mallina muuntumiseen.

Kuvan henkilöllä oli päällään vaaleansiniset tiukahkot farmarihousut, jalassaan teräväkärkiset nahkasaappaat sekä ylävartalossaan valkoinen paita, jonka päällä oli vielä sininen liivipusero. Juise teki pari kohdennettua ajatusta, joilla pystyi muuttamaan ulkonäköään silmän räpäyksessä – box bum – ja muodon muutos tapahtui. Juise on normaalisti ilman karvoja Jahvalandiassa, mutta nyt tuli päälaelle ja leukaan jotain karheaa karvaa, se tuntui aika oudolta. Myös vaatteet tuntuivat jonkin verran kiristävän, Jahvalandiassa kun ei pidetä mitään vaatteita, koska ei ole tarve sellaiselle turhalle ylellisyydelle.

- *No, kaipa näihin vaatteisiin ja tähän olomuotoon tottuu aikanaan. Hieman nämä vaatteet tuntuvat kiristävän jalkovälistä, mutta kaippa näillä mennään. Voisi ehkä tulla maan asukkailla sanomista, jos minulla ei olisi näitä vaatteita ollenkaan päällä,* mietiskeli Juise.

Nyt kaikki alkoi olla valmista ensimmäisen asteen yhteyteen maan asukkaiden kanssa – vaatteet ovat tip top, puhekieli on valittu jenkkikieleksi, ei muuta kuin pubia etsimään. Jälleen ajatusta kehiin, ja suit sait ajatuksen voimalla Juise oli New Yorkin esikaupungissa, missä vilkkuivat kadunvarret täynnä punaisia ja muunvärisiä neonvaloja. Tämä väriloisto on kuulemma varma merkki siitä, että lähellä on pubeja. Juise käveli pitkin Madison Avenueta ja oli hieman hämillään, kun menomestoja tuntui olevan paljon ja kaikissa vilkkui toinen toistaan houkuttelevampia valoja.

13

- *Iron Pub, tuon pitää olla hyvä menopaikka. Nimikin viittaa rautaiseen paikkaan*, tuumi Juise.

Ei muuta kuin rohkeasti ovesta sisään. Juise oli opetellut jokin verran pubiin menon ja pubissa olon protokollaa. Aluksi pitää mennä varmoin askelin pitkän pöydän ääreen, jota baaritiskiksi kutsutaan. Sieltä pitää tilata jotain juotavaa. Lomps, lomps, lomps, Juise käveli varmoin askelin baaritiskille.

- Well, mitä sais olla, män?

Juisella alkoi syltätä. Koulutuksessa kuivaharjoitteluna tämä meni kuin vettä vaan. Nyt kun oli tositilanne, ei tuntunut tulevan mitään sanoja suuhun, saati sitten tietäisi missä nyt mennään.

- Hei män, ei tässä oo koko iltaa aikaa oottaa, joten mitäs laitetaan tulemaan?

Juise ei ole eilisen teeren poika, joten hän tokeni suht nopeasti ja aivoissa välähti, että nythän pitää tilata jotain juomaa. Hänellä ei ollut kovinkaan paljon muistikuvia mitä juomia maassa juodaan, mutta välkkynä jahvanauttina hän tajusi käyttää sormia.

- Söör, tuo tuosta alarivistä, jossa on tuollainen musta etiketti
- Whatta? Haluutteks te koko viskipullon? Ja vielä Jack Daniel'sia! Boy, sulla taitaa olla jano!

Eihän Juise halunnut paljastaa, että hänellä ei ollut hajuakaan missä mennään, joten hän osti koko pullon. Luottokortin kloonaaminen on ikivanha juttu jopa maapallolla, joten huipputeknologian omaavalle jahvanautille ei ollut temppu eikä mikään tehdä toimiva luottokortti.

Pubi protokollan seuraava vaihe oli sitäkin vaikeampi, kun piti käyttää omia aivoja jo selkeästi enemmän. Eli nyt pitäisi löytää sellainen seurue ja istumapaikka, josta pystyisi ammentamaan mahdollisimman paljon hyvää tietoa maan onnellisuuden lähteistä. Tätäkin oli harjoiteltu jonkin verran koulutuksessa, mutta oli ihan eri tilanne nyt kun oli tosi kyseessä. Juise kävei viskipullon ja lasin kanssa pubin keskipaikkeille ja alkoi vaivihkaa tarkkailla eri pöytäkuntien asukkeja, josko jostain löytyisi istumapaikka. Katse kiinnittyi iloiseen ja suhteellisen äänekkääseen kolmen miehen ja yhden naisen seurueeseen, missä näytti olevan vielä jopa muutama istuinpaikka vapaana. Loosi-sohva oli mukavan oloinen. Istuimena oli hulppea 70 -luvun jo jonkin verran aikaa nähnyt tummanpunainen kulmasohva, johon mahtui istumaan ainakin 6 henkilöä, jos oikein vierekkäin istuisi. Pöytä oli jo nähnyt elämää jonkin verran ja muutama nimimerkkikin siihen oli raapustettu. Pöydän toisella puolella oli kaksi mukavanoloista saman sävyistä nahkatuolia.

- Haudi, oiskos tässä istumapaikkaa tarjolla, tiedusteli Juise pöytäkunnalta.

Seurue oli niin intensiivisen keskustelun pyörteissä, etteivät heti huomanneet Juisea.

- Paina nahkaa vaan, män. Kukas sä oot ja mistä tuut, kysyi parrakas mies sohvalta

- *No perkele, nyt tuli moka, enhän mä oo miettinyt yhtään mikä mun nimi olisi, nyt pitää yrittää keksiä nopeesti nimi, etteivät ne tajua, että mä keksin sen kun vie niin aikaa sanoa simppelisti oma nimi,* mietti Juise hiljaa itsekseen.

- Nimeni on Hump, Donald Hump

Juise oli hätäpäissään tempaissut ensimäisen mieleen tulevan nimen ja muuntanut sitä hiukan. Donaldin nimen hän muisti, kun Donald Trumpille oli syötetty sitä epäonnista DNA:ta edellisillä jahvanauttien reissuilla.

- HAHAHA! No ei sun koodinumero ainakaan varmaan oo 007, etkä sä varmaankaan tuu Capitol Hillistä tai Valkoisesta talosta, alkoi mies nauraa äänekkäästi ja seurue yhtyi äänekkääseen nauruun.

15

- *No perkele, nyt mä taisin iskeä heti todelliseen positii-*
  visuuden kultasuoneen. Kunhan vain tietäis mikä tässä
  naurattaa näinkin paljon!".
- Tänx, istuudun tähän nojatuoliin vaikka. Joo, en oo
  Capitol Hill -kukkulalta vaan yhdeltä toiselta kukku-
  lalta, tuolta vähän syrjempää laitakaupungilta.
- Otit sitten Jackin kaveriksi mukaan?
- *Mitääh, onkohan täällä joku näkymätön Jack paikan*
  päällä!!?? En mä ketää oo ottanu mukaa, mitähän toi
  partajehu oikein horisee?
- Well, sulla taitaa olla aikas jano, kun otit mukaa koko
  pullon.
- Eikus joo, siis jou män, niin mulla on aika jano, mutta
  kyllä tästä riittää teillekin, sanoi Juise helpottuneena,
  kun huomasi että pullostahan tässä puhuttiin eikä ke-
  nestäkään tai mistään muusta.

Pöytäseurue oli ollut jo aiemminkin hyvässä meiningissä ja
viskipullon tuominen pöytää sai aikaan vielä enemmän ääne-
kästä puhetta ja naurun remakoita. Välillä seurueesta lähti joku
pois ja tilalle tuli uusia kasvoja. Juise tarkkaili tilannetta ja
osallistui myös keskusteluihin, jottei häntä liikaa luultaisi jok-
sikin ihmeen tarkkailijaksi.

- *Kyllä tää tuntuu tosi positiiviselta maalta. Aina kun*
  joku tulee ja siltä kysytään, että "mites menee" niin
  aina he vastaavat, että "tooosi hyvin menee, kiitos".
  Oisko niin, että täällä ei mene kenelläkään huonosti?
  Ei ainakaan kenelläkään tässä pöytäseurueessa! Jo-
  tenkin tämä "koko ajan hyvin menee" -juttu pitäisi
  viedä mukana Jahvalandiaan, mietiskeli Juise.

Ilta alkoi olla jo siinä pisteessä, että väki väheni pubista.
Juisen kunto läheni pistettä, että olisi paras alkaa suunnista-
maan alusta kohden. Juise oli maistanut ensimmäistä kertaa
väkiviinaa ja meno sekä tunne oli sen mukainen. Juisen mat-

kustaminen pohjautuu ajatuksen voimalla siirtymiseen paikasta toiseen. Maapallo kuitenkin nyt kirjaimellisesti pyöri, kun hän yritti ajatella ja palata alukselle takaisin. Maisemat vaan vilahtelivat ja paikat vaihtuivat, kun Juise yritti kännissä matkustaa ajatuksen voimalla. No, jahvanautti kun on – vaikka alkoholia nauttinut olikin – pystyi hän kokoamaan itsensä ja ajatuksensa. Niin hän kömpi viimein alukseen nukkumaan VITUn suojaamana, ettei paljastuisi mahdollisille maan asukkaille, jotka kukkulalla vaeltelisivat.

Aamu alkoi sarastaa. Juisen päätä jomotti. Tämä oli täysin uusi tunne, minkälaista hänellä ei ole ollut vielä kertaakaan yli 900-vuotisen elonsa aikana. Jahvanauttikurssin teoriapainotteisessa opetuksessa pubi -protokollan mukaan hänen pitäisi nyt juoda vähän väkeviä loiventaakseen pahaa vointia. Juise päätti kuitenkin, että ei ole protokollien orja ja skippasi tuon näennäisesti turhan vaiheen. Ajatuksien olisi hyvä olla terävät, varsinkin kun piti alkaa miettiä uutta matkustuskohdetta ja suunnistaa sinne. Loogiseksi matkustusstrategiaksi Juise päätti ottaa pääsääntöisesti maapallon pyörimissuunnan. Pienen kankkusen rasittamana Juise päätti ottaa rennosti matkustuksen.

- *Vaikka USA on iso maa, niin eiköhän sen tule katetuksi, jos vierailen maan molemmat rannikot*, tuumiskeli Juise

Eli länsirannikko tuli hänen ajatuksiinsa. Eikä aikaakaan, kun ajatus konkretisoitui aluksen köllöttelylle Los Angeles nimisen kaupungin pitkällä hiekkarannikolla. Alus tömähti syrjäiseen osaan hiekkarantaa, joka tuntui oivalliselta parkkipaikalta.

- *Enkelten Kaupunki! Täällähän on tainnut käydä jahvanautteja aiemminkin*, tuumi Juise. *No, siitä on varmaan kauan aikaa, kun viimeksi täällä on jahvalan-*

17

dialainen käynyt, joten paljon on varmaan muuttunut ja tullut lisää sitten viimekäynnin, eli opittavaa löytyy varmaan ihan mukavasti. Juise kurkisti aluksen ikkunasta ulos. Aamu alkoi sarastaa, mutta rannalla oli jo mukavasti väkeä. Vaatteita heillä tuntui olevan huomattavasti vähemmän päällään toisin kuin pubissa olevilla, mikä Juisea hieman askarrutti. Ihmisillä oli myös kainalossa pitkulaisia lautoja. Ne olivat huomattavasti suurempia ja suipompia kun pubin tarjoilijoiden pyöreät lasinkantolautaset. Nopeasti Juiselle kävi selväksi, että jonkinlainen aalloilla liikkuva kulkuvälinehän se oli, tosin kömpelö sellainen. Juise astui aluksesta ulos ja vaihtoi asukseen pantterinkuvioiset tiukat uimahousut. Jonkin matkaa hiekassa talsittuaan vastaa tuli pienempi maan asukas, huomattavasti pienempi kuin pubissa olleet partasuiset isot köriläät. Hänellä oli pitkät vaaleat hiukset ja ruumiin rakenne oli muodokkaampi ja lihaksikkaampi pubiväkeen verrattuna. Pubissa opitun tapaamisrituaalin rohkaisemana Juise päätti tervehtiä vastaantulevaa kulkuneuvon kantajaa.

- Haudi, mites menee, kysyi Juise

Yllätys oli suuri Juiselle, kun vastaantulija ei vastannut kuten pubissa kaikki vastasivat toisilleen. Nainen katsoi hiukan pelokkaana ja epäluuloisena Juiseen päin. Uteliaisuus voitti kuitenkin pelon osaksi kiitos Juisen tiikerikuvioisten uimahousujen: "Tosi hyvin, kiitos". Juise päätti jäädä seuraamaan, miten naisella luonnistuu kulkuneuvolla ajaminen veden päällä. Nainen näytti olevan ammattilainen laudalla menijä, verrattuna muihin, jotka putoilivat aika ajoin laudan päältä veteen. Kaikilla näytti kuitenkin olevan hauskaa ja hymy oli usealla vallitsevat kasvonpiirre. Tästä Juise päätteli, että kyseessä voisi olla hyväkin matkatuliainen Jahvalandiaan, koska se näytti tuottavan niin paljon iloa. Olisi hyvä kuitenkin tutustua

18

kyseiseen menopeliin vähän tarkemmin, ohjattavuuteen ja muihin strategisiin mittoihin ja ominaisuuksiin.

- Mädäm, sulla on hieno kulkupeli ja sä käsittelet sitä tosi hienosti, aloitti Juise small-talkin, kun nainen rantaantui aallon tuomana.

- Tänx, joo mä oon surffannut varmaan 15 vuotta ainakin, kyll tätä on jo oppinu käsitteleen aika hyvin.

Juisea alkoi kiehtoa entistä enemmän "surffaaminen", kuten maan asukas termin ilmaisi.

- Mädäm, ois tosi hienoo jos sä voisit opettaa mua surffaan!

- Hmm.. mä oon kyllä nyt vapaalla, mutta mulla on kyllä surffauksen opetusfirma -Angel Surfers. Ja voisin ehkä nyt näyttää ainakin perusjutut sulle, miten noustaan laudan päälle ja mikä on perus ständi. Ja mä oon muuten Jane.

- Jess, jou! Tänx, mun nimi on Donald.

Laudassa oli sen verran kokoa, että Jane pystyi hyvin opettamaan laudankäyttöä siten, että siitä pystyi roikkumaan ja pitämään kiinni kaksikin ihmistä polskuttaen ulapelle ja nousemaan tukevasti laudan päälle. Juise oppi nopeasti laudan käytön taidon ja hymy alkoi levetä aalto aallon jälkeen. Päivän edetessä krapula alkoi hellittämään, joten surffit meni toinen toistaan paremmin. Vaikka Juise on hyväkuntoinen ja treenannut avaruusmatkaa varten fyysisesti todella paljon, alkoi surffaus viemään vähitellen hänen voimiaan. Ihmisen ruumis muutenkin tuntui hieman huonommin rakennetulta verrattuna jahvalandialaisen ruumiinrakenteeseen. Takareisiä alkoi jomottaa niin paljon, että Juisen piti vaivihkaa vinkata Janelle, että pitäisiköhän pitää pieni paussi. Jane ja Juise retkahtivat rantahiekalle ja laittoivat laudan päänsä alle tyynyksi. Juise huomasi tilaisuutensa alkaa hieman udella Janelta minkälainen paikka tämä enkelten kaupunki oikein on.

- Mä oon tullut juuri tänne paikkakunnalle, enkä oikein tunne mestoja. Oiskos sulla Jane joitain vinkkejä, mihin tällä kannattaisi mennä, jos haluaisi oikein positiivisen fiiliksen? No, tää sun vieressä oleminen on kyllä tosi nastaa, mutta siis mikä ois toiseksi coolein paikka?

Juise oli jo näinkin lyhyen oleskelun aikana maassa oppinut uusia tunnetiloja ja taitoja. Tämä mielistely ja flirtti oli myös uusi taito, josta hän oli hyvinkin ylpeä.

- Well Juise, mä oon otettu ku sä tollasii puhut, mähän oikein punastun!

Juise oli ottanut olomuodokseen oikean länsirannikon vaaleatukkaisen ja lihaksikkaan ruumiinrakenteen. Naamaksi hän oli valinnut suhteellisen puoleensavetävät kasvonpiirteet, joten sekin taisi olla osasyynä, miksi Janella alkoi tulla punaa poskipäihin.

- *Ai Jane punastuu, onkohan sillä palamassa iho? Hetiköhän mä nyt vahingoitin maan asukasta!*

Jahvanauttikoulutuksessa oli painotettu vakaasti, että missään nimessä ei saa vahingoittaa maan asukkaita!

- Onkos toi punastuminen vakavakin juttu ja millaisii vammoja siitä voi tulla? Voinks mä jotenkin auttaa sua?

- HAHAH! Sä oon hauska Donald, mistä sä revit noita juttuja? No, jos sä haluut Losissa positiivisii fiiliksii, niin sun pitää ehdottamasti mennä Disneylandiin.

- *Maan asukkailla tuntuu olevan erikoinen tapa kommunikoida. Ne ei tunnu aina vastaavan suoriin kysymyksiin järkevänlaisesti, mutta eiköhän näihin totu aikanaan,* pohdiskeli Juise.

Koulutuksessa oli painotettu, että maan asukkaisiin ei saisi kiintyä liian paljon. Tämän opin Juise muisti ja päätti olla pyytämättä Janea oppaaksi Disneylandiin, koska Juisella alkoi olla tuntemuksia Janea kohtaan. Rinnassa kihelmöi ja sydän tuntui hakkaavan aika moisella tahdilla, kun hän katsoi Janen upeisiin sinisiin silmiin ja punaisiin poskiin. Juise epäili voisikohan tuo Janen punastumistauti aiheuttaa hänellekin oireita? Paras vain kiittää kauniisti Janea surffauksen aakkosten opettamisesta ja lähteä yksin kohti Disneylandia.

Ajatusmatkustus on jännä juttu. Juise pinnisti jälleen aivonystyröitä ja mietti Disneylandia. Ja viuh, vain sekuntien jälkeen hän tömähti Disneylandin portille. Lapsiperhe sattui olemaan juuri läheisyydessä ja perheen nuorimmaisin huomasi, että kuin tyhjästä eteen ilmestyi pantterikuviohousuinen surffaaja.

- Kato äiti, Tarzan! Aieeieieieieee! Lapsi alkoi iloisena imitoimaan Tarzania ja lyömään käsiä rintaan.

Juise ei ollut lähtötohinassa huomannut vaihtaa olomuotoaan Disneylandin asiakkaaksi paremmin sopivaksi. Nyt tämä olomuoto näytti tuottavan muille ihmisille iloa ja muutenkaan asu ei tuntunut olevan sopimaton. Niinpä Juise päätti pitää uimahousuasunsa ja uuden nimen, Tarzan.

Sisäänmenoportin läheisyyteen asteltuaan Juisea kohti tuli nainen kiivain askelin. Juise oli hieman hämillään. Miksiköhän tuo pukuun sonnustautunut asiallisen näköinen nainen lähestyy häntä noinkin kiivain askelin? Olisiko hänen olemuksessaan kuitenkin jotain, mikä ei ole soveliasta?

- No vihdoinkin, et ole kuin vain 'vähän' myöhässä! Teidänhän piti tulla jo heti aamusta ja nyt on jo iltapäivä pitkällä.

- Ööö, hmmm, joo, nii, mumisi Juise hieman hämillään miettien missä tässä oikein mennään nyt, mitähän toi nainen horisee...

21

No vaikka Tarzan oletkin, niin ei tarvitse vielä alkaa imitoimaan viidakon kieliä, vasta sitten kun aloitat työt tuolla Tarzanin Treehousessa.

- Mennäänhän nyt ripein askelin tuonne Viidakko - osastolle. Otithan verokortin mukaan kuten oli puhetta?

Nainen oli Disneylandin rekrytoinnista vastaava henkilö. Tarzania näyttelevä henkilö oli sairastunut ja hänen tilalleen oli rekrytoitu vara Tarzan. Juise oli edelleenkin hieman hämillään mistähän tuo nainen tunsi hänet. Mutta ei kuitenkaan niin hämillään, etteikö hän pystyisi toimimaan radikaalisti ja nopeasti. Hänen ajatuksen voimalla toimiva kloonausteknologia loi pikaisasti verokortin. Niukka asuste kuin oli, niin verokortti piti laittaa ainoaan taskun oloiseen paikkaa, eli pantterinkuvioisten uimahousujen sisään. Eihän se voi yhtäkkiä vaan ilmestyä käteen. Nainen kyllä huomaisi tuollaisen kummallisuuden. Juise kaivoi housujensa kuvetta ja ojensi verokortin naiselle.

- Kas tässä tämä verokortti.
- Watta fuck, man! Nimellä Tarzan! No joo, täytyy myöntää, että hyvän feikkiverokortin oot tehnyt. Tää on varmaa jotain sun huumorii? Oot niin vaaleeihoinen ettet varmaan oo ainakaan tullut Mexicosta laittomasti rajan takaa. No, voit tuoda oikeen verkokortin huomennakin.

Juise hieman ihmetteli olisiko kloonauskoneeseen tullut jokin vika, kun nainen oli jostain syystä tunnistanut verokortin olleen tekaistu. Tai sitten olisikohan tuohon pitänyt sittenkin keksiä jokin sukunimi lisäksi, eikä vain pelkkä Tarzan...

- Niin, sinullahan oli sirkustaustaa, työ tosiaan vaatii hiukan ketteryyttä ja liaanilla kiikkumista ja heilumista.

Nyt Juiselle oli alkanut hahmottua, että hänhän oli menossa töihin, varsinkin kun nainen oli pyytänyt häneltä verokorttia.

22

Jaafle hakukoneeseen oli tallennettu iso määrä maan asioita ja sieltä Juise oli löytänyt tuon verokortti termin, siitä oli tehty oikein oma Jahvapedia sivusto.

- Tässä tämä sinun työpaikka nyt sitten on. Tuossa on köysi, jota pitkin voit kiivetä tuonne Treehouseen. Myös tikkaat on viritetty tuonne hieman piiloon, voit käyttää niitäkin niin ettet väsytä itseäsi liikaa. Ja välillä voit tulla tänne alas ja jutella asiakkaiden kanssa. Eli ei muuta kuin työn iloa! Ja muista sitten tulla huomenna ajoissa heti 9AM.

Toimenkuva tuli selväksi Juiselle. Nainen tuntui melkoisen pätevältä rekrytoijalta ja työhön perehdyttäjältä. Juise otti kiinni liaanista ja pelkin käsivoimin kiskoi itsensä Tarzanin puutaloa muistuttavaan kopperoon ällistyttävän nopeasti. Kiipeämistä oli kuitenkin lähes 10 metriä ylöspäin, mutta Juise oli ylhäällä vain muutamassa sekunnissa.

- Whaaat??!! Sä oot tosin notkea ja nopea. Sulla taitaa olla huippu-urheilijataustaa, kun noin näppärästi ja nopeesti osaat kiivetä köydellä!

Nainen poistui toimistolle jatkamaan muita töitä. Hän oli onnellinen saatuaan noinkin pätevän työntekijän rekrytoitua. Juise ei ollut suunnitellut varsinaisesti menevänsä töihin tällä maahan suuntautuneen tutkimusmatkansa aikana, mutta ehkä tämä voisi osaltaan auttaa löytämään positiivisia asioita ja esineitä. Väkeä oli alkanut kerääntyä Treehousen juurelle. Ihmiset töllistelivät ylöspäin ja yrittivät nähdä vilauksen Tarzanista tai joistain muista elollisista olioista siellä.

- *No, täällä sitä nyt ollaan töissä. Mitäköhän tässä nyt pitäisi sitten leipänsä eteen tehtävän?*

Tuo oli yksi niistä koulutuksessa opetelluista fraaseista, joka muistui jotenkin maagisesti mieleen ja tuntui sopivan hyvin tähän kohtaan. Työn teko Jahvalandissa ei todellakaan ollut tuttua puuhaa, koska siihen ei ollut mitään tarvetta. Nyt Juisen

23

piti pinnistellä toden teolla, jotta selviytyisi tästä hänelle annetusta vaativasta työstä. Hän oli jo portilla huomannut, miten hienosti se nuori poika oli matkinut Tarzania, joten Juise päätti toistaa sitä.

- Aieeieieieee! Ja tämän lisäksi rinnan hakkaamista rystysillä.

Tätä hän jatkoi usean tunnin ajan, aina välillä kiiveten nopeasti köydellä alas ja ylös. Lapsilla oli todella hauskaa ja he taputtivat iloisesti käsiään yhteen pyytäen Tarzania kiikkumaan yhä uudelleen ja uudelleen ylös ja alas. Ilta läheni jo vauhdilla ja väki väheni Disneylandissä. Juise alkoi olla aika puhki Tarzanin roolissa esiintymisestä. Kohta olisi aika jättää Disneyland ja tämä pesti. Juisea vähän harmitti, että hänen piti lopettaa hyvin alkanut Tarzanin ura. Ja rekrynainenkin varmaan tulisi pettymään, kun Tarzan on jälleen kateissa ja joutuu etsimään uuden Tarzanin. Ajatus siirtyä avaruusalukseen kiiri Juisen päähän ja viuh vuih, Juise oli rantahietikolla avaruusaluksensa vieressä. Olisi aika laittaa päivä pulkkaan ja tehdä viimeisimmät muistiinpanot. Jahvexcel on työkalu, johon voi tallentaa kaikkia muistiinpanoja pelkän ajatuksen voimalla. Avaruusaluksen ruuma alkoi täyttyä hyvistä positiivisuustuotteista, joita voisi sitten Jahvalandiassa esitellä: viskipullo, surffilauta, pantterikuviouimahousut, muutama mainitakseen. Nyt pystyi hyvillä mielin laittaa nukkumaan ja alkaa suunnitella matkaa eteenpäin.

Aamulla Juise heräsi auringon alkaessa paahtaa ja lämmön kohotessa avaruusaluksen sisällä. Juise oli alkanut huomata muutoksia itsessään. Mitä pidempään hän oli ihmisen olomuodossa, sitä enemmän hän alkoi saada ihmisen biokemiallisia ominaisuuksia. Jahvalandialaisten biologia on huomattavasti kehittyneempi. Heidän ei esimerkiksi tarvitse syödä läheskään yhtä usein kuin maan asukkaan. Tästä seurauksena myöskään kuona-aineita – eli suoraan sanottuna paskaa ja virtsaa - ei kerry kehoon läheskään niin tiheään tahtiin verrattuna maan asukkaiden biologisen kellon rytmiin. Voi kulua jopa kuukausi, että jahvalandialaisille tulee tyhjennystarve. Ja tyhjennyskin on helppoa, ei muuta kuin kompaktin kökkäreen ottaminen keholuukusta ja laittaminen roskiin. Kökkäre ei haise ja sen olomuoto on muutenkin kiinteä, joten prosessi on erittäin helppo ja siisti. Juise huomasi, että hänen alapäässään oli alkanut tuntua kovaa painetta ja jopa kahdesta paikkaa. Juise oli kyllä opiskellut maan biologiaa jahvanautti koulutuksensa aikana, mutta biologia ei ikinä ollut hänen lempiaineitaan, joten hän lintsasi usealta tunnilta. Juise lähti kävelemään rantabulevardia pitkin. Hän oli huomannut, että maan asukkaat pukeutuvat tällä alueella T-paitaan ja Bermuda -shortseihin. Niinpä Juise vaihtoi pantterikuvioisen vaatetuksensa enemmän ranta-asukkien vaatetusta muistuttavaksi. Juise päätti kysyä ensimmäiseltä vastaantulijalta, miten hänen tulisi toimia tässä hätätilanteessa. Tämä olisi nopein tapa, sillä paine alkoi olla jo aika sietämätön. Vastaan tuli ensimmäisenä vanha herrasmies.

- Anteeksi vaan, mutta minulla on erittäin suuri paine tuolla alapäässä, joten mitähän minun pitäisi tehdä?
- Mene hyvä mies vessaan!
- Ai, vessaan, missähän sellainen olisi?
- No, tuossa 100 metrin päässä on esimerkiksi hyvä kuppila, josta saa hienoa aamupalaa ja siellä on myös vessa.

Juise kiitti miestä ja sujahti ajatuksen nopeudella kuppilaan sisään, sillä nyt oli jo kiire ja hätä kasvoi vaan koko ajan. Kuppilassa oli muutamia asiakkaita. Myyjä oli parikymppinen nuori neitonen. Hän surffasi kännykällä, koska asiakkaita ei ollut kovinkaan paljon ja kiirettä ei pitänyt.

Hello, mädäm, missähän teillä on täällä vessa, mulla on hätä tuolla alapäässä!

- Well, vessa on kyllä vain maksaville asiakkaille.

Nyt Juisella alkoi olla jo kiire vessaan ja keinot sekä aika alkoi olla vähissä.

- Mä voin tilata teiltä aamupalan, mutta mun pitäis tosi-aankin ekana päästä vessaan.
- No, vessa on tuossa käytävällä vasemmalla. Tuu sitten heti toimituksen jälkeen tilaamaan se aamupala.

Juise otti nopeat askeleet vessaa kohden. Vessassa oli toinenkin mies yhdessä kolmesta vessakopista. Juise meni vapaaseen koppiin. Häntä hieman ihmetytti, miksiköhän hänen oli pitänyt tulla tyhjentämään itsensä tällaiseen koppiin. Jahvalandiassa toimituksen pystyi tekemään paikassa kuin paikassa ja ilman mitään huomiota. No, enempää miettimättä erilaista tyhjennysprosessia hän laski housunsa alas ja samalla hetkellä pulpahti takimmaisesta tyhjennysaukosta kökkäre, jonka hän otti jahvalandialaisen tottunein elkein käteensä. Kökkäre ei todellakaan muistuttanut jahvalandialaisten vastaavaa siistiä ja kiinteää kökkärettä. Se haisi ja oli muutenkin vetelähkö.

- *Ei helvetti, tämähän haisee tosi pahalle ja tämä pursuaa muutenkin sormien välistä lattialle*, mietti Juise tuskaisena.

Paine vaan kasvoi ja se ei jäänyt viimeiseksi kökkäreeksi. Juise ei jäänyt kuitenkaan neuvottamaksi, vaan päätti kurkata viereisen miehen toimitusta, miten tämä eriskummallinen tyhjennys pitäisi tehdä. Vessakoppien yläosasta pääsi kurkistamaan toisiin koppeihin. Juise kurkotti viereiseen koppiin, jossa mies seisoi pöntön äärellä ja oli juuri valmistautumassa pienemmän hädän toimitukseen. Mies kuuli ääntä päänsä yläpuolelta ja huomasi Juisen kurkkivan sieltä.

- Mitä vittuu sä teet mies siellä, ooks sä ihan perverssi?
- No sorry, mä vaan en oikein tiedä mitä mun pitäis tehdä ja aattein katso mallia sinusta.

- Ooks sä ihan vajaa! Istu siihen pöntölle ja nautiskele, tyhmä! Ja käytä sitä perkeleen paperia siinä telineessä. Sun kätesihän ovat ihan paskassa! Ja muista sitten pestä kätesi, kun lopetat, tollo!

Mies hermostui ja pelästyi kurkistelusta. Hän päätti näyttää Juiselle, että hänen kanssaan ei kannata alkaa ryppyillä. Mies keräsi painetta ja tähtäsi suoraan pöntössä olevaan veteen, yrittämättä yhtään tähdätä pöntön reunaosiin. Mies sai aikaan sen verran äänekkään lorinan pönttöön, että viereisen vessahuoneen hörähtänyt asukki ei todellakaan uskaltaisi alkaa rettelöimään hänen kanssaan – hän tunsi itsensä oikein machomieheksi, kun hänen kusensa piti sellaista ääntä! Juise kiitti miestä ja teki työtä käskettyä. Nyt hän huomasi mikä tämän vessan tarkoitus on ja miksi maassa on tällaisia erillisiä yksiöitä, johon voi käydä tekemässä tarpeensa. Juise teki täystyhjennyksen molemmista tyhjennysaukoista. Hän huomasi myös, että tämä tyhjentäminen tuotti jonkinlaista nautintoa, varsinkin kun tämän tekee tällaisen hädän vallassa. Tämä oppi pitää ehdottomasti vielä Jahvalandiaan jossain muodossa, tuumiskeli Juise.

Nyt kun tyhjennykset oli tehty tuli aika täydennyksille. Juise asteli tarjoilijan luokse tekemään aamupalatilauksensa kuten he olivat aiemmin sopineet. Juise ei ollut aiemmin vielä tilannut mitään ruokaa maassa ollessaan, joten häntä hieman jännitti mitenköhän tämä menisi ja mitä hän söisi.

- Mitä sais olla?
- Mitäs teillä on tarjolla, tiedusteli Juise.
- Tuolla seinällä on lista ja osista on myös kuva mitä ateria pitää sisällään.

Juisella ei ollut hajuakaan vaihtoehdoista. Jahvalandiassa ainoa merkitsevä asia ruoassa oli sen kompaktius ja ravintosisältö. Maulla ei ollut mitään väliä Jahvalandiassa.

27

- Kuinkahan paljon ravintoarvoja kussakin ateriassa on, tiedusteli Juise myyjältä.
- Öö, saman verran varmaan niissä kaikissa on, vastasi myyjä vähän epäluuloisesti Juisea katsoen.

Koska Juise ei saanut kummoisempaa vastausta ravintomääristä, piti hänen keksi jokin toinen kriteeri millä valitsisi aterian. Yksi ateria muistutti hämärästi Jahvalandian historiallisia kulkuvälineitä ja hän päätti valita kyseisen aterian.

- Otan tuon aterian, mikäs sen nimi onkaan, joo ton Juustohampurilais -aterian ja mahdollisimman ravintorikkaan juoman siihen päälle.
- Et taida olla dieetillä, tarjoilija hymyili Juiselle.

Juise oli vielä Tarzanin ruumiissa, joka oli aika lailla kehonrakentajan näköinen. Tarjoilija oli lopettanut kännykkäsurffauksen ja keskittyi nyt toden teolla Juisen aterian tilaukseen.

- Se tekee 8.50 dollaria, kiitos. Tuon aterian pöytää, kun se on valmis.

Juise maksoi ja istuutui pöytään odottamaan. Täydennysprosessi, jota maassa syömiseksi kutsutaan, oli tyhjennysprosessia huomattavasti helpompi. Ei tarvinnut kuin kahmia kaksin käsin ruokaa suuaukkoa kohden. Syöminen ei kyllä Juisella mennyt ihan kaikkien sääntöjen mukaisesti. Osa ruoasta valui ohi suun, suurimman osan kuitenkin suuntautuessa suuaukosta sisään. Tarjoilija oli varma, että Juise oli tullut kaupunkiin jostain lähialueen karjatilalta ja kiinnostui Juisesta entisestään. Juise huomasi sivusilmällä, miten muut asiakkaat söivät ja hän hiljensi tahtia ja mätti ruokaa hallitummin ja hitaammin. Ruoan maku oli jotensakin taivaallinen Jahvalandian mauttomiin ruokakapseleihin verrattuna. Juise päätti, että tämä esihistoriallista lentävää lautasta muistuttava lounas kloonataan ja otetaan avaruusalukseen mukaan kotiin vietäväksi. Juise kiitti tarjoilijaa upeasta ateriasta ja päätti kävellä avaruusalukselle. Kävellessään hänellä alkoi olla tunne, että tämä paikkakunta on taidettu nyt nähdä ja olisi aika jatkaa matkaa.

Juise oli jahvanautti -koulutuksen aikana perehtynyt myös historiaan ja tiesi, että nyt ollaan lähellä yhtä Jahvalandian historiallista ja traagista paikkaa. New Mexicon osavaltio on aika lähellä ja siellä oleva Roswell niminen pikkukaupunki. Kyseisen kaupungin liepeillä tapahtui Jahvalandian avaruushistorian yksi traagisimmista onnettomuuksista vuonna 1947 maapallon aikaan. Tuolloin avaruusalus syöksyi maahan ja kuusi jahvanauttia menetti henkensä. Juise päätti kunnioittaa surmansa saaneita legendoja ja piipahtaa Roswellissa. Juise astui sisään avaruusalukseen. Ennen kun hän alkoi miettiä uutta määräpäätä siirtymismielessä, tuli hänelle hieman outo tunne, jota taidetaan maassa sanoa kaihoksi tai vastaavaksi. Juise oli jo aavistuksen verran kiintynyt paikkakuntaan ja tuntui, että voisihan täällä ehkä jopa vaikka asua. No, tällainen ei tullut kuitenkaan kuuloonkaan, koska Juisella oli tärkeä avaruuden tutkimusmatka pahasti kesken. Niinpä hän unohti nämä harhaiset ajatukset ja pinnisti ajatukset Roswell nimiseen pieneen paikkakuntaan ja siellä olevaan historialliseen onnettomuuspaikkaan. Woof, avaruusalus singahti nopeasti muutaman osavaltion yli ja laskeutui niitylle, onnettomuuspaikan läheisyyteen. Juise käveli kukkulan päälle nähdäkseen onnettomuuspaikan. Aluksi ei näkynyt mitään eloa missään. Sieltä hän kuitenkin näki alhaalla kukkulan juurella eliölauman, joilla oli poikkeuksellisesti neljä jalkaa ihmisten kahden jalan sijasta. Sen verran Juise oli ollut koulussa hereillään, että tunnisti oliot lehmiksi. Niinpä Juise muuttui lehmäksi, jotta pystyisi tekemään lähempää tuttavuutta alhaalla laiduntavien nelijalkaisten kanssa. Juise lähestyi laumaa. Laumasta erottui yksi lehmä hiukan muista. Se oli hiukan isompi ja rohkeampi kuin muut lehmät. Kyseessä taisi olla alfa-lehmä tai beta-lehmä,

29

Juise ei ollut termistä ihan varma. Myös lehmien kieli oli jonkin verran tuttu Juiselle, olihan koulutus ollut kuitenkin niin pitkä ja perusteellinen, jona aikana hän oli omaksunut yhtä sun toista. Juise lähestyi laumaa ja erityisesti suurinta lehmää.

- MÖÖÖI, sua en oo nähnykkään näillä niityillä aiemmin. Mä oon Mansikki, kukas sä oot ja mistä tulet?
- MÖÖI, MÖÖI. Mä oon Juisekki. Tulin tuolta kukkuloiden takaa, tuolta naapurilaumasta.

Juise oli jo aika välkky ja nopea keksimään nimensä itselleen. Mansikki tuntui todella määrätietoiselta ja viisaalta lehmältä, jolta voisi yrittää lypsää tietoa tuosta historiallisesta onnettomuudesta.

- MUUU, ajattelin tulla käymään täällä teidän lauman luona. Olen kuullut, että täällä teidän laitumilla on joskus tapahtunut jonkinlainen onnettomuus. Se kiinnostaa mua.
- MUUU, juu. Mun iso-iso-iso-iso-iso ... tais olla vielä iso-iso-äiti, hän oli silloin täällä paikanpäällä. Juuri tälle kukkulan kyljelle rysähti taivaalta jokin pyöreä lautasen muotoinen esine. Se raahautui pitkän matkaa maassa ja tuhosi aikalaille meidän laidunmaata syömäkelvottamaksi pitkäksi aikaa.

Mansikilla oli yllättävän paljon tieto tapauksesta, paljon enemmän mitä ihmisillä konsanaan. Juise kuuli mm., että paikalle kuolleet oliot vietiin armeijan kuorma-autoilla pois. Samoten aluksen kaikki tuhoutuneet osat kerättiin todella tarkasti talteen. Juisea vähän ihmetytti miksi ihmisillä ei ollut läheskään näin seikkaperäistä tietoa. Haikeus valtasi Juisen mielen, kun vieras lehmä kertoi hänen kollegoiden viimeisestä taipaleesta. Keskustelun aiheet ryöppysivät laidasta laitaan. Mansikilla tuntui oleva patoutuneita puheentarpeita. Nyt kun hän tapasi uuden lehmän, niin juttua tuli solkenaan.

- MÖÖÖ, semmoinen asia sitten, että tätä meidän laumaa piirittää näillä niittykulmilla MASO -sonni. Se sanoo, että sen nimi tulee Mahti Sonni -lyhenteestä. Me kuitenkin lausutaan keskenään se nimi MAHO:ksi, MÖHMÖHÖHHÖH, nauroi Mansikki ja koko lauma yhtyi nauruun.

Juisekki ei oikein ymmärtänyt lehmälauman sisäpiirihuumoria, mutta yhtyi kuitenkin lauman naurunremakkaan.

- MUUU, sun kannattaa olla sitten varovainen, kun se tulee tänne. Sä oot kuitenkin tuollainen lehmäkaunotar ja uusi turpa, joten MAHO voi kiinnostua sinusta ehkä liikaakin, ymmärräthän... Sun kannattaa vaan olla mahdollisimman rauhallinen, etkä noteeraa sitä yhtään.

Juisekki ei oikein ymmärtänyt miksi joku random Sonni kiinnostuisi tällaisesta avaruudesta tulevasta lehmästä. Hän kuitenkin myötäili lauman neuvoja.

Lauma nauroin niin kovaan ääneen, että lähellä lepäämässä ollut MASO -sonni heräsi ja kiinnostui lehmälaumasta ja syystä miksi ne nyt siellä noin kovaan ääneen naureskelivat. MASO kiipesi kukkulan päälle. Näky oli uljas, olihan kyseessä kuitenkin yli 800 -kiloinen mustanpuhuva sonnin järkäle. Sonni laskeutui nopeaa laukkaa kohti laumaa. Se bongasi heti uuden viehkeän lehmän. Juisekki muisti lauman neuvot ja kääntyi heti poispäin MASO -sonnista. Jostain syystä Juisekki ei kuitenkaan osannut tehdä oikeita toimenpiteitä, sillä viehkeän lehmän peräpään näyttäminen kiimaiselle sonnille oli selkeä viesti MASOlle. Tump, rämps...

- MÖÖÖÖ, parkaisi Juisekki!!

Juisekin päälle tömähti 800 kiloa silkkaa lihasta – no ehkä osa myös läskiä. Molemmille puolille Juisekin lapoja ilmestyi Sonnin sorkat pitäen pihtiotteessaan lehmä -poloista. Ennen kuin MASO pääsi tekemään muita temppuja, Juisekki nousi

31

salamannopeasti ja valtavalla voimalla etujaloilleen. Siinä silmänräpäyksessä MASO lensi laajalla kaarella ilmaan ja tömähti maahan jalat taivasta kohden sojottaen. MASO ei ollut vielä koskaan kokenut vastaavaa, joten hämmennys ja ehkä pelkokin valtasi sonnin mielen. Pienen tauon jälkeen lehmälauma tokeni hämmennyksestä ja remahti vielä suurempaan naurunremakkaan. Juisekki huomasi ajan koittaneen ja päätti vaihtaa maisemaa. Hän kiihdytti vauhtinsa lehmälle epänormaaliin nopeuteen ja oli hetkessä kukkulan päällä. Hän loi ylvään katseen laumaan ja surkeana vikisevään MASO - sonniin. Sen jälkeen Juisekki poistui tyynein askelin kukkulan taakse – lehmien legenda oli syntynyt, jota tultaisiin muistelemaan vielä usean lehmäsukupolven ajan. Tästä tapahtumasta Juise päätti kuitenkin vaieta, tilanne oli kuitenkin se verran nolo hänen kannaltaan. Eli juisexceliin ei muistiinpanoja tullut, eikä avaruusaluksen ruumaankaan tullut mitään täydennystä. Lehmänä olo sai toistaiseksi loppua. Juise muuntautui jälleen takaisin ihmiseksi. Aluksen ohjaaminenkin on helpompaa, kun on kädet, vaikka käsiä ei kovin paljoa tarvi käyttää lähes täysautomatisoidussa avaruusaluksessa. Nyt kun matka oli jatkunut etelään päin, Juise ajatteli jatkaa matkaa samalla kurssilla vielä etelämpään. Hän jäi ajatuksiin seuraavasta matkakohteestaan.

4. BRASILIA

Alus teki hieman möykkyisen laskeutumisen puolitiheään metsään. Laskeutumispaikalta oli hyvä näkymä kaupungin yli. Juise oli ajatellut Rio De Janeiroa ja ajatus siinnitti aluksen fyysisesti kyseisen kaupungin yhteen näkyvimpään paikkaan. Aluksi Juise hieman säikähti, kun katsoi ulos. Hän oli lähes varma, että maassa asuvat ihmiset ovat pääsääntöisesti alle 2 metrisiä. Nyt hän näkin lähes 40 metrisen ihmishahmon näköisen olion kädet ojennettuna Juisea kohden.

- *Täälläpä on lämmin vastaanotto. Ihmiset myös näyttävät täällä olevan huomattavasti standardikokoa suurempia,* mietiskeli Juise.

Asukas kuitenkin jatkoi käsien ojennusta Juisea kohden tekemättä mitään muita elkeitä lähemmän tuttavuuden hieromiseksi. Juise huomasi pian, että kyseessähän onkin jättikokoinen patsas, joka on rakennettu jyrkän vuorenkielekkeen päälle. Jaaflesta lisätietoa saamalla Juise totesi, että kyseessä on Jeesus-patsas. Kyseinen henkilö oli jonkin verran tuttu myös Jahvalandiassa. Jeesuksen tarkempi historia oli kuitenkin myös Jahvalandialaisille hieman hämärän peitossa. Häntä pidettiin mysteerimiehenä, joka oli ilmestynyt muutama tuhat vuotta sitten maapallolle. Vähän samalla tapaa kuin jahvanautitkin ovat ilmestyneet maapallolle aika ajoin. Jostain muualta kuin Jahvalandiasta tuo pitkähiuksinen maailmanmatkaaja oli kuitenkin tullut. Tätä asiaa Juise ei kuitenkaan sen enempää alkanut pohtimaan. Matkan tarkoitus ei ollut selvittää maailmankaikkeuden kaikkia arvoituksia tai salaisuuksia. Tärkeämpää oli tutkia maapalloa ja siellä olevia positiivisia asioita ja esineitä, joilla saisi Jahvalandian harmaaseen elämään hieman enemmän värikkyyttä ja positiivisuutta. Patsaan juurella oli tasanne, jossa oli väkeä tungokseen asti. Avaruusalus oli laskeutunut melko lähelle tasannetta. Juise tarkkaili tasanteella olevia ihmisiä. He olivat jonkin verran tummempia kuin aiemmilla paikkakunnilla. Vaatetus ihmisillä oli kuitenkin suhteellisen kevyttä, olihan täällä melko lämmintä. Juise teki nopean muodonmuutoksen, jotta sopeutuisi väkijoukkoon mahdollisimman hyvin. Ei voinut vaan ilmestyä tasanteelle, se olisi herättänyt liikaa huomiota – eihän ihmiset pysty olemaan näkymättömiä ja ilmestymään paikalle kuin tyhjästä. Tämän suhteen meinasi jo edellisellä paikkakunnalla Disneylandissä käydä vahinko. Niinpä Juisen piti muuttua näkyväksi puun takana ja lähteä kävelemään tasannetta kohden. Jonkin verran tämä silti herätti tasanteella olevien ihmisten huomiota ja pientä hämmennystä. Metsikkö tasanteen alla oli melko villiä maastoa. Turpeiden ja heinikon peitossa voisi piileksiä paljon vaarallisia olioita, kuten myrkyllisiä hämähäkkejä tai käärmeitä. Sporttinen kun Juise oli, ei hänellä ollut minkäänlaisia vaikeuksia nousta jyrkkää rinnettä ylös ja hypätä matalahkon aidan yli näköalatasanteelle. Juise oli ollut viimeisellä paikkakunnalla lehmä. Nyt Juise paloi jo halusta olla jälleen ihminen, se tuntui jotenkin luonnollisemmalta olomuodolta. Juise oli ehkä myös jonkin verran tykästynyt miehen rooliin ja vieläpä vähän nuorempaan miehen rooliin. Nytkin hän oli muuntautunut noin 25-vuotiaaksi tummaksi ja suht komeaksi nuoreksi mieheksi. Myös puhekieli piti vaihtaa Portugaliksi, Brasilian viralliseksi kieleksi.

Isabella oli 46-vuotias tanssinopettaja Rion kaupungista. Hän oli tarkkaillut jo pitkään nuorukaista, joka tuli kuin tyhjästä ja kiipesi nyt vuoren rinnettä ylös tasanteelle. Isabella lähestyi Juisen nousupaikkaa ja halusi jutella hänen kanssaan, utelias kun oli.

- Moios Amigo, putositko sä tuonne alas vai miksi olit tuolla alhaalla?

- Moios vaan Seniorita, joo mä vähän kurkotin liikaa tuonne alaspäin ja putosin. Nyt on kaikki okeidos.

Juise oli positiivisesti yllättynyt, koska hän sai heti hyvän kontaktin maan asukkaaseen. Hän päätti hyödyntää heti hyvin alkanutta keskusteluyhteyttä ja pyrkisi tiedustelemaan naiselta paikkakunnasta ja sen vetokohteista.

- Pitääkö sun päästä sairaalaan? Et sä kyllä kovin loukkaantuneen oloinen ole, taisit selvitä pelkällä säikähdyksellä Amigo.
- Joo, tipuin jaloilleni tuolla alhaalla, joten ei mulle käynyt kuinkaan.
- HaHaHa! Sullahan on hyvä huumorintaju, putosit jaloillesi! Ootko sä joku kissa vai mitä, tiedusteli nainen hilpeänä ja helpottuneena havaittuaan, että Juise ei ollut loukkaantunut.

Juisea huomasi jälleen, että nämä maan asukkaat tuntuvat olevan aika usein huvittuneita ja nauravat ihan tavallisille asioille ja kommenteille. Häntä ihmetytti myös, miksi tuo nainen luuli häntä kissaksi, vaikka hänellä on kaksi jalkaa eikä hännästä tietoakaan.

- Ei, kyllä minä olen mies enkä kissa, sanoi Juise lakonisesti.
- Oon turistina täällä ja en tunne oikein paikkakuntaa hyvin. Missähän täällä kannattaisi käydä, että voisi kokea positiivisia vibaloksi?
- Aa, oot turisti. Mä asun täällä. Ja kyllä mä voin sulle näyttää positiivisia vibaloksia, ihan niin paljon kuin haluat, sanoi nainen viekas ilme kasvoillaan. Mä oon muuten Isabella, kukas sä oot?
- Mä oon Juan, sanoi Juise.
- Mulla on tapana hölkätä tänne tasanteelle aina kun mulla on vapaapäivä. Se on hyvää liikuntaa, alkoi Isabella kertoa päivän tapahtumistaan.

35

Isabellalla on pieni tanssistudio keskikaupungilla. Riossa on perinteisesti tanssilla ollut suuri merkitys, varsinkin Samballa.

- Jos olisit tullut tänne lomalle helmikuussa, niin ehdottomasti suurin tapahtuma täällä on Samba - karnevaalit, kuten varman hyvin tiedät. Karnevaalithan ovat maailmankuulut.

Juisella ei ollut hajuakaan jälleen kerran mitä hänelle sanottiin. Tai että mikä on Samba ja että se olisi niinkin tärkeässä roolissa tässä kaupungissa. Juise päätti kuitenkin myötäillä, ettei herättäisi ylimääräistä huomiota.

- Kuuleppas Kissa-mies, mulla on tanssikoulu tuolla kaupungin keskustassa. Mä voisin näyttää siellä parit Samba moovit. Pääsisit vähän hajulle minkälaista Samba mambaa tää kaupunki voi tarjota myös muulloin kuin Samba -karnevaalin aikaan.

Isabellan tarjous matkaoppaana olemisena kuulosti hyvältä ja Juisea alkoi kiinnostaa mikä tuo Samba oikein on. Tiedä vaikka sen voisi viedä matkatuliaisena kotiin. Isabella lähti juoksemaan kohti tanssistudiotaan ja pyysi Juania seuraamaan.

Tanssistudio ei ollut mitenkään megalomaanisen kokoinen, mutta hienosti sisustettu ja lattia oli upeaa parkettia. Paikalla ei ollut ketään, koska Isabellalla oli vapaapäivä eikä hänellä ollut muitakaan työntekijöitä tällä hetkellä, olihan nyt Sambailuajan off-season.

- Laitas jalkaan nää vähän paremmin parketilla luistavat kengät. Noi sun sandaalit ei oo oikein hyvät Samban ensiopetteluun.

Kengät eivät sopineet Juisen jalkaan, mutta hänellä oli takataskussaan mukava temppu, jolla hän pystyi vaivattomasti kasvattamaan kengänkokoa samalla kun ahtoi niitä jalkaansa.

- Jes, nehän sopii sun jalkaa hyvin. Arvasin oikein sun kengännumeron.
- Otetaan nyt aluksi vaikka muutama ihan perus Samba liike. Otetaan toisistamme kädestä kiinni, sitten liikutaan sivuttain heittäen jalkaa aina taakse. Sitten voidaan tehdä helppo käden alitusliike. Lopuksi voidaan tehdä huiskut eli käsien irrotukset ja viimeisenä moovina Samba -walk.

Nyt Juisea alkoi pelottaa, meneeköhän tämä väkivaltaiseksi ja että mistähän tässä oikein on kyse: jalkoja heitetään taakse ja käsiä irrotellaan. Kyllähän tuossa menossa vähemmästäkin veri alkaa roiskumaan. Juisea oli varoitettu jahvanauttikoulutuksessa, että väkivaltaa pitää välttää.

- Mitä jos sä näyttäisit mitä pitää tehdä vaikka ekana. Tuo kuulostaa aika vaaralliselta, käsien irrottaminen ja kaikki. Eikös se käy kipeää sullekkin jos sulta käsi irtoaa?
- Voi Juan, kyllä sä oot niin lutulos! Sä et tosiaankaan oo ennen Sambaillut. Mäpä näytän yksin ekana noi moovilokset.

Isabella laittoi Sambamusiikin soimaan ja meni keskelle tanssilattiaa. Hän ojensi kätensä eteenpäin ja kuvitteli että edessä seisoi tanssipartneri. Sitten hän tanssi sambaliikkeitä. Liikkeet menivät tosi sujuvasti, olihan hänellä parinkymmenen vuoden opiskelut takanaan.

- Kas noin. Ei tullut ruumiita eikä käynyt yhtään kipeää. Miltäs noi Samba -moovit näytti? Mennäänkö sama sarja sitten kahdestaan läpi?

Nyt Juise ymmärsi, että kyseessä ei ole mikään tappamisrituaali vaan harmiton liikuntamuoto. Koulutuksessa heillä oli taidettu opettaa jotain tuon tyylistä, että ihmisillä on tapana harrastaa liikuntaa monessa eri muodossa. Jahvalandialaisilla on moninaisia kykyjä ja yksi kyky on pystyä nauhoittamaan lihasliikkeitä ja toistamaan niitä. Juise oli nauhoittanut Isabellan liikehdinnän lihasmuistiinsa laittamalla lihasliikenauhoituksen päälle. Nauhoittaminen vie jonkin verran energiaa Juiselta ja avaruusaluksen keskustietokoneelta, joten Juise ei käytä kyseistä nauhoitustaitoa ihan valtoimenaan. Viimeksi mm. hän opetteli surffauksen ilman tätä ilmiömäistä apuvälinettä. Nyt voisi laittaa lihasplaybackin päälle Isabellan kanssa, niin liikkeet menisivät mahdollisimman oikein. Isabella laittoi musiikin soimaan ja otti Juisea kädestä kiinni. Se mitä Isabella oletti, ei toteutunut lainkaan. Isabella aikoi mennä liikkeissä hieman edellä ja näyttää tanssikuviot. Mutta hämmennys oli suuri, kun Juise alkoi viedä Isabellaa ja vieläpä todella hyvin. Samba -kappale oli jotain 3-4 minuuttia pitkä. Juise toisti Sambalihasmuistiaan tehokkaasti ja säntillisesti koko kappaleen soiton ajan ilman yhtäkään virhettä liikkeissä. Kappaleen lopussa Isabella oli rättiväsynyt ja ihmeissään.

- HUHUHUUUU! Mä oon niin väsynyt. Sä taisit vedättää mua. Sinähän olet mestariluokan tanssija Juan. Ootkos sä joku kilpatanssija tai joku?

- No en mää hirveesti ole Sambannut, mutta sä näytit noi liikkeet niin hienosti ja selkeästi, että kyllä tällainen tyhmempikin turisti siitä oppii.

Isabella oli ajatellut näyttää muutaman lisäliikkeen Sambasta, mutta nyt hän oli niin väsynyt, että pystyi ainoastaan istua huohottaen ja vettä juoden.

- Kiitos tosi paljon Samba opetuksesta. Täytyy sanoa, että sinä ole todella hyvä opettaja. Mä ajattelin lähteä tutustumaan kaupunkiin lisää. Sä taidat olla aika väsynyt, et varmaa jaksa lähteä mukaan?

- Joo, mun pitää vähän huilata. Mutta jos sä lähdet yksin, niin sun kannattaa mennä katsoo ehdottomasti Copacabanan hiekkarannat. Se on upeeta seutua!

Juise kiitti vielä ja asteli ulos. Tällä kertaan Juise päätti kävellä paikanpäälle, eikä siirtyä ajatuksen voimalla. Samalla näkisi enemmän kaupunkia. Juise sai olla tarkkana. Erilaisia ajoneuvoja singahteli joka puolelta. Olisi noloa, jos joku ajoneuvo törmäisi Juiseen. Siinä voisi tulla pahempi vaurio ajoneuvoon kuin Juiseen. Tällainen onnettomuus voisi herättää turhaa huomiota. Liiallisen huomion herättämisestä oli varoiteltu jo koulutuksessa. Ihmiset ovat autuaan tietämättömiä Jahvalandiasta tai heidän vierailustaan maapallolla ja tätä tietämättömyyden tilaa tulisi pitää yllä mahdollisimman hyvin. Kaupunkikävelyllä ei tapahtunut mitään suurempaa ja yllättävää. Juise löysi Cobacabanan hiekkarannat ja asteli hiekalle.

- Meinaatkos alkaa Sambaamaan tässä hietikolla, kysyi häntä lähestynyt pikkupoika.

Juise oli unohtanut Sambakengät jalkaan ja näky oli hiukan huvittava, kun hän tallusteli tanssikengät jalassa hietikolla.

- Joo, mä tulen suoraa Samba-treeneistä ja unohdin nää jalkaan.

Poika virnisti ja alkoi vatkata lantiota hullun lailla ja osoitteli ivallisesti sormellaan Juisea ja nauroi. Ilokseen Juise huomasi, että Isabellan vinkki tulla tänne rannalle oli oikeaan osunut. Täällä tuntui olevan iloista ja positiivista porukkaa ainakin näin heti ensisilmäyksellä. Juise haihdutti tanssikengät pois jalasta ja korvasi ne sandaaleilla. Nyt tuntui huomattavasti luonnollisemmalta liikkua pehmeässä hiekassa. Juise oli tallustanut pitkää hiekkarantaa päästä päähän usean kerran. Hänelle ei oikein auennut mikäköhän täällä on niin ihmeellistä, että ihmiset viihtyvät täällä näin sankoin joukoin. Osa löhösi hietikolla pyyhkeen päällä. Osalla ei ollut juuri yhtään vaatteita päällä. He laittoivat jotain rasvaa iholleen. Juise epäili olisikohan tuo jonkinlaista kehon lataamista auringon voimalla. Sellaista Juise ei kylläkään ollut muistanut koulutuksessa kerrottavan. Hän ei ollut kuitenkaan varma mahdollisesta ihmisten latausominaisuudesta. Eihän Juise kuitenkaan ollut aina niin hereillä koulutuksessa ollessaan, joten jotain on voinut mennä ohi korvien. Osa maan asukkaista vuorostaan tykkäsi liikuskella vedessä samanlaisilla lautasilla kuin aiemmin Los Angelesissa. Osa vain räpiköi vedessä ilman lautaa, uimiseksi sitä taidettiin kutsua. Juise ajatteli, että jotain spesiaalia noissa toimissa piti kuitenkin olla, koska he niin antaumuksella rannalla viihtyivät.

Eräs nuori mies tuntui oleva erityisen hyvä uimaan. Juise laittoi lihasmuistinauhurin päälle ja päätti opetella myös uimaan. Eihän sitä tiedä, vaikka uiminen voisi avata vähän hänen harmaita aivosolujaan tähän rannalla viihtymisen mysteeriin. Nuori mies oli todella taitava uimaan. Hän eteni sekä kroolilla, selkäuinnilla että perhostelemalla. Vastaantulevat aallot eivät tuottaneet hänelle mitään vaikeuksia. Hän sukelsi aina aaltoon ja pulahti pintaan aallon jälkeen. Juise tykästyi miehen nopeaan ja ketterään vedessä liikkumiseen. Juise oli nauhoittanut jo jonkin aikaa uimista lihasmuistiinsa. Nyt oli aika kokeilla miten se onnistuisi ja miltä uiminen tuntuu sen omassa elementissään vedessä. Ei muuta kuin uimakoppiin tekemään vaatetustemppu, eli pantterikuvioiset uimahousut jälleen päälle ja menoksi. Juise tallusteli veteen ja kyykistyi aluksi veteen kastellakseen itsensä ennen uimaan lähtemistä. Sitten hän laittoi uimisplaybackin päälle, hitaimmalle moodille ettei mopo karkaisi heti käsistä. Hän oli suuntautunut ulappaa päin, joten hän lähti heti uimaan poispäin rannasta. Uiminen tuntui todella rentouttavalta ja hauskalta. Juise pulikoi vedessä eri suuntiin ja eri uimistekniikoilla. Jonkin aikaa uituaan, vauhti alkoi tuntua jopa hitaalta. Niinpä Juise lisäsi uimissimulointiplaybackiin kierroksia lisää. Nyt vauhti oli jo niin nopeaa, että rannalta ei löytynyt yhtään nopeampaa uimaria. Vauhdin hurma meni Juisella hiukan päähän ja hän päätti lisätä vielä rahtusen nopeutta. Nyt nopeus alkoi olla lähes vesijetin vauhtia. Tätä vauhdin ja taidon hurmaa jäi moni rannalla olija ihastelemaan. Moni supatteli keskenään luullen, että uimassa oli brasilialainen uinnin olympiavoittaja Caesar Cielo Filho. Eräs kuitenkin tiesi varmasti, että Filhoo ei ole näkynyt täällä aiemmin. Suuren ihmisjoukon huomasi myös eräs työvuorossa ollut rantavahti, joka kiikaroi tähystystornistaan. Hän ajoi mönkijällä ihmisjoukon luokse.

- Moios, onkos täällä joku hätä, kun ootte kerääntyneet tänne?
- Katselemme tuota ilmiömäistä uimaria, joka pyyhältää tuolla vedessä kuin mikäkin delfiini, selitti joukkiossa ihmetellyt auringonpalvoja.

Nyt rantavahti huomasi itsekin, että vedessä toden totta pyyhälsi joku uimari, jolla oli sellainen vauhti, että oksat pois. Hyvistä rantavahdeista on Copacabanalla koko ajan puutetta. Rantavahti päätti tiedustella tältä uimatykiltä, haluaisiko hän kokeilla rantavahdin pestiä. Juise viihtyi vedessä todella hyvin ja ui putkeen yli tunnin. Rantavahti alkoi jo tuskastumaan eikö hän pääsisi ollenkaan juttuttamaan Juisea, joka ui ja ui vaan. Vihdoin Juise lopetti uimisen ja kahlasi rantaan. Rantavahti oli heti kärppänä Juisea vastassa mukanaan osa ihmisjoukosta.

- TAPU, TAPU, TAPU, hakkasi rantavahti käsiään yhteen Juisen edessä.
- En ole vähään aikaa nähnyt noin suvereenia veden hallintaa ja millä vauhdilla! Ja kuntokin sinulla näyttää oleva rautaa, kun et ole juurikaan hengästynyt tuollaisen uintirupeaman jälkeen, WAUDOS!

Juise oli otettu ja kiitteli ylistyssanoja. Samalla hän mietti, että olikohan hän kuitenkin ottanut vähän liikaa kierroksia lihasmuistiplaybackilla, kun hän näytti saavan näinkin paljon huomiota.

- Joo, mä viihdyn tosi hyvin vedessä ja olen harjoitellut uimista todella paljon, Juise yritti perustella ilmiömäistä vauhtiaan.
- Upeetasdos! Mun nimi on Carlos, olen rantavahti. Miten olis, olisitko kiinnostunut kokeilemaan rantavahdin pestiä? Sulla olis todella hyvät ominaisuudet tähän vaativaan ammattiin.
- Moidos vaan, mä oon Juan.

Tämä ehdotus tuli Juiselle yllättäen. Mutta Juise oli jo tottunut nopeisiin päätöksiin ja oli heti valmis uusiin kokemuksiin. Juise hyppäsi mönkijän takatarakalle ja parivaljakko suuntasi kohti hengenpelastajien tähystystornia.

- Sä oot tosiaan aika peto vedessä. Tuosta ominaisuudesta on todella paljon hyötyä vaaratilanteissa ja hengenpelastamisessa. Mä voin pitää sulle pikakurssin hengenpelastuksesta. Se vain raapaisee pintaa, mutta voit aloittaa ikään kuin oppisopimuksella ja mun valvonnassa. Tässä sulle tää hengenpelastajan status symboli, punainen Baywatch kelluke. Ja tässä myös walkie-talk puhelin, jolla voimme kommunikoida keskenään.

Juise tarkasteli noin puolen metrin pituista surffilautaa muistuttavaa muovilätyskää ja ihmetteli mitenkä ihmeessä sen päällä pysyy ja voi surffata? Se edellinen surffilauta, joka on avaruusaluksen ruumassa, oli huomattavasti suurempi ja vakaampi käsitellä.

- Moni uusi rantavahdin alku luulee aina, että tuo Baywatch kelluke on vain legendaa ja David Hasselhoffin filmausrekvisiittaa.
- Kelluke auttaa sinua kuitenkin vedessä pärjäämisessä ja turvaa sinua myös, jos alkaa hapottaa kesken pelastustoimen. Mutta sinulla ei taida olla ongelmia tuollaisesta väsymisestä, naureskeli rantavahti.

Juise oli tyytyväinen, kun ei tarvinnut enää aprikoida pienen lainelaudan mysteeriä. Ja näyttäisihän se aika coolilta myös, kun kantelee tuollaista vehjettä rannalla.

Brasiliassa ollaan tietyillä aloilla aika suurpiirteisiä työlainsäädännössä. Koulutusta ja titteleitäkään ei niin paljon kysellä, pääasia että osaa työnsä. Niinpä Juise pääsi heti tositoimiin. Rantavahti -tuutori pyysi Juisea seuraamaan, kun he lähtivät pienelle rantakävelykierrokselle. Tällaista kävelykierrosta ei välttämättä tarvitsisi tehdä, vaan paras tarkkailupaikka on rantavahtitorni. Hän halusi kuitenkin näyttäytyä rantaväen joukossa ja varsinkin Baywatch-kelluke kainalossa. Sivusilmällä Carlos oli huomannut, että varsinkin naispuoliset ranta-asukkaat katsoivat ihaillen häntä – mikä ei tuntunut yhtään haittaavan Carlosia, päinvastoin. Kukkokeimailukävelyn jälkeen Carlos sanoin menevänsä tähystystorniin kiikaroimaan tapahtumia laajemmalta alueelta. Hän pyysi Juisea jatkamaan rannan tuntumassa päivystystä. Näin apu olisi mahdollisimman lähellä hädän tullessa jollekulle avuntarvitsijalle.

Päivä oli edennyt hädin tuskin yli puoleen väliin. Juise oli kokenut jo todella paljon. Hän oli jopa löytänyt työpaikan ja oli täydessä työn tohinassa. Juise oli vielä noviisi rantavahdin toimessa, joten hän joutui odottamaan Carloksen tulikomentoja mahdollisten avustustoimien suhteen. Sitä varten hänellä oli walkie-talk puhelin, johon hän sai pikaopin tangentin käytöstä ja muista ominaisuuksista.

- Carlos kutsuu Juania. Kiikareilla näen, että sinusta vasemmalla on uimari eksynyt hiukan kauemmaksi rannasta ja viittoilee hädissään. On ehkä väsynyt. Käytkö avustamassa häntä rantaan, Roger.
- *Whattos, kenellehän toi Carlos puhuu, mullekko vai jollekulle Rogerille*, mietiskeli Juise.
- Haluutko sä Carlos, että minä menen auttamaan vai onko täällä joku toinen vahti, Roger joka menee?

43

- Ei kun toi Roger on kuitti, että puhelu loppuu.
- Niin mutta jos Roger on kuitti, niin eihän se jaksa sitten varmaan mennä pelastamaan?
- Sun walkie-talkien koulutus ei menny meillä ihan putkeen, sorrydos. Toi Roger tarkoittaa, että viestini on loppu sinulle ja painan tangentin pois päältä, youknowdos?

Juise käsitti pian, että rantavahdin kommunikointilaite on todella antiikkinen ja viestintä vaatii sanallisia kuittauksia. Tätä enempää miettimättä Juise otti pari nopeaa askelta veteen ja laittoi uintisimulointiplaybackin päälle. Juise meni vinhaa vauhtia avuntarvitsijan luokse ja otti uimarin selkäänsä. Yhtä nopeasti hän ui rantaan turvaan. Uimari ei ehtinyt sanoa mitään, sillä samassa silmänräpäyksessä he olivat rannalla.

- Kiitos tosi paljon. Olinkin jo aika uupunut ja merivirta alkoi viemään mua ulapalle. Tulit juuri oikeaan aikaan, tilitti merihätään joutunut uimari huojentuneena.

Juise lähti onnellisena jatkamaan työtään, olihan hän pelastanut ensimmäisen asiakkaansa meren vaaroilta. Iltapäivää kohden lämpötila vain kohosi ja ihmiset viihtyivät entistä enemmän vedessä pulikoiden ja viilentäen kehoaan. Tämä tiesi entistä enemmän töitä hengenpelastajille. Juisella piti kiirettä koko iltapäivän. Työlistalla oli kaksi kadonnutta lasta sekä erään jalkansa merikasveihin loukanneen rantalomailijan kantaminen ensiapuun.

Yhtäkkiä rannan varoitussireeni alkoi soida kovalla äänellä. Juise havahtui. Hän ei tiennyt mitä tuo kova ääni tarkoitti. Äänen kuullessaan uimarit ja surffaajat lähtivät rynnimään pois vedestä. Kauan aikaa Juisen ei tarvinnut ihmetellä sireeniäänen tarkoitusta, kun Carloksen ääni kuului walkie-talkista.

- Carlos kutsuu Juania. Rannikon tuntumassa havaittu suurikokoinen hai. Kaikki pitää saada pois vedestä ja nopeasti, Roger.

Juise käsitti, että kyseessä voi olla hengenvaara henkilöille, jotka kohtaavat vaarallisen olion vedessä. Hän tarkkaili vettä ja juoksi nopeaa tahtia rantaviivaa, havaitakseen onko uimareita jäänyt veteen. Vähän matkan päässä rannalle rynnänneet uimarit huusivat, kirkuivat ja viittoilivat veteen päin. Juise meni paikanpäälle.

- Tuolla on iso hai, viittoili eräs rannalla olija. SE UI KOHTI TUOTA PIKKUPOIKAA, PELASTAKAA SE!!

Juise huomasi, että tilanne oli muuttumassa todella vaaralliseksi. Pieni poika oli jäänyt uimaan piittaamatta varoitussignaalista ja isokokoinen hai lähestyi poikaa vauhdilla. Juise ei ehtinyt ajatella vaaraa sen enempää, vaan hyppäsi veteen ja otti kaikki lihaksensa voimanrippeet käyttöön ja syöksyin parivaljakkoa kohden. Hai oli häntä lähempänä, joten Juise singahti hain eteen, jotta se ei voisi edetä poikaa kohden. Väliintulo meni täpärälle, vain muutama sekunti ja hai olisi voinut tarrata terävillä hampaillaan pojan jalkaan. Hai hölmistyi, kun sen eteen ilmestyi kuin tyhjästä ihminen. Tämä ei ollutkaan mikään tavallinen ihminen. Hai sai heti kommunikointikontaktin ihmiseen.

- Hai sie, älä kuule yritä vahingoittaa tuota pientä ihmisenalkua, sanoi Juise rauhallisella äänellä haille.
- Öö, mikäs hybridi sä oot? Puhut hain kieltä, mutta näytä ihmiseltä. Mä taidan vain kiertää sut ja syödä tuon pikkupojan. Mulla on sen verran nälkä nyt.

Juisella ei jäänyt mitään muuta vaihtoehtoa kuin estää hellästi hain pahat ajatukset. Juise koukkasi nopeasti hain eteen ja tömäytti kevyesti haita kuonoon.

- Hullu hybridi, ootko sä ihan sairas, alkoi hai uikuttamaan.

Hai päätti lähteä pois, koska oli niin ällistynyt Juisesta ja sen kyvystä kommunikoida ja osua arkaan paikkaan. Kun hai oli näkökantaman ulottumattomissa, Juise otti pojan selkäänsä ja ui rantaan. Juisea vähän harmitti, koska oli joutunut käyttämään hiukkasen väkivaltaa haita vastaan. Sillä hän kuitenkin pelasti pikkupojan hain terävien hampaiden ulottumattomiin. Hain itseluottamuksen menettäminen oli pieni hinta sille, että pikkupoika olisi menettänyt jalkansa tai jopa henkensä. Rantaväki oli seurannut tapahtumia kauhun ja ihastuksen vallassa. Kun Juise ja poika rantautuivat, alkoi väkijoukko hurraamaan ja juhlimaan sekä pojan henkiinjäämistä että Juisea. Väkijoukko otti Juisesta kiinni ja heitteli Juisea ilmaan useamman kerran. Ihmiset eivät voineen käsittää, miten Juise oli ollut niin rohkea ja pystyi päihittämään yli kolmemetrisen hain paljain käsin. Tapahtuma ei jäänyt huomiotta myöskään paikalliselta medialta. Sosiaalinen media oli jo hyvän aikaa seurannut tilannetta. Paikallislehden toimittaja yritti lähestyä Juisea väkijoukon läpi kameramiehensä kanssa. Väen tungos oli valtava. Reportteri pääsi lopulta Juisen lähelle ja ojensi nauhurin Juisen suun eteen. Valokuvaaja otti kuvia Juisesta sarjatulella.

- Upeedos, sä pelastit pikkupojan hengen. Ja vielä millaisilla atleettisilla otteilla. Kuka olet, mistä tule ja miten sinulla on noin mahtava fysiikka?

Juise oli hiukan hämillään saamastaan huomiosta. Väkeä tungeksi hänen ympärillä ja reportterin kysymyksiä sinkoili ilmaan. Juise muisti jahvanauttikoulutuksen. Siellä oli painotettu, että maapallolla ei saisi aiheuttaa mitään huomiota herättävää. Liiallinen huomio voisi vaarantaa Juisen matkan. Meno rannalla alkoi tuntua tosiaankin huomionherätykseltä. Juisen pitäisi jollakin tavalla luovia itsensä pois tästä keskipisteenä olemisesta.

- Mä oon Juan ja oon vain harjoittelijana täällä rannalla. Eihän tuo ollut mitään, ihan tavallinen pelastustehtävä, vastasi Juan vaatimattomasti reportterin uteluihin.

46

- Ai vai ei ollos mitään. Toihan oli rohkein ja mielettömin taistelu paljain käsin isoa haita vastaan mitä olen koskaan nähnyt. Tuollaista en ole kuullut missään päin tapahtuneen. Sä oot kuule Juan sankari!

Juise tajusi, että nyt hän ei tosiaankaan voi enää yhtään enempää paljastaa itsestään reportterilla. Jotain pitäisi keksiä ja nopeasti. Juise päätti käyttää väenpaljoutta hyväkseen ja käveli määrätietoisesti ja voimakkain askelin väkijoukon läpi. Reportteri oli hennompi, joten ei pysynyt Juisen perässä. Heti kun tuli hiukan väljempää, Juise otti juoksuaskeleita ja kiiruhti turvaan rannalla olevaan pukukoppiin. Koppi oli tarkoitettu yhdelle henkilölle, joten hän pystyi rauhoittumaan kopissa ja miettimään seuraavaa siirtoaan.

- *No huh, huh. Tällainen hulabaloo yhdestä hain päihittämisestä ja lapsen pelastamisesta. Pitää varmaan käydä sanomassa Carlokselle, että tämä työ ei oikein sovi minulle*, mietiskeli Juise.

Rannalla meno oli jo hiukan rauhoittunut. Ilta alkoi lähestyä ja väki alkoi poistua rannalta. Reportteria ei enää näkynyt paikan päällä. Juise uskaltautui pukukopista pois ja meni tähystystorniin Carloksen luokse.

- Sieltähän se meidän sankari tulee. Sulla on tainnut olla aika lailla vientiä kuin ei ole näkynyt vähään aikaan. Se sun pelastaminen ja hain kanssa taistelu oli jotain ennennäkemätöntä, huimaados!

- Eihän toi ollut mitään, kyllä ton ois varmaan joku muukin teistä rantavahdeista pystynyt tekeen. Mulla on sellainen tunne, että mä en oikein sovi tähän tehtävään. Mun pitää muutenkin lähtee eteenpäin, mä oon vaan turistina täällä.

Juise sai perustella lähtöään Carlokselle useaan kertaan. Vihdoin Carlos hyväksyi myös, että hän joutuu luopumaan tähtihengenpelastajastaan.

Ilta alkoi hämärtyä. Juise päätti kävellä alukselle. Saisi samalla mietiskellä päivän tapahtumia. Oli tullut vastaan sitä sun tätä ja paljon vauhtia ja vaarallisia tilanteita oli ollut ihan riittämiin. Juiselle ei tullut heti mieleen, mitä tästä päivästä olisi paluumatkalle vietävänään. Jotain positiivista se pitäisi olla. Näihin mietteisiin Juise oli vaipunut kävellessään rantabulevardia pitkin alusta kohden.

- Moios komistus, mikäs vie sun mielen noin mietteliääksi? Mä voisi piristää sua, jos mentäis vaikka mun luo.

Juise havahtui ajatuksistaan ja huomasi nätin iloisen näköisen naisen edessään. Hänellä oli niukka vaatetus päällään, vaikka ilta alkoi olla viilentymään päin. Kengät olivat punaiset ja korkeakantaiset. Hamekin oli lyhyt, hädin tuskin sitä pystyi hameeksi sanomaan. Noin iloinen nainen voisi vielä tuoda jotain positiivista kotiin vietävää, joten Juise ajatteli suostua.

- Moidos vaan. Päivän tapahtumia tässä vaan mietin. Sinähän olet ystävällinen. Kyllä minä voisin tullakkin sun luokse kyläilemään. Asutkos sä kaukanakin?
- Ihan tuossa korttelin parin päässä. Seuraa mua komistus.

Nainen otti Juisen käsikynkkään ja lähti johdattamaan Juisea kotiinsa. Juise mietti onnellisena, että varmaan hän kokee jälleen kaikenlaisia positiivisia asioita. Varsinkin kun nainen oli noinkin iloluontoinen ja ulospäin suuntautunut. Matkan varrella muutama vastaantuleva turisti katsoi pariskuntaa ja virnistävä hymy levisi heidän naamalleen. Juisesta tuntui, että nyt hän on ehkä löytänyt todellisen positiivisuusaarteen. Kyllähän tämä nainen tuntui tuovan jostain syystä hymyä vastaantuleviin kävelijöihin, joten jotain mystistä tuossa naisessa tuntui olevan. Vihdoin he olivat naisen kotona. Asunto ei ollut järin suuri. Makuuhuone oli suurin. Sen yhteydessä oli pienenpieni keittokomero. Sitten oli vielä WC, jossa oli suihku. Asunnon valaistus oli hämärä, päävärinään punainen.

- No nyt ollaan mun kotona. Istu alas vaan vaikka tuohon sängyn reunalle ja ole kuin kotonasi, kehotti nainen.

Juise teki työtä käskettyä ja istahti pehmeän sängyn reunalle. Juise katseli ympärilleen. Nainen tuli istumaan Juisen viereen aivan kylki kylkeä vasten. Juise oli hiukan hämillään. Aiemmin ei ollut kukaan tullut näin lähelle Juisea. Nainen hymyili ja Juise hymyili takaisin, kohtelias kun oli.

- *Tällaistakohan täällä maapallolla kyläily toisen luona on? Ei näissä kyläilytapahtumissa vissiin taideta paljoakaan puhua*, mietiskeli Juise.
- Mitäs sä haluaisit tehdä komistus? Mä voin tehdä sun kanssa ihan mitä sä haluut, alkoi nainen puhua Juiselle.
- No mehän voitais vaan tässä kyläillä, sanoin Juise vähän epävarmana.

Juisella ei ollut mitään aavistusta mitä ihmiset tekevät kyläillessään. Siksi Juise yritti vältellä sanomasta tarkemmin mitä he alkaisivat tehdä tai puhua, kun Juisella ei tosiaan ollut mitään hajua kyläilyprotokollasta.

- Kylläpäs sä oot ihanan ujo. Jos mä vaikka sitten voisin näyttää, minkälaista "kyläilyä" me voitaisiin harrastaa.

Nainen tuli ihan kiinni Juiseen ja hivutti kättään Juisen löysien bermudashortsien alle.

- Mitäs sitä täältä löytyy, onkos täällä sun pikkuveli?
- Ai mikä pikkuveli, ei siellä oo mitään pikkuveljeä, siellä on vaan tuo millä päästetään nestettä ulos kehosta, Juise yritti selittää.

Samalla Juise huomasi, että hänen jalkojen välissä alkoi tapahtua jotain ihmeellistä. Sellaista ei ollut tapahtunut vielä koko reissun aikana. Nyt Juiselle alkoi tulla jostain aivojen sopukoista mieleen jahvanautin biologian tunnit. Siellä oli selitetty teoriaa, että housut voivat alkaa tulla tiukasi, jos vastakkainen sukupuoli tulisi liian lähelle. Tämä oli koulutuksessa kerrottu olevan suurimman luokan hälytys, jossa sireenit pitää alkaa jahvanautilla soimaan. Jostain syystä tuo tuntematon nainen oli halunnut alkaa jatkamaan sukua Juisen kanssa! Se oli nyt tullut Juiselle selväksi. Kaikki edellä oleva viittaa vahvasti koulupenkillä opetettuun teoriaan. Tässä tilanteessa jahvanautin pitää vetää hätäjarrua ja perääntyä vähin äänin. Jahvalandialaisten ja maan asukkaiden viruskanta on varsin poikkeava, vaikka jahvanautit pystyvätkin muuntautumaan maan asukkaaksi. Muuntautuminen ei ole kuitenkaan täydellinen solu ja virus tasolla. Voisi olla katastrofi, jos jahvalandialainen ja maan asukas yhtyisivät toisiinsa. Nyt Juisella oli hyvä neuvot tarpeen. Miten perääntyä hallitusti ja huomiota herättämättä. Juise päätteli, että tässä tilanteessa pitää pyrkiä olemaan mahdollisimman rehellinen.

- Kuules, mä en ole vielä valmis jatkamaan sukua, varsinkin kun olen vielä näin nuori. Ja me emme oo tunteneetkaan vielä kuin vain vähän aikaa, joten on vielä ehkä liian aikaista jatkaa sukua.

Nainen meni vähäksi aikaa sanattomaksi Juisen eriskummallisista kommenteista. Hänelle tuli jopa mieleen, että kulkeekohan tuo mies täysillä. Nopeasti nainen kuitenkin tokeni äimistyksestä ja orastavasta pelosta.

- Kuules pikkupoika. Mitäs sä oikeen leikit mun kanssa. Sä ekana haluut tulla mun luo ja sitten sä et haluukkaan. Ooks sä ihan sekasin?
- Öö, en mä kovin nuori oo ja en mä kyllä mitään leiki. Mä tulin kun sä pyysit mua kyläileen.
- No, leikit tai et, sä saat pulittaa mulle kuitenkin nyt koko taksan, 300 BRL:ää.

Juise ei tiennyt kyläilyprotokollaa, joten hänellä ei ollut tietoa pitikö kyläilystä maksaa jokin summa. Jahvanautilla oli kuitenkin kätevä rahantekokyky. Juise kaivoi taskuaan, otti sieltä vaaditut rahat ja ojensi ne naiselle.

- No eiköhän tää kyläily ala riittämään. Mulla on vähän kiirekin kotiin. Joten kiitos kyläilystä, nähdään sitten vaikka joskus uudelleen.

Juise kierteli ja kaarteli ja päästi muutamia valkoisia valheita. Vihdoin hän pääsi tukalasta tilanteesta liukenemaan ja sulki naisen oven perässään.

- *Huh, se oli täpärällä. Maailman laajuinen viruspandemia olisi voinut kohdata maapallon,* mietiskeli Juise vakavan oloisena.

Enää Juisea ei huvittanut kävellä, vaan hän siirsi ajatuksensa avaruusalukseensa ja oli silmänräpäyksessä turvassa aluksen sisällä. Päivä oli ollut tapahtumia täynnä. Jotenkin Juisella oli sellainen tunne, että positiivia matkatuliaisia ei kovin paljon tänä päivänä kertynyt. Ainoana ehkä tuo niin ihana ja rentouttava Samba -tanssi. Sen voisi hyvinkin viedä takaisin kotiplaneetalle. Juiselle oli alkanut kasvaa maassa jo jonkinasteinen huumori. Hän naureskelikin hiukan itsekseen kuvitellessaan, kuinka hän palaa sankarina takaisin. Tuliaislahjana hän esittäisi Samba -tanssin itselleen planeetan johtajalle Iso-Jahvalle. Ja Iso-Jahva alkaisi Sambaamaan samaan tahtiin Juisen kanssa. Iso-Jahva ei varsinaisesti omaa mitään kovin notkeaa Samba-vartaloa, pikemminkin päinvastoin. Tässä vaiheessa Juise jo nauroi ihan hervottomasti ja hallitsemattomasti. Juise kuitenkin vakavoitui. Eihän sitä saa pilkata planeetan päämiestä, edes huumorimielessä, ajatteli Juise hiukan häpeissään. Nyt piti vielä suunnitella jatkomatkaa, pysyäkö täällä vielä vai jatkaa jonnekin muualle. Paikka tuntui mielenkiintoiselta. Juise ei halunnut vielä lähteä muualle, joten nyt piti laittaa nukkumaan ja herätä huomenna miettimään jatkoa.

Aamulla Juise heräsi mielettömän kovaan kirkumiseen ja mylvintään. Hän oli jo vähällä laittaa mietintään jonkin satunnaisen paikan nimen ja poistu paikalta vilkkaasti mahdollisen uhan vuoksi. Toki alus oli näkymätön ja läpipääsemätön maan asukkailta, mutta joitain mahdollisia valon taittovirheitä voisi nähdä, jos katsoisi alusta tarpeeksi läheltä. Juise näki ikkunasta, että alusta ympäröivissä puissa roikkui iso joukko kullanvärisiä pieniä otuksia. Juise sai Jaaflesta selville, että kyseessä oli harvinaisia apinoita, kultatamariineja. Kanta oli maailmanlaajuisesti kutistunut lähes sukupuuton partaalle. Viimeisimpiä yksilöitä asusteli vielä täällä Rion kaupungin laitamilla. Oliot eivät näyttäneet mitenkään aggressiivisilta, vaan jopa hiukan hellyttäviltä ja empaattisilta, ääntä lukuun ottamatta. Juise päätti tutustua pikkuolioihin lähemmin ja muuntui kultatamariiniksi.

- MouMoMou, mitenkä teillä on päivä alkanut? Juttua teillä tuntuu ainakin tulevan heti aamusta, Juise aloitteli smalltalkkia apinoiden kanssa.

- JouJouJou, aamuvarhaisesta pitää heti kierrellä reviiriä ja etsiä ruokaa, vastasi lauman johtaja-uros. Vähän ajan kuluttua noi isot apinat alkavat ilmestyä tuonne näköalatasanteelle ja osa jopa vaeltelee täällä metsässäkin. Niitä pitää varoa.

- Noista vaarallisista ja arvaamattomista isoista apinoista ei ole mitään muuta kuin harmia. Ne ovat vieneet meidän asumisalueet tyystin ja meillä on jäljellä vain tällaisia pieniä metsäkaistaleita, missä voimme oleskella.

Apina selitti Juiselle, miten heidän reviirinsä olivat pitkään olleet laajat tällä alueella, jopa rannikolle saakka. Sitten isot apinat eli ihmiset tulivat ja valloittivat metsikön toisensa jälkeen.

- Mutta kukas sinä ole? Meidän apinayhteisö on sen verran pieni, että tuntisin sinut kyllä, jos olisin nähnyt sut aiemmin, tiedusteli Johtaja --uros uteliaana.
- *Nämä apinat tuntuvat olevan välkkyjä ja viisaita, joten nyt pitää olla tarkkana, etten valehtele ihan mitä sattuu,* mietti Juise pikaisasti.
- Joo, tuota... Mä tulin tänne laivalla Euroopasta, Suomi nimisestä maasta. Siellä on Korkeasaari niminen eläintarha. Mun äiti ja isä jäi sinne, mutta mut siirrettiin tänne Rioon. Mä tulin tänne hiukan suruissani, kun jouduin perheestäni eroon. Mutta laulun voimalla – *"Rio ohoi, mä lähdin banaanilaivalla pois.."* – mä selvisin pitkästä laivamatkasta.

Juise ei hätäpäissään keksinyt parempaakaan selitystä, mutta jaafle hakukoneella hakemalla sanoilla eläintarha, kultatamariini, laivamatka ja rio hän sai muodostettua näinkin vedenpitävän tarinan ilmestymisestään Rioon.

- Joo, meitähän on viety täältä ympäri maapallon eri eläintarhoihin, nyökkäili johtajauros tietäväisen ja vakavan näköisenä.
- Sä voit jäädä tähän mun laumaan, jos haluat. Mutta muista sitten, että mä oon se pääboss, eli ei mitään monkey businestä tai saat tuta voimani ja lähteä laumasta.

Juise päätti olla ainakin jonkin aikaa lauman jäsenenä. Tiedä vaikka tässä apinan olomuodossa näkisin maapallon erilaisesta näkökulmasta ja voisi saada hyviä vinkkejä positiivisuuden alkulähteistä. Laumalla oli selkeä hierarkia. Kaikista suurimmista päätöksistä vastasi johtaja -uros. Hänellä oli apurinaan pari nuorempaa vahvaa urosapinaa. Naaraiden puolelta hänelle kuului lähes kaikki naaraat. Muutama naaras oli kuitenkin yläpuolella muiden naaraiden. Tiukalla kurilla ja muutaman luottoapinan voimin johtajauros oli hallinnut laumaa jo pitkän tovin.

- Nyt kun sä oot lauman jäsenenä, niin sä saat osallistua tärkeimpään tehtävään, ruoan hankintaan. Lähdetään ruokajahtiin!

Lauma lähti johtajansa vetämänä ruoka-apajia kohden. Viidakko ei ollut enää kovinkaan viidakkoa Rion kaupungin laitamilla. Ruokaa ei kasvanut sanan mukaisesti enää puussa. Lauman piti improvisoida ruoan hankinnassa aika ajoin. Vaikka ihmiset ovat arvaamattomia ja ehkä vaarallisiakin, heillä on kuitenkin ruokaa aina lähellä. Niinpä lauma joutui olemaan ihmisten kanssa tekemisissä hankkiakseen syötävää.

- Tuolla näköalaterassilla on aina muutamia ruokaa mässyttäviä isoja apinoita. Me aloitamme aina päivän sieltä.

Apinat olivat harjaantuneet todellisiksi kerjääjien ammattilaisiksi. Parhaat apinat pystyvät hankkimaan usealta ihmiseltä monta herkkupalaa pienessä ajassa.

- Mä voin näyttää ekana miten ruokaa saadaan noilta isoilta apinoilta. Sen jälkeen sä saat näyttää kyntesi täytätkö sä paikkasi laumassa ruoan hankkijana, pohjusti johtajauros kohta alkavaa kerjäysnäytöstä.

Apina hyppäsi näköalatasanteen kaiteen reunalle paikkaan, jossa ei ollut kovin lähellä ihmisiä. Kaide oli sopivan levyinen, joten sen päällä pystyi esiintymään suht mukavasti. Kaiteelta pääsisi tarvittaessa myös pakoon, jos tilanne alkaisi tulla liian vaaralliseksi. Johtaja-uros osasi parhaat kerjäys-moovit ja sai ehdottomasti eniten herkkupaloja ihmisiltä. Tämä taito vahvisti vaan johtajauroksen asemaa lauman yksinvaltiaana. Apina hyppäsi kaiteelle ja alkoi tehdä temppuja. Se nousi kahdelle jalalle ja hyppi tasajalkaa edes takaisin. Aina välissä apina teki kokovoltin. Ihmiset huomasivat mukavasti liikkuvan apinan ja alkoivat lähestyä apinaa, ei kuitenkaan liian lähelle, jotta apina ei lähtisi pois. Apina toisti saman liikkeen ja lopuksi ojensi käden anoakseen palkintoa. Ihmiset ymmärsivät yskän ja urosapina sai kolmelta ihmiseltä muutaman banaanin sekä yhden embada-minipiirakan. Uros-apina otti syliinsä herkkupalat ja hyppäsi pois esiintymisareenalta laumansa luokse. Apina tuli lauman luokse rinta rottingilla ja pää pystyssä leveä hymy kasvoillaan.

- Tällainen show! Isot apinat jälleen hullaantuivat esityksestäni ja tällaista ruokaa sain. No rookie apina, näytäppäs nyt miten saat ruokaa meille noilta karvattomilta apinoilta.

Juisen piti vähän aikaa miettiä millä ihmeen keinolla hän saisi ihmisten huomion ja jopa vielä niin, että heiltä heltyisi edes muutama banaani. Juise hyppäsi kaiteelle ja katsoi hiukan hämillään ja peloissaan ihmisjoukkoa. Ihmiset katsoivat takaisin apinaa ja odottivat minkälainen esitys olisi tulossa. Meni tovi ja Juisella iski tyhjää, ei sitten mitään tullut mieleen mitä voisi tehdä ihmisjoukon mielenkiinnon herättämiseksi. Lähelle tuli nuori mies katsojaksi, jolla oli radio mukana ja sieltä kuului kiihkeää samba -musiikkia. Juisella sytytti! Ihmiset olivat pudottaneet ison määrän kaikenlaista tavaraan kaiteelta alas jyrkännettä kohden. Pudonneiden tavaroiden joukossa oli myös räsynukke. Juise haki nuken ja otti sitä kädestä kiinni. Sitten Juise aloitti lanteen vatkaamisen ja sambaliikkeiden katkeamattoman sarjan toistamisen musiikin tahtiin: sivuttain liikkuminen heittäen jalkaa aina taakse, käden alitusliike nuken kanssa, huiskut eli käsien irrotukset ja viimeisenä liikkeenä Samba -walk. Juise innostui myös mölisemään musiikin tahdissa, ikään kuin laulua hakien. Lopuksi Juise teki vielä korkean tuplavolttihypyn ja laskeutui spakaattiasentoon ja käsi ojennettuna palkkion toivossa. Esityksen loputtua yleisö oli hiljaa tovin ja toisenkin tovin. Osalla katsojista oli ilme, jonka perustella vois luulla, että silmämunat tippuvat maahan. Sitten kaikki alkoivat yhtä aikaa hurraamaan, huutamaan ja taputtamaan. Taputtamisesta ei meinannut tulla loppua. Ruokaa alkoi lentämään ilmassa. Ruokaa tuli niin paljon, että kaide täyttyi minuutissa. Banaaneja oli ainakin 50, sekä kaikenlaisia leivoksia ja sipsejä yllin kyllin. Apinalauma havahtui esityksen lumoista ja syöksyi ruokaa kohden. Ruokaa tuli niin paljon, että laumalla oli hankaluuksia saada niitä kaikkia vietyä pesäpuun varastoon.

Laumassa oli kova kuhina paluumatkalla pesäpuulle. Juisen ympärillä pyöri monta apinaa. Ihailusta ja kehuista ei meinannut tulla loppua. Johtaja-uros oli aluksi myös innossaan ja hyvillään lauman saadessa ruokaa jopa kahden päivän tarpeisiin. Vähitellen johtaja alkoi tajuta, että uudesta tulokkaasta voisi tulla todellinen uhka lauman johtajuudessa ja hierarkiassa. Johtaja-uros meni mietteliääksi. Pesäpuulle päästyään lauma vei kaikki ruoat varastoon. Osan he söivät heti. Johtaja-uros veti Juisen syrjään pois muun lauman näköpiiristä.

- Kuules tulokas apina, sä oot todella lahjakkaan oloinen. Johtajuuteen vaaditaan myös muutakin kuin nättiä hyppimistä ja lanteen hetkuttamista. Joten onko sinulla tarkoitus yrittää syrjäyttää minut johtajan pallilta? Jos on, niin voidaan nyt heti tässä ottaa matsi ja katsoa kumpi meistä on pomo tässä laumassa!

Johtaja-uros sihisi, kihisi ja uhosi Juiselle. Juisella ei ollut käsitystä, että apinoilla on näin vahva hierarkia ja varsinkin sen puolustamisvietti. Juise hiukan hätääntyi, sillä hän ei halunnut sortua väkivaltaan. Juise muistui koulutuksesta sanat, joita kannattaa käyttää hädän hetkellä.

- Mä oon pasifisti, joten ei meidän tartte ottaa mitään matsia.

- Pasi.., pasi, pas, fasi, ööö, apinaksi sulla on aika kummallisia äänteitä. Mä ymmärrä mitään mitä sä sönkötät, haluuks sä mitellä voimia nyt vai et?

- Mulla ei oo mitään haluja viedä sun paikkaa lauman johtajana. Ehkä olis parempi kuitenkin, että mä jatkan matkaa. Noi muut lauman jäsenet tuntuvat alkaneen jostain syystä fanittamaan minua. Siitä tulis vaan ristiriitoja, jos mä jäisin.

Juise hyvästeli apinalauman. Osa lauman jäsenistä oli jo kiintynyt Juiseen, joten heille eron hetki oli haikea. Juise oli jättänyt unohtumattoman muistikuvan ja lauma tulisi muistelemaan vielä pitkään rentoa lanteita hetkuttavaa samba-apinaa.

Juise vetäytyi avaruusaluksen uumeniin miettimään maailman menoa. Tällä paikkakunnalla oli tullut vietettyä vain vähän aikaa, mutta paljon oli kerennyt tapahtua. Juisea mietitytti miksi hän saa näin paljon huomiota meni hän minne tahansa ja oli sitten missä muodossa tahansa. Ehkä se johtui siitä, että sisimmässään maan oliot aavistavat Juisessa olevan jotain mystistä ja erilaista. Tähän kysymykseen Juise ei nyt tunnu saavan vastausta. Sen sijaan hän alkoi siirtää ajatuksiaan jonnekin kaukaisuuteen valmistautuen kohtaamaan jonkin uuden paikan.

5. AUSTRALIA

Alus laskeutui pehmeästi heinikkoniitylle lähelle metsikön reunaa. Menopeli oli näkymättömässä moodissa, joten Juisella ei ollut hätää tulla nähdyksi. Maapalloa oli tullut kierrettyä jo pitkä matka ja monella paikkakunnalla käytyä. Niinpä Juise päätti ottaa vähän pidemmät nokoset aluksella. Maapallon ilmasto oli selkeästi alkanut vaikuttaa Juisen kehoon, joka vaati enemmän lepoa. Torkahdus ei ollut vain muutaman tunnin pituinen, vaan hän heräsi vasta seuraavana vuorokautena. Juise olisi voinut nukkua vielä pidempäänkin, mutta heräsi aluksen varoitussummerin huutaessa täysillä. Jahvanautit oli koulutettu nopeaan toimintaan kriisitilanteissa ja varsinkin, jos alusta uhkasi jokin vaara. Nopea vilkaisu ulos ja samalla mittaristoon. Ulkolämpötila hipoi 200 °C. Liekkejä näkyi lähellä alusta. Juise tekin nopean ohjausliikkeen kohoamalla aluksella muutama sata metriä korkeammalle. Sieltä Juise havaitsi, että laskeutumisniityllä oli syttynyt ruohikkopalo, joka oli kuitenkin melko pienialainen. Niitylle oli ehtinyt myös paikallisia palontorjujia, jotka alkoivat saada paloa hallintaan. Ruohikko alustana ei näyttänyt olevan optimaalinen valinta laskeutumispaikalle, joten Juisen piti etsiä hiukan turvallisempi paikka. Lähistöltä löytyi mukavanoloinen metsälampi, jossa oli hiekkaranta. Siihen olisi hyvä jättää alus pidemmäksikin aikaa parkkiin tarvittaessa.

Vaikka laskeutumispaikka tuntui turvalliselta, Juise päätti jäädä väheksi aikaa tarkkailemaan ympäristöä. Lampi oli pieni, mutta melko kirkasvetinen. Ei mennyt aikaakaan, kun hietikolle pomppi kummallisen näköinen eläin juomaan vettä. Juise tunnisti sen Jaaflea apuna käyttäen punakaulakenguruksi. Tämä varmisti sen, että hän todellakin oli laskeutunut haluamaansa kohtaa maapallolla, Australiaan. Tarkoitus Juisella oli laskeutua lähemmäksi Sidneyn keskustaa, mutta pitkä etäisyys Riosta ja hiukan hajamielinen ajatus siirsi Juisen joitakin kymmeniä kilometrejä Sidneystä sisämaahan päin. Kengurut ovat hellyttävän näköisiä. Erityisesti punakaulakengurut ovat mukavan värivivahteisia. Kengurut eivät ole kovinkaan laumassa viihtyviä, pikemminkin erakkoja. Huolimatta tästä tiedosta Juise muuntautui kenguruksi ja pomppi juomaan tullutta uutta lajitoveriaan kohden.

- Pimpeli pomppuli, tervehti Juise.
- Pompeli pimppeli. Kukas sä oot? En oon nähnykkään sua näillä niityillä ja metsiköissä, ihmetteli kengurunaaras.
- Mä oon Kossi-kenguru. Mä tuun tuosta vähän matkan päästä. Siellä alko ruohikko palamaan, joten mun piti vaihtaa maisemaa.
- Mä oon Skippydippy. Joo, noi ihmiset on saanu aikaan täällä tuon, että koko ajan ne aiheuttavat tulipaloja ja polttaa ruohoa.

Juisea alkoi hiukan mietityttää tuo viimeinen hörähdys. Koulutuksessa oli kerrottu, että ihmiset todellakin polttavat ruohoa ja että se on vaarallista. Koulutuksessa ruohon määräksi kerrottiin korkeintaan pieni puolenlitran Minigrippussillinen. Tällaisesta koko peltoa käsittävästä ruohon poltosta ei ollut koulutuksessa puhetta. No, sen vaarallisuus todellakin piti paikkansa.

- Monia sukupolvia sitten täällä oli vehreät maastot syödä heinää, puun juuria ja muita herkkuja. Nyt ilmasto on muuttunut koko ajan kuivemmaksi ja kuivemmaksi. Muutos on aiheuttanut tämän metsäpalojen kierteen, valitteli Skippydippy kenguru.

Juise tajusi – jällcen hieman jälkijunassa – mistä tuossa ruohon poltossa oli kyse. Hän oli yllättynyt, että maapallolla

eläimet tuntuivat tietävän luontoa uhkaavat vaarat huomatta-
vasti paremmin kuin ihmiset. Koska erakkoja ja yksinelijöitä
kengurut ovat, Skippydippykin pomppi metsään, kun oli saa-
nut juotua vatsansa täyteen.

Syy, miksi Juise oli valinnut Australian ja Sydneyn seuraa-
vaksi kohteekseen, oli paikan kuuluisuus. Jopa heidän Jaafle
hakukone oli suositellut paikkakuntaa. Varsinkin oopperatalo
oli tutustumisen arvoinen paikka ennakkotietojen mukaan. Sitä
Juise ei tiennyt, löytyisikö sieltä jotain vinkkiä maapallon on-
nellisuuteen. Ja voisiko oopperatalosta viedä jotain onnelli-
suusmatkatuliaista Jahvalandiaan. Tähän oli vain yksi keino
selvittää: Juisen pitäisi mennä vierailulle sinne. Juisen ei tar-
vinnut paljoakaan ajatella Sidneyn Oopperataloa, kun hän jo
huomasi saapuneensa talon eteen.
- Äiti, kato kenguru!!
- Älähän höpötä, ei kaupungissa ole kenguruita, sanoi
  äiti lapselleen naurahtaen ja kääntyi Juisea kohden.
Juise oli epähuomiossa unohtanut muuntautua ihmiseksi.
Samalla hän oli unohtanut, että siirroksen tulisi tapahtua nä-
kymättömässä moodissa. No, Juise oli nopea ja muuntautui
silmän räpäyksessä ihmiseksi.
- G'day man, anteeksi mun lapseni on tainnut saada au-
  ringonpistoksen, kun luuli teitä kenguruksi.
- Jou, nou worries, lapsilla on vilkas mielikuvitus, Juise
  tasoitteli hetkittäistä paljastumistaan valkoisella val-
  heella.
Juise sanoi nopeat moikat ja lähti kiertämään oopperataloa
ympäri. Hieman erikoisen näköinenhän talo oli verrattuna
aiemmin kohtaamiinsa taloihin, Juise mietiskeli. Voisikohan
talon muoto olla syy kiinnostukseen ympäri maapallon ja uni-
versumin? Juise kiersi ympäri koko talon, mutta ei päässyt
puuta pidemmälle selityksessä, mikä tuossa talossa oikein

kiehtoi ihmisiä. Ehkä piipahdus sisällä voisi valaista enemmän tätä arvoitusta.

Oopperataloon järjestetään opastettuja kiertokäyntejä monta kertaa päivässä. Juise meni oopperatalon infoon tiedustelemaan, miten pääsisi tutustumaan talon sisuksiin tarkemmin. Infon läheltä oli juuri lähdössä uusi ryhmä tutustumiskierrokselle. Juise liittyi joukkoon. Opas oli asiansa tunteva ja kertoi talon historiaa sekä mihin taloa käytetään: oopperaesityksiä, balettia sekä konsertteja. Juise oli opiskellut koulutuksensa aikana myös maapallon taidetta, joten lajit olivat tuttuja ainakin nimeltä.

- Tässä on sitten oopperatalon sydän, päänäyttämö. Täällä ovat saaneet ensi-iltansa monet kuuluisat ooppera- ja balettiesitykset, opas kertoi mukaansatempaavasti.

Samalla hetkellä näyttämön takaseinällä alkoi pyöriä 3D-esityksenä Tosca -oopperan traileri. Äänentoisto oli valtavan hieno. Juise kuitenkin ihmetteli, millä kielellä siinä laulettiin ja mikä esityksessä oli sanomana. Varsinkin pääesiintyjänä laulanut mies hoilasi niin matalalta ja sanoja venyttäen, että Juisen kielentuntemus ei riittänyt saamaan selvää sanomasta.

- Niin mitäs tuossa lauletaan? Noista sanoista ei oikein tahdo saada selvää, kyseli Juise oppaalta.

- Joo, tuossa on meneillään juuri kohtaus, jossa teloitusryhmä saapuu paikanpäälle. Toi upseeri näyttää merkkiä teloitusryhmälle ja merkin saatuaan Cavaradossi ammutaan, opas selitti trailerin tapahtumia innostuneena.

- *No jopas on esityksiä täällä! Ei tuo kyllä kovin positiiviselta kuullosta*, kauhisteli Juise mietteissään.

Opas kertoi esityksiä olevan vuodessa lähes 3000 ja katsojiakin talossa käy lähes 2 miljoonaa vuosittain. Jotain tässä talossa varmaan kuitenkin on, koska niin moni haluaa tulla

61

tänne, mietiskeli Juise. Jahvalandiassa ei ole oopperaa tai mitään muutakaan esittävää taidetta. Sen on ajateltu olevan vain turhaa ja planeetan resursseja tarpeettomasti kuluttavaa. Ehkä tässä kuitenkin voisi olla jokin siemen positiivisuuden kasvattamiseen Jahvalandiassa, tuumi Juise. Koko taloa ei kylläkään voi ottaa avaruusalukseen mukaan, mutta jonkinlaisen kuvallisen muistion tästä voisi tallentaa. Kierros kesti reilu tunnin, jonka aikana Juise sai hyvän käsityksen oopperatalon sisätiloista ja mitä siellä tapahtuu. Juise oli tyytyväinen saamiinsa tietoihin poistuessaan oopperatalon pääovesta kadulle. Musiikki ja laulaminen kiinnosti Juise entistä enemmän.

Ilta alkoi olla ovella ja kaupungin silhuetti tummui. Juise halusi vielä löytää kaupungilta jotain musiikkiin ja laulamiseen liittyvää. Jonkin matkaa kadulla kuljettuaan hän kuuli laulun ääntä läheisestä pubista.

- *Sydney Karaoke pub, siinäpä mielenkiintoisen ja omaperäisen niminen paikka,* tuumi Juise ja päätti piipahtaa.

Hän astui sisään melko suureen pubiin, jossa oli iso joukko iloisia asiakkaita. Lavalla lauloi tavallisen oloinen ihminen jotain tuntematonta laulua. Juise oli kuullut koulutuksessa Karaoke-sanan, mutta ei muistanut siitä sen enempää. Jaaflestakaan ei löytynyt sanalle mitään tarkempaa selitystä, joten Juise päätti jäädä paikanpäälle ja ottaa Karaoke-prosessista selkoa.

- G'day, saisinko yhden oluen, please.

Juise käveli oluttuppi kädessään halki pienen tanssilattian. Pöydässä istui vanhahko pariskunta.

- G'day, voisko tähän istua seuraanne?
- G'day, toki, paina puuta young mate.

Pariskunta selasi jotain pientä lehtiötä syventyneinä sen sisältöön. Juise hörppi olutta hitaaseen tahtiin. Alkoholin vaa-

roista oli jahvanauttikoulutuksessa kerrottu useasti ja painok-
kaasti.

- Kyllä se on AC/DC ja Thunderstruck, sanoi nainen.
- No sä saat vetää sen, sä osaat laulaa paremmin sähköpoikia, sanoi mies.

Nainen käveli paperilappu kädessään karaokeisäntää koh-
den ja ojensi lapun hänelle. Jonkin ajan kuluttua karaokeisäntä
kuulutti:

- Seuraavaksi esiintyy Sally kappaleella Thun-
derstruck, olkaa hyvä.

Nainen pöydästä nousi ja käveli kohti mikrofonia. Musiikki
alkoi soida – tilulilu tilulilu tilulilu... Tilluttelu alkusointua
kesti pitkään ennen kuin nainen aloitti laulun. *"I was caught In
the middle of a railroad track.."*, nainen aloitti voimallisen
laulun. Juisea hämmästeli. Miten pienestä naisesta lähti noin
upea ja voimallinen lauluääni. Huomasi selvästi, että nainen
oli laulanut kappaletta aiemminkin. Juiselle tuli myös jotenkin
outo tunne kappaleesta ja sen rytmistä. Tunne alkoi kihel-
möinnillä niskassa ja sähköväreilyt valuivat selkärankaa pitkin
alaspäin. Juisea alkoi tärisyttämään ja se hämmensi häntä.
Laulu ja värähtelyt ruumiissa kestivät useita minuutteja. Lo-
puksi nainen asetti mikrofonin telineeseen takaisin sanojen
loputtua ja käveli pöytäänsä, vaikka kappale ei ollut kokonaan
vielä soinut loppuun.

- Bloody, ihan mielettömän upee veto hihkaisi Juise,
kun nainen istuutui pöytään.
- Kiitos. Joo, tää biisihän on melkein kuin Australian
kansallislaulu, nainen hehkutti enemmän kappaleen
hyvyyttä, kuin omaa lauluääntään.
- Nää AC/DC pojat on meidän kylän poikii, jatkoi
nainen ylpeänä vuolasta ylistystään rokin legen-
doista.

Nyt Juise oli saanut suurin piirtein selville, miten karaoke-prosessi meni. Tämähän tuntui ihan mielenkiintoiselta. Konseptin voisi hyvinkin viedä Jahvalandiaan, sen verran hyvä meininki pubissa oli. Seuraavia esiintyjiä kutsuttiin jo lavalle.

- Nyt lavalle pyydetään July ja esitettävä kappale "I Should be so Lucky", kuulutti karaokeisäntä.

Nuori nainen asteli lavalle ja otti mikin käteen. Kappaleen alkusoinnut vyöryivät pubin joka kolkkaan: *"diipa diii dapa, diipa diii dapa.."*. Juise ei voinut vastustaa, vaan nousi vaisto-maisesti ylös lavan reunaan. Jalat alkoivat liikkua musiikin tahtiin ilman, että Juise komensi jalkoja. Kaikki tapahtui au-tomaattisesti. Juisea alkoi pelottaa, että mitä nyt tapahtuu. Olisiko lihasliikkeiden nauhoittamislaite mennyt epäkuntoon ja alkanut syöttämään väärää dataa Juisen ruumiiseen? Vaikka Juise sammutti varmuuden vuoksi lihas playbackin, niin siitä ei ollut mitään hyötyä, pakkoliikkeet vain jatkuivat. Kyse oli ilmeisesti siitä, että kappale oli vain niin hyvä Juisen mielestä, että käsien ja jalkojen liikkeitä ei yksinkertaisesti saanut py-säytettyä. Juise jatkoi yksintanssia lavalla. Sitten tuli vielä niin ihanaisia sanoja, joita Juisekin alkoi toistamaan.

- " I should be so lucky"
- "Lucky, lucky, lucky"
- "I should be so lucky in love..."

Kappale kesti jälleen usean minuutin ja Juise tanssi koko kappaleen ajan. Muutama muukin asiakas liittyi mukaan Jui-sen esimerkin rohkaisemana. Kappaleen loputtua koko pubi taputti tasapuolisesti sekä nuorelle naislaulajalle että tanssival-le Juiselle. Juisen pakkoliikkeet loppuivat samalla hetkellä kun musiikki loppui. Nyt Juise tiesi, että musiikki aiheutti hänelle nämä liikkeet. Juise istuutui takaisin pöytään.

- Young man, sähän vedit ihan himmeet moovit, sa-noi pöydän nainen.

- Joo, toi oli tosi kova biisi, ja sanat oli tosi upeet ja positiiviset "lucky, lucky, lucky", Juise hehkutti.
- Jes, se oli myös meidän oma aussie tähtemme, Kylie, Kylie Minogue, nainen kertoi ylpeänä.

Juisea alkoi kiinnostaa tämä niin jumalainen nainen nimeltä Kylie Minogue. Jos hän vielä asuu täällä lähellä, niin Juiselle tuli pakonomainen tarve vierailla kyseisen mystisen naisartistin luona. Tiedä vaikka Kylien lähtisi mukaan Jahvalandiaan, Juise mietiskeli. Jahvanautti koulutuksessa oli kylläkin painotettu, että ainoastaan pakottavissa olosuhteissa voisi maan asukkaan ottaa mukaan Jahvalandiaan. Tässäkin tapauksessa voisi olla kyseessä sellainen, jonka katoaminen ei herättäisi liikaa huomiota. Juisella ei ollut selvää kuvaa, huomattaisiinko Kylien katoaminen vai ei, joten Juisen piti unohtaa toistaiseksi tämä vaihtoehto.

- Noniin young mate, minkäs biisin sinä vedät? Sulla oli jo noin upeet tanssiliikkeet, joten pitäähän sun mennä myös laulamaan. Sä diggasit Kylietä, joten sä diggaat varmaan myös sitten Donovania. *"Too Many Broken Hearts"*, sopisi sinulle hyvin, kun oot noin komeakin, nainen kehotti ja kannusti Juisea.

Jaaflessa oli jonkin verran tietoa maapallon esiintyjistä ja osasta löytyy jopa ääninäytteet. Juise löysi Jason Donovanin äänen Jaaflesta ja päätti ottaa Donovanin äänen käyttöön. Juise kirjoitti esiintyjän ja esitettävän kappaleensa nimen lappuun ja vei sen karaokeisännälle. Muutaman esiintyjän jälkeen tuli Juisen vuoro.

- Seuraavaksi esiintyy Jason kappaleella "Too Many Broken Hearts". Hehe, ollaankohan me saatu itse tähtiartisti paikanpäälle, karaokeisäntä vitsaili Jason nimelle, jonka Juise oli raapustanut lappuun.

"Dip daada dup, dip daada dup..." alkoi kappale soida. Sitten Juise alkoi laulaa. Pubin yleisön alaleuat venähtivät ainakin kymmen senttiä alaspäin ja silmät tapittivat Juisea. He kuulivat täydellisen Jason Donovanin äänen. Osa luuli aluksi, että karaokelaite oli mennyt rikki ja levyltä kuului oikean Donovanin ääni pelkän karaokesoundtrackin sijasta. Mutta kun Juise lauloi muutamassa kohtaa hiukan väärillä sanoilla, niin yleisö oli varma, että Juise itse lauloi. Meno äityi aivan hillittömäksi pubissa. Yleisö nousi seisomaan ja taputti käsiään musiikin tahtiin. Kappale kesti jälleen muutamia minuutteja. Juise alkoi liikehtiä musiikin tahtiin entistä enemmän, mitä pidemmälle kappale meni ja mitä enemmän yleisö tuli mukaan. Kappaleen loputtua pubin valtasi raikuvat aplodit. Juise oli hiukan hämillään, mikä tämän hurmion aiheutti. Olihan Kylien laulu huomattavasti parempi. No, makuasioista ei parane kiistellä, tuumi Juise. Esityksen jälkeen Juiselta ei puuttunut selkään taputtajia ja pöydässä piipahtavia ihailijoita.

Joku pubin yleisöstä oli ehtinyt kuvata Juisen esityksen lähes kokonaan ja ladannut sen YouTubeen. Juise sai havaita, että maapallolla asiat tapahtuvat välillä melko nopeasti. Paikallisen levy-yhtiön kykyjenetsijä Mark oli bongannut kyseisen esityksen YouTubesta. Hän asui lähellä pubia ja oli heti singahtanut paikanpäälle nähtyään ja kuultuaan esityksen.

- G'day, tekö ootte se uudestisyntynyt Donovan, aloitti Mark keskustelun Juisen kanssa.

- G'day, no joo, ei kai tuo ollut mitään, kyllähän kuka vaan osaa laulaa kun vaan yrittää, vastasi Juise vaatimattomasti.

- No nyt taisi tulla vuosisadan vähättely, sanoi Mark iloisen sarkastisesti. Ei tuollaista lauluääntä synny tähän maahan joka vuosi.

Juise oli jälleen joutunut huomion keskipisteeksi haluamattaan ja vahingossa. Tilanne ei ollut vielä kuitenkaan kovin tukala, joten hänellä ei ollut toistaiseksi aikeita liueta paikanpäältä.

- Sun lauluääni on kuule ihan jumalainen. Ja sun ulkomuotokin sopisi hyvin mahdolliselle tulevalle tähdenalulle. Olemme etsineet juuri sinua. Kiinnostaisiko tulla koelaulamaan meille?

Juisea toisaalta hieman pelotti paljastuminen ja liika sitoutuminen. Toisaalta häntä houkutti ajatus. Tiedä vaikka tämä polku veisi todellisen onnellisuuden ja positiivisuuden lähteille.

- No jos sä oot varma mun laulutaidoista, niin voisihan sitä yrittää, jos tästä tulis jotain hyvää ja positiivista, myöntyi Juise.
- Hei upeeta! Meillä on sellainen retro new proggis käynnissä. Kylie on osallistumassa siihen myös. Donovania kysyttiin mukaan myös, mutta se oli jo sopinut muita proggiksia. Sä voisit sopia tähän juttuun vielä paremmin kuin aito Donovan, hehkutti Mark.

Juisen korvat hörähtivät, kun hän kuuli sanan Kylie. Olisi taivaalliselta, jos pääsisi tekemään yhteistyötä lempiartistinsa kanssa.

- Tässä mun käyntikorttini. Tuu heti huomen aamulla tähän osoitteeseen, niin aletaan suunnitteleen tätä juttuu. Kyliekin on tulossa heti aamusta.
- U-u-u upeeta, änkytti Juise!
- Me aussit sinetöidään suulliset alustavat sopimukset kovalla kädenpuristuksella, joten täss on mun käsi.

Juise ja Mark kättelivät alustavan sopimuksen merkiksi ja Mark lähti valmistelemaan huomista ohjelmaa. Juise oli sen verran häkeltynyt yllättävästä käänteestä, joten päätti lähteä lepäilemään alukselle. Hän halusi selvitellä ajatuksiaan kävelemällä osan matkaa. Puhi sijaitsi laitakaupungilla ja se ei ollut mikään puhtoisen kaupunginosan malliesimerkki. Kapealla syrjäkujalla Juisea tuli vastaan kaksi nukkavierua miestä. Ulkomuodon perusteella he eivät olleet vähään aikaan käyneet vaateliikkeessä.

- Mikäs mies se täällä käppäilee meidän reviirillä, toinen miehistä kysyi Juiselta.
- Mä oon Jason Donovan, vastasi Juise.

Miehet virnistivät toisilleen ja alkoivat nauraa kovaan ääneen. Juisekin yhtyi nauruun, vaikka ei tarkalleen ottaen tiennyt, mille he kolmistaan nauroivat.

- Vai että Donovan. Mä oon sitten Elvis ja toi mun kaveri on Paul Young, sanoi Elvikseksi itseään tituleeraava ja miehet alkoivat nauramaan entistä enemmän.

Juise yhtyi entistä suurempaan nauruun miesten kanssa. Nyt Juisesta tuntui, että on taitanut löytää jonkinlaisen positiivisuuden kultasuonen vieläpä tällaiselta pimeältä ja kapealta kujanpätkältä. Vähän aikaa naurettuaan feikki-Elvis otti puukon taskustaan ja osoitti sillä kohti Juisea.

- No, vakavoidutaanpa nyt Donovan. Se olis kuule sellainen juttu, että sun pitäis maksaa vähän tän kadun kulutuksesta meille. Me nääs omistetaan tää kadun pätkä.

Juise yllättyi tapahtuneesta käänteestä. Tämä ei tainnut sittenkään olla mikään positiivisuuden kultasuoni, ei edes pienoinen kultahippu. Terävä ja kiiltävä kääntöveitsikin alkoi olla turhan lähellä alaleukaa. Juise teki salaman nopean liikkeen kädellään ja otti stiletin pois Elvikseltä. Myöskään äkillinen katuveron periminen ei tuntunut lailliselta toimenpiteeltä. Juise oli ollut jo sen verran maapallolla, että hänelle oli kehittymässä pienimuotoinen huumorin siemen aivoihinsa. Juise kohosi metrin verran ylöspäin ja jäi leijumaan miesten eteen. Painovoiman kumoaminen oli jo vanhaa teknologiaa jahvanauteille.

68

- No nyt mä en kosketa teidän katukivetystä, joten voimme varmaan unohtaa katuveron perimisen, Juise kysyin hiukan sarkastiseen sävyyn pelästyneiltä miehiltä. Veron periminen oli miehillä viimeinen asia, mitä he miettivät. Leijuva Jason Donovan heidän edessään tuntui lievästi sanottuna oudolta. He pyyhkivät silmiään ja perääntyivät Juisesta askel askeleelta. Kun miehet olivat kymmenen metrin päässä Juisesta, he tekivät täyskäännöksen ja lähtivät juoksemaan vimman vallassa. Juise laskeutui alas ja katsoi loittonevaa kaksikkoa huvittuneena. Loppumatkaa avaruusalukselle Juise ei halunnut enää kävellä, vaan käytti nopeampaa ja turvallisempaa tapaa.

Aamulla Juise heräsi pään ollessa hiukan sekaisin. Oliko hän nähnyt unta vai olisiko hänellä tänään tapaaminen idolinsa, itse Kylie Minoguen kanssa? Jahvalandialaisetkin näkevät unia, mutta huomattavasti vähemmän kuin keskimäärin maan asukkaat. Juise alkoi kuitenkin olla varma, että eilinen ei ollut unta, vaan tänään hänellä olisi ainutlaatuinen tilaisuus nähdä idolinsa. Metsikköjärven rannalla ei ollut vielä mitään liikettä, joten Juise päätti käyttää tilaisuuden hyväksi ja pulpahtaa virkistävälle aamu-uinnille. Vaikka uinti tuntui hyvinkin mukavalta, pulikoimiseen ei ollut kovin paljon aikaa. Nyt pitäisi valmistautua aamun tapaamiseen Markin ja Kylien kanssa. Pitäisi keksiä minkälaiset vaatteet laittaisi päälle, sillä ulkokuori antaisi parhaan ensivaikutelman. Juise päätti ottaa varman päälle, olihan kyseessä kuitenkin itse Kylien tapaaminen. Hän pukeutui vaaleisiin farkkuihin, valkoiseen t-paitaan sekä mustaan nahkatakkiin. Asun kruunaisi valkoiset tennissukat sekä mustat nahkakengät. Nyt Juise oli valmis katsomaan Markin käyntikorttia ja siirtymään paikanpäälle.

Levy-studio sijaitsi puistikkokadun varrella melko varakkaassa kaupunginosassa. Juise meni hissillä talon ylimpään yhdeksänteen kerrokseen, jossa oli studion vastaanottoaula. Aulaisäntänä toimi suhteellisen lihaksikas ja hyvin pukeutunut rokkarin näköinen nuori mies, Marky nimeltään. Mark, studion esimies ja kykyjen etsijä, oli palkannut Markyn pääsääntöisesti hänen kykyjensä mukaan. Yleensä viihdealalle on palkattu kauniita nuoria naisia sihteerin ja aulavastaavan pesteihin. Mark ei kuitenkaan ollut kaavoihin kangistunut, vaan hän oli valinnut rooliin parhaiten sopivan. Levy-studioon tuli silloin tällöin hiukan humalaisia tai väkivaltaisesti käyttäytyviä vierailijoita. Tästä syystä aulaisännän tulisi omata myös hieman portsarin taitoja, joten Marky oli tässäkin suhteessa hyvä kyseiseen toimenkuvaan. Viimeisenä kriteerinä palkkauksessa oli ollut Markin huumorintaju. Hän oli nimittäin suuri " Marky Mark and the Funky Bunch" hip-hop-ryhmän fani. Juise oli miettinyt viimeiltaista kahakkaa kahden miehen kanssa kapealla kujalla. Hän oli tullut johtopäätökseen, että Donovan-nimi oli jollain tapaa provosoinut miehiä käyttäytymään sopimattomalla tavalla. Juise oli päättänyt vaihtaa nimeä, jotta vastaavaa kahakkaa ei tulisi ainakaan Kylien kanssa. Parasta oli ottaa varman päälle ja valita jokin suosittu aussienimi.

- G'day man, kuinka voin auttaa, aulamies Marky kysyi ystävällisesti Juisen saapuessa kerrokseen.
- G'day, mä oon Oliver ja tulin tänne, koska Mark pyysi mua tulemaan levyntekoon.
- Jes, mä näin ja kuulinkin jo sun eilisen esityksen YouTubessa. Siitä on tullut ihan viraali, hehkutti Marky.
- Viraali? Viriili! Öö niin kai varmaan, Juise myötäili hiukan ihmettelevällä äänellä.

Juisella ei ollut ihan kaikki viimeaikaisimmat maapallon sivistyssanat tiedossa, joten hän ei oikein ymmärtänyt, mitä aulaisäntä tarkoitti. Maapallon asukkaat ovat välillä hiukan erikoisesti ajattelevia, joten Juise ei vaivannut asialla sen enempää päätä tässä vaiheessa. Aulaisäntä soitti Markin vastaanottamaan uuden nousevan tähden.

- G'day man, hienoo, että pääsit tuleen näin lyhyellä varoitusajalla! Meillä tais jäädä tuo esittely hiukan puolitiehen eilen illalla, kun siinä oli sen verran hässäkkää. Män oon tosiaan Mark.
- G'day Mark, mä oon Oliver.
- Jes, katsotaan, mikä artistinimi me sulle keksitään. Mennään vaikka tuonne studion puolelle. Kylie odotteleekin siellä jo.

Markilla oli tekemisen meininki. Juisen piti laittaa oikein parastaan, että pysyi Markin perässä käytävillä kävellessään. Studio ei ollut mikään järin suuri, mutta siellä oli kaikki tarvittava. Kylie istui studion neuvottelupöydän äärellä syventyneenä musiikin kuunteluun kännykästään. Kättelyt ja esittelyt hoidettiin nopeasti ja kolmikko syöksyi heti työntekoon.

- Mark kertoi aamulla, että oli löytänyt mielenkiintoisen henkilön ja äänen eilen. Kuuntelin juuri sun karaoke esitystä. Toi sun ääni kuulostaa todellakin hienolta ja myös tutulta. Aivan kuin itse Donovan olisi laulanut, Kylie kertoi tuntemuksiaan.

Juise ei voinut kertoa Kylielle, että hän on avaruusolio galaksin takaa ja että oli varastanut Donovanin äänen Jahvalandian teknologiaa hyväksi käyttäen. Nyt piti keksi jokin selitys tälle identtiselle äänelle. Juiselle ei tullut mitään hyvää selitystä asialle, joten hänen piti käyttää koulutuksessa oppimaansa "harhauta kuulijaa" -tekniikkaa vaihtamalla puheenaihe täysin toiseksi.

- Kiitos näistä ylistävistä sanoista Kylie. Olen otettu, kun noin viehkeä nainen kehuu minua. Oon kuullut kommentteja, että esitys oli viriili. Mitä mieltä olet Kylie, olenko minä viriili?

Harhautus onnistui täydellisesti. Kylie ei enää tentannut Donovanin kuuloisesta äänestä, vaan punastui hiukan ja tuli ehkä vielä hitusen verran enemmän vaivaantuneeksi. Kylie oli huumorin omaava, joten hän ei jäänyt sanattomaksi.

- Me ollaan nähty vasta sen verran vähän, että minulla ei ole kovin hyvää kuvaa sinun mieskunnostasi. Housusikin ovat sen verran löysät, joten sieltäkään ei tule mitään vinkkiä asiaan, Kylien vastasi lähes pokalla naamalla, mutta taustalta pystyi aistimaan positiivista sarkasmia.
- *Perhana näitä maapallon vaikeita sanoja, sitäkö toi viriili tarkoitti. Mitähän se viraali sitten tarkoitti,* mietiskeli Juise.

Juisella ei ollut aikaa keskittyä kieliopin kertaukseen, vaan piti alkaa tutustumaan Kylieen. Jos hänet saisi vaikka houkuteltua Jahvalandiaan tai jos ainakin saisi jotain vinkkiä hänen positiivisuudestaan. Miten edes osan siitä saisi vietyä omalle kotiplaneetalle?

- Hei, nyt ei ole aikaa keskittyä teidän alapäihinne, vaan pikemminkin yläpäihinne ja ääniinne. Että miten ne saadaan sointumaan yhteen, Mark keskeytti vaivautuneen ja huumorin värittämän ilmapiirin.
- Mä kerroinkin eilen jo alustavasti, että meillä on kehitteillä sellainen retro new proggis Kylien kanssa. Ja nyt kun löysimme sinut Oliver, niin sä voisit sopia siihen kuin nenä päähän, alusti Mark ideaansa.

Juisen keskittyminen oli vain puoleksi Markissa ja hänen jutustelussaan. Osaksi Juise mietti, miten lähestyisi Kylietä mahdollisen maastamuuton suhteen.

- Meidän taustatiimimme on kehitellyt uutta, modernia soundia vanhalle biisille "Especially for You". Siitä tulee ihan megajuttu, kun sen esittävät te Kylie ja vara-Donovan, Mark maalaili menestyksen pilviä parivaljakolle.

- Biisi on kuitenkin alkuperäisteosta nopeatempoisempi ja siinä on hiukan hip-hoppia ja hiukan räppiä, maalaili Mark menestysretrokappaleen taustoja.

Jos Kyliellä oli vielä hiukan tuntemuksena positiivista sarkasmia, niin nyt se oli viimeistään kaikonnut kokonaan pois. Tunne oli muuttunut pikemminkin päinvastaiseksi.

- Mark, bloody hell, tämän takiako sä kutsuit mut Melbournesta tänne? Mun lempparitamma on juuri synnyttämässä ja mun pitäis olla siellä paikan päällä katomassa, että kaikki menee hyvin, Kylie vuodatti tuohtuneena Markille.

Juisella oli ollut tähän mennessä Kyliestä pelkästään positiivisia tuntemuksia. Nyt hän näki myös Kylien ei niin positiivisen puolen. Ehkä Kylie ei olisikaan halukas matkustamaan Jahvalandiaan, varsinkin kun hänen lempitammansa on juuri synnyttämässä. Ja ehkä Kylie ei ole muutenkaan ideaalinen olio Jahvalandiaan vietäväksi, vaikkakin Kyliessä olisikin pääsääntöisesti pelkkää positiivista energiaa.

- Nou hätä, Kylie, nou hätä! Tästä tulee tosi cool juttu. Teidän pitää vaan tarttua härkää sarvista Oliverin kanssa. Trust me, vakuutteli Mark.

Kylie rauhoittui vähitellen. Hän päätti antaa Markin idealle mahdollisuuden, olihan hän tullut kuitenkin pitkän lentosiivun tämän asian vuoksi. Juise ja Kylie alkoivat ottaa sointuja yhdessä ja erikseen. He opettelivat koko aamupäivän saundeja, riffejä ja tempoja. Hymy alkoi leveltä molempien kasvoille mitä pidemmälle heidän harjoituksensa etenivät.

73

- Hey, teillä alkaa synkkaamaan tuo biisi todella hyvin. Miten olis, jos laitettaisiin bitit purkkiin, ehdotti Mark.

- *La la laaa, lu lu luu, li li liii*, parivaljakko aukoi ääntään valmistautuen nauhoitukseen ja vielä jopa yrityksenä saada soundit purkkiin yhdellä otoksella.

- *" Especially for you, JOU JOU JUU"*

- *"I want to let you know what I was"*

- *"Going through, HUHUU JOU JOU JUU.."*

Studiossa oli taivaallinen tunnelma. Joka sointu ja ääni nivoutui saumattomasti yhteen. Kylie ja Juise lauloivat biisin alusta loppuun takeltelematta ja putkeen. Heidän videonsa kuvattiin myös samaan aikaan. Poski poskea vasten ja välillä hip-hop tyyliin revitellen heistä tehdystä videosta tuli mykistävä luomus.

- Kylie, Oliver, mä luulen, että me tehtiin just äsken historiaa. Tää on kaikkien aikojan upein biisi ja tää tulee vetoamaan myös nuorisoon, hehkutti Mark.

- No joo, täytyy myöntää, että mulla oli hiukkasen epäilyksiä tästä proggiksesta, mutta yllättävän hyvä tästä tuli, kehui Kylie.

Ryhmä oli paiskinut töitä koko päivän. Nyt oli aika juhlia hyvin onnistunutta levytystä. Studion kattohuoneistossa oli suuri parveke ja uima-allas, jonne koko studion väki kokoontui juhlimaan. Illan teemana oli perinteiset australialaiset barbeguebileet ja kosteaa juomaa.

- Hyvä studioväki, kohotetaan malja meidän upealla parivaljakolle Kylielle ja Oliverille sekä tietenkin koko meidän studioväelle! Ilman teitä kaikkia me ei oltaisi saatu aikaiseksi näin hurjan hienoa biisiä. Tästä tulee uudelleenviritettynä maapallon valloittava kappale, hehkutti Mark aloituspuheessaan uima-altaan vierellä.

Väki oli todella hyvällä tuulella. Australialaiset, varsinkin viihdealalla olevat, ovat erittäin ulospäin suuntautuneita ja halukkaita jakamaan tuntemuksiaan jopa vieraiden ihmisten kanssa. Juise sai kertoa monet jutut itsestään studion väelle. Väki alkoi olla väkevien juomien vaikutuksen alaisena ja juttu luisti entistä enemmän. Juise oli myös jonkin verran hiprakassa. Hänen varoituskellonsa alkoivat kuitenkin soida. Ei saisi juopua liikaa, muuten hänen universumin matkaajan roolinsa voisi paljastua. Kylie ei ollut tehnyt uutta musiikkia vähään aikaan. Uusi upea levy sai hänetkin ottamaan rennommin ja maistamaan normaalia enemmän viiniä ja vähän väkevämpiäkin juomia.

- Kuuleshh Oliver, sä oot hyvä jätkä, soperteli Kylie Juiselle pienessä hiprakassa.
- Joo, sä oot myös Kylie tosi mukava. Mun täytyy tunnustaa, että mä oon ollut sun fani jo jonkin aikaa.
- Shee shun mieskuntokysymys aamulla oli aika kova juttu. Tai en mä tiiä kuinka kova juttu se on, Kylie hihitteli Juiselle lipsautettuaan vahingossa kaksimielisen kommentin.
- Mä kuitenkin sheurustelen, joten sun Oliver ei kannata haaveilla mitään juttuja mun kanssha, Kylie vähän vakavoitui.

Nyt viimeistään Juise ymmärsi, että Kylietä ei kannata ottaa mukaan Jahvalandiaan. Hänellä on hyvä elämä täällä maapallolla. Juisen oli aika jatkaa matkaa. Hän tapasi vielä Markin.

- Mark, kiitos tästä upeesta tilaisuudesta saada tehdä levy yhden maapallon ihanimman äänen ja persoonan kanssa. Mun pitää kuitenkin jatkaa matkaa.

75

Tää tähtenä olo ei ole mun juttu, Juise alkoi pehmitellä Markille tulevaa suurta järkytystä.

- Mitä sä Oliver höpötät, tämähän oli vasta alkua. Sun ura ei ole edes kunnolla alkanut, kun sä oot jo lopettamassa, Mark sopersi.

Juise joutui käyttämään kaikki lipertelyn ja läpertelyn taidot, jotta saisi Markin rauhoittumaan ja ymmärtämään, että hänen päätään ei voisi kääntää. Pitkän keskustelun ja monen oluen jälkeen Mark alkoi vihdoin luovuttaa Juisen suhteen. He halasivat vielä viimeisen kerran ja sen jälkeen Juise poistui bileistä. Hän istuutui studion edessä olevalle puistokadun penkille ja jäi miettimään lähimenneisyyden tapahtumia.

- *Kylietä en saanut mukaan, tosin ehkä hän ei olisi viihtynytkään kotiplaneetallani. Jotain tästä voisi viedä kuitenkin mukana, jotain positiivista ja jahvalandialaisia ilahduttavaa*, Juise pohdiskeli.

Juise oli viihtynyt viime aikoina paljon Kylien ja Markin kanssa. Jotain positiivista tästä pitäisi saada vietäväksi. Sitten hän keksi, sehän se on! "I shall be so lucky" on Juisen mielestä aivan ihana biisi. Sanatkin ovat niin positiiviset. Tästä kappaleesta jahvalandialaiset tulisivat pitämään. Jopa niin paljon, että Juise päätti ehdottaa sitä Jahvalandian kansallislauluksi palattuaan kotiin!

Kansallislaulukandidaattia hyräillessään Juisen viereen puistonpenkille istuutui noin viisikymppinen, hieman nukkavierusti pukeutunut mies. Parta oli kasvanut jonkin verran valtoimenaan, mutta se ei tuntunut haittaavan miestä. Ja miksi olisi haitannut, sillä hän tuntui olevan sinut itsensä kanssa.

- Toi on ihana laulu! Muistan kuunnelleeni sitä monta kymmentä vuotta sitten, mies alkoi puhua Juiselle.

- Joo, tää on myös mun lempikappaleeni, Juise sanoi.

76

Mies ei ollut mikään järin suuri musiikin kuluttaja. Kyseinen biisi oli kuitenkin syöpynyt hänen aivoihinsa seurustellessaan edesmenneen vaimonsa kanssa. Heille oli syntynyt tyttölapsi 20 vuotta sitten.

- Mä oon vaan käymässä kaupungissa. Mun tytär asuu täällä. Oon vierailulla hänen luonaan. Lähden huomenna takaisin kultamailleni.

Juise kiinnostui miehestä ja hänen puheistaan kullasta. Kullan merkityksestä maapallon historiaan kerrottiin jo Juisen koulutuksen ensimmäisinä päivinä. Tämä olisi mielenkiintoinen asia selvittää. Olisiko kullassa jotain positiivisuuden siementä ja asiaa Jahvalandiaan vietäväksi?

- Mä oon aina uneksinut, että joskus pääsisin tutustumaan kullan paikallistamiseen, Juise alkoi pehmitellä ja tutustua mieheen paremmin. Mä oon muuten Oliver.

- Mä oon Cooper, mutta mut tunnetaan paremmin "Goldie"-Cooperina. Kultaa louhitaan ja huuhdotaan, ei paikallisteta, hymyili Cooper Juiselle hyväntahtoisesti.

Juise innostui niin paljon, että hän veti omalla innostuksellaan myös Cooperin keskustelun syövereihin. Juisella oli kullan huuhdonnasta vain teoriatietoa ja sitäkin vähänlaisesti. Cooper harvoin löysi kaupungista kullanhuuhdonnasta keskustelemaan innostuneita ihmisiä. Sen vuoksi heillä ei nyt tuntunutkaan juttu loppuvan.

- Kuulehan Oliver, jos sua kiinnostaa noin paljon kullanhuuhdonta, niin voit aamulla hypätä auton kyytiin mun mukaan. Mun kultakentät ovat vain noin 100 km päässä sisämaahan päin.

Juisea ei tarvinnut toista kertaa houkutella. Hän oli heti valmis uuteen seikkailuun. Michet sopivat tapaamisen aamuksi klo 6:00 Oopperatalon eteen. Paikka oli ainoa, jonka molemmat tiesivät ja sen vuoksi se oli helppo kohtaamispaikka. Juise poistui avaruusalukseensa nukkumaan, koska aamulla oli varhainen herätys.

Kello 5:50 aamulla Juise oli siirtynyt oopperatalon eteen hyvissä ajoin odottamaan Cooperia. Juisella oli mukana selkäreppu ja makuupussi siltä varalta, että Cooper ei alkaisi ihmetellä puuttuvia matkatavaroita. Juise pystyi luomaan Jahvalandian teknologiaa käyttäen lähes mitä vain maapallolla tarvittavaa, joten selkäreppu oli pelkkää silmänlumetta. Cooperilla oli suuri nelivetomaasturi, jonka perässä oli iso peräkärry täynnä elintarvikkeita ja kullanhuuhdontaan tarvittavia työkaluja ja varaosia. Juise hyppäsi kyytiin. Matka Cooperin kultavaltaukselle kesti useita tunteja. Tie huononi mitä lähemmäs valtausta he pääsivät. Aurinko alkoi matkan aikana pikkuhiljaa nousta. Oli upea näky, kun kultainen auringon kajastus alkoi näkyä auton takaikkunasta. Juise ihasteli Australian upeaa luontoa. Varsinkin aamun kajossa kaikki pensaat ja puut näyttivät lumoavan kauniilta. Australian luonto on paikoittain melko hiekkavaltainen. Kellertävän oranssin vivahteinen maa toi Juiselle muistoja mieleen. Se näytti melko samalta, miltä Jahvalandia näytti vielä joitain tuhansia vuosia sitten, kun planeetalla oli vielä jonkin verran kasvillisuutta.

Cooper kurvasi valtauksen tien päässä olevan askeettisen parakin eteen. Valtaus oli australialaisen mittapuun mukaan pienimuotoinen. Aiemmin hänellä oli jopa työkoneita ja muutama palkallinen työntekijä. Nyt hän ei enää ollut panostanut kovin paljoa kultatouhuihin, vaan hoiti sitä yksin. Työkaluina oli enää vaskooli, hakku ja metallinpaljastin. Näillä laitteilla hän pystyi tutkimaan lähinnä vain maakuoren ylintä puolta metriä. Valtausaluetta hänellä oli kuitenkin muutama kymmenen neliökilometri, joten työt eivät heti olisi loppumassa.

- Wellcome mun valtaukselle. Toi majoitus ei ole järin viihtyisä, mutta töitähän tänne on tultu tekemään eikä juhlimaan.
- Roudataans näitä tavaroita tuonne parakin sisään, niin päästään pikkuhiljaa aloittaan kullan etsintä, Cooper ohjeisti Juisea.

Parakki ei todellakaan ollut suuren suuri, mutta siellä oli kaikki tarvittava. Nukkumapaikkoja siellä oli neljälle henkilölle. Pienessä keittiössä oli ruokakaappi, kaasuliesi, pöytä ja neljä jakkaraa. WC oli rakennettu ulos. Se oli pelkistetty puusta rakennettu kuivakäymälä, jonka alla oleva suuri saavi piti aika-ajoin tyhjentää. Muutaman sadan metrin päässä oli pieni puro, jossa pystyi peseytymään.

- Mä voisin tehdä sulle tällaisen pikaperehdytyksen kullan etsintään. Näytän sulle miten metallinpaljastinta käytetään, Cooper alkoi pohjustamaan alkavaa yhteistyötä Juisen kanssa.
- Tää on simppeli vekotin. Virrat päälle, kuulokkeet korville ja sitten vaan kävelet ja heiluttelet tuota metallinpaljastimen lautasta lähellä maan kamaraa. Kun laite löytää kultaa, niin se alkaa piipittämään. Sitten vaan kaivat hakulla kohdasta ja laitat kädellä hiekkaa metallinpaljastimen päälle. Jos kädessä oleva hiekka alkaa piipittämään, niin sulla on kädessäsi kultaa. Helppoa kuin mikä.

Juisea hiukan huvitti, miten alkeellinen kullanetsintälaite maapallolla on. Jahvalandialaisen teknologian avulla oli huomattavasti helpompi paikallistaa kulta. Laite pystyi näkemään maan sisään 100 metriä. Eikä pelkästään paikallistamaan, vaan negaatiogravitaatioteknologian avulla kullan tai minkä mineraalin tahansa sai nousemaan laitetta kohden vaivattomasti. Laite oli vain rannekellon kokoinen ja tällainen Juisella oli mukana. Tällä laitteella jahvalandialaiset tutkimusretkikunnat

ovat voineet tehokkaasti kerätä planeettansa lähialueilta elin-
tärkeitä mineraaleja. Juise ei halunnut kuitenkaan käyttää lai-
tetta ainakaan heti. Sen sijaan nyt olisi hyvä mahdollisuus
tutustua maan tapaan etsi kultaa. Samalla näkisi mikä siitä
tekee niin mielenkiintoista ja suurta osaa ihmiskuntaa houkut-
tavaa harrastusta ja työtä.

- Mulla on kahdet vehkeet, mutta tehdään nyt aluksi
vaikka niin, että sä käytät metallinpaljastinta ja mi-
nä kaivan hakulla, kun alkaa piipittämään, Cooper
jakoi työt.

Cooper on järjestelmällinen mies. Hänellä on tiedossa mel-
ko tarkkaan, mitä alueita hän on jo tutkinut ja mitkä ovat vielä
tutkimatta. Hän on piirtänyt ruutuvihkoon alueensa kartaksi.
Kun alue on tutkittu, niin ruutu värjätään aina lyijykynällä. Jos
ruudusta löytyy kultaa, niin hän värjää ruudun kullan eri vä-
reihin. Näin hän pystyy näkemään myös, jos kultasuoni menee
tiettyyn suuntaan alueella. Nuoremmilla kullankaivajilla on
käytössään mobiiliapplikaatioita pitämään kirjaa kullan löytä-
misestä, mutta Cooper on perinteisiin menetelmiin tukeutuva.

- Kävellään nyt jonkin matkaa tuonne ruudukkoon
G13. Sieltä en ole vielä etsinyt, Cooper viitoitti tie-
tä.

Miehet kävelivät reippain askelin selkäreput vettä täynnä.
Australian ilma on välillä paahtavan kuumaa, joten nestettä
tulisi olla saatavilla koko ajan. He saapuivat G13 ruudukkoon
ja aloittivat kullan etsinnän. Juise käytti metallinpaljastinta
vakain ottein, aivan kuin hän olisi käyttänyt sitä koko ikänsä.
Pariveljakko eteni hidasta vauhtia, jotta metallinpaljastin ehtisi
piipittää kullan kohdalle sattuessa. Puolen tunnin etsinnän
jälkeen metallinpaljastin ei ollut antanut piipin piippiä. Cooper
piti lyhyen juomatauon.

- Tällaista tämä on aina välillä. Voi kulua pitkäkin
aika eikä laite ääntele yhtään. Sitten voi tulla kohta,

josta löytyy monta hippua ja laite piipittää koko ajan, Cooper selitti Juiselle.

Miehet jatkoivat lyhyen juomatauon jälkeen. He kääntyivät takaisinpäin ja siirtyivät linjassa neljä metriä vasemmalle. Kymmenen minuutin jälkeen laite alkoi piipittämään. Juisen sydän pomppasi jännityksestä. Cooper kaivoi hakulla piipityskohtaa ja alkoi kourallaan ottaa hiekkaa ja laittamaan sitä metallinpaljastimen päälle. Kolmas kourallinen tärppäsi, koura piipitti. Cooper puolitti kouran materiaalin ja testasi uudestaan. Jälleen piipitti. Nyt hän pystyi näkemään kullan kimalletta kädessään soran joukossa! Ensimmäinen parivaljakon yhteinen kultahippu oli löytynyt. Se oli vain noin kolme gramman painoinen, mutta hyvä alku. Cooper oli ahkera työntekijä ja he haravoivat kultaa metallinpaljastimella koko päivän käyden välillä syömässä. Illalla loppusaldona heillä oli kuusi kultahippua, suurimman ollessa upeasti unssin painoinen. Rahallisesti he keräsivät kultaa yli 1000 dollarin arvosta, joten suhteellisen onnistunut päivä. Iltapalan jälkeen miehet nukahtivat lähes heti. Sen verran mehuja auringon paisteessa päivän rehkiminen oli vienyt heiltä.

Parivaljakko heräsi aamun koittaessa auringon kajastuksen pilkistäessä parakin ikkunasta sisään. Aamutoimet tehtiin rauhassa eli hampaiden ja kasvojen pesu läheisellä purolla. Kunnon aamiaisen jälkeen miehet olivat valmiita toiseen työpäivään.

- Oliver, nyt kun olet nähnyt miten kultaa etsitään, niin voitaisiin tehdä niin, että me molemmat otamme omat metallinpaljastimemme ja hakun. Näin tuplaamme käymämme pinta-alan, selitti Cooper päivän työnjakoa.

G13 sektorista oli vielä yli puolet käymättä, joten he suuntasivat eiliseen paikkaan jatkamaan. He kulkivat vierekkäin noin neljän metrin etäisyydellä toisistaan. Cooper oli myös jonkin verran kilpailuhenkinen, joten asetelma loi puitteet taitojen mittelöön kaverusten kesken. Juise ei halunnut vilunkipelillä voittaa Cooperia leikkimielisessä kilpailussa käyttämällä jahvalandian teknologiaa, joten kilpailu oli melko tasaväkinen. Tunnin mittelön jälkeen Cooper oli parikymmentä metriä edellä Juisea ja hippuja hän oli kerännyt myös hiukan enemmän. Yhtäkkiä Cooper lyyhistyi puun juurakon viereen eikä liikkunut. Juise huuteli aluksi Cooperille. Kun hän ei vastannut, Juise kiirehti Cooperin luokse. Juise näki Cooperin luota poistuvan luikertelevan matelijan. Juise tunnisti sen yhdeksi Australian myrkyllisimmistä käärmeistä, idänruskokäärmeeksi. Normaalisti Cooper on todella varovainen käärmeiden suhteen. Hän ei tongi käsillään tai hakulla paikkoja, joita ei näe kunnolla, kuten puiden juurakoita. Nyt hänen tarkkaavaisuutensa oli kisan tiimellyksessä herpaantunut ja käärme oli päässyt iskemään Cooperia nilkan yläpuolelle. Juisen tuli toimia nopeasti, sillä myrkky alkaisi vaikuttaa nopeasti Cooperin kehoon. Puolessa tunnissa Cooper tulisi kuolemaan, jos hän ei saisi vastamyrkkyä ajoissa. Sairaala oli toivottoman kaukana, joten siitä ei ollut mitään apua. Juise oli jahvanauttikoulutuksessa perehtynyt maapallon vaaratilanteisiin ja niistä selviytymiseen, joten välttämättä ei tarvitsisikaan kiiruhtaa sairaalaan. Käärmeet olivat olleet koulutuksen pääaiheena, joten Juisella oli hyvä tieto, miten toimia. Vastamyrkyn tekemiseen hän tarvitsi tipan käärmeen myrkkyä, jonka hän laittaisi Jahvalandia-analysaattoriin. Juise tekin nopean syöksyliikkeen käärmeen niskaan ja sai tukevan otteen. Käärme luikerteli Juisen käden ympärille, mutta päätä se ei saanut liikutettua. Käärme irvisteli ja sihisi Juisen pitäessä sitä niskaotteessa. Vakain ottein Juise painoi käärmeen myrkkyhampaat analysaattorin kulhoon. Muutama tippa tirahti kulhoon ja se riitti. Analysaattori runksutti kymmenkunta sekuntia ja laitteen ulostulopurkkiin alkoi erittyä vasta-ainetta. Juise kiikutti kiukkuisen käärmeen muutamien kymmenien metrien päähän ja päästi sen menemään.

- Sssshh, sshhh, älä enää turhaa pureshkele meitä, josh shatutaan vielä kohtaamaan. Luikertele poish ja varo meitä vashthaishuudesha, Juise läksytti käärmettä.
- Voi shhhhaatana teitä ihmishiä. Ekana te tuutte meidän takapihalle ja shhhitten, kun me vähän läkshytetään teitä, niin te vaan alatte vikisshhtä. Voin vannoa, että en tuu enää teidän näköpiiriin, käärme sihisi ja puhisi ja purki turhaumistaan koko käärmekunnan puolesta.

Juisella ei ollut aikaa jäädä kinastelemaan ja länkyttämään suuta käärmeen kanssa, vaan hän kiirehti Cooperin luokse. Juise juotti Cooperille analysaattorin valmistamaa vasta-ainetta. Cooper oli tajuton ja jalka oli turvonnut myrkyn vaikutuksesta. Jonkin aikaa vasta-aineen ottamisesta Cooper alkoi heräilemään.

- Bloody hell, sainko mä auringon pistoksen vai miksi mä makaan tässä maassa ihan reporankana, Cooper tiedusteli hädissään Juiselta.
- Ei, kyllä sä sait ihan käärmeen pistoksen, tai puremaksihan sitä sanotaan, Juise valisti Cooperia.
- Ööö, ai jaa. Olenkohan mä sitten taivaassa vai miksi mä en kuollut, ihmetteli Cooper sekavassa mielentilassa.
- Ei, kyllä sä oot ihan maapallon kamaralla etkä taivaalla. Mä annoin sulle vastamyrkkyä ja sä tokenit tuosta puremasta.

Cooper oli sen verran tokkurassa, joten hän ei alkanut tenttaamaan Juisea enää enempää vasta-aineen saamisesta tai muista tapahtuman yksityiskohdista. Juise kantoi Cooperin reppuselässään parakkiin lepäämään ja jäi vahtimaan, että hänelle ei tulisi mitään jälkikomplikaatioita käärmeen puremasta.

Aamulla Cooperilla oli vielä turvotusta jalassa. Muuten hänellä oli ihan siedettävä olo, mutta kävely ei vielä oikein sujunut. He sopivat, että tänään vain Juise menisi etsimään kultaa ja Cooper lepäisi vielä päivän. Juise meni edelleen samaan G13 ruudukkoon, joka oli jäänyt eilen kesken. Kokemusta oli jo kertynyt mukavasti maan perinteisiin kullanetsintälaitteisiin. Nyt kun Juise oli yksin, hän päätti testata, kuinka hyvin hän löytäisi kultaa Jahvalandian menetelmillä. Hän otti Cooperin metallinpaljastimen mukaan, jotta Cooperilla ei heräisi turhia epäilyksiä. Käärmeestä ei näkynyt enää jälkeäkään, kun Juise aloitti kullanetsimisen eilisestä käärmeenkolosta eteenpäin. Hän laittoi kullanetsintä rannekkeen päälle ja alkoi kävellä hitaasti eteenpäin. Kaksi metriä käveltyään ranneke alkoi täristä merkiksi, että kultaa oli Juisen alapuolella. Kuului pientä suhinaa ja hiekan rapinaa. Sitten maasta alkoi nousta kimaltelevia kultahippuja näkyviin. Ne jäivät lojumaan hiekalle, josta Juise pystyi noukkimaan ne kultakippoonsa. Hän jatkoi kävelyään ja muutaman metrin välein laite käyttäytyi saman kaavan mukaan: ranne tärisi, maa suhisi, hiekka rapisi ja kulta kimalteli hetken päästä maassa. Puolen tunnin työn jälkeen Juisella oli niin paljon kultaa, että kaikki kipot ja kulhot olivat täynnä. Jotenkin tämä jahvalandialainen kullan etsintä tuntui melko tylsältä tavalta verrattuna maan tapaan. Jännitys oli kaukana, koska ranne tärisi koko ajan. Ei tullut minkäänlaista ahaa-elämystä ja löytämisen iloa. Loppupäivän Juise kulutti aikaa tutustumalla Australian luontoon, sillä eihän hän voinut palata vajaan tunnin työn jälkeen purkit ja reppu täynnä kultaa. Cooper olisi epäillyt, että Juise oli ryöstänyt viereiset kullankaivajat. Iltapäivällä Juise palasi ja astui sisään parakkiin varmistamaan, että Cooperilla oli kaikki kunnossa.

- G'day man, mitenkäs potilas täällä voi, Juise tervehti Cooperia.
- Well, ihan hyvin. Käärmeen puremasta ei tunnu olevan enää mitään vaivaa jäljellä. Hyvät vastaaineet sinulla on Oliver, Cooper kehui työpariaan.
- Mitenkäs työpäivä sujui, osasitko käyttää kullanetsimislaitteita ihan yksin, tiedusteli Cooper.
- No joo, kyllä mä ihan hyvin onnistuin. Taisin löytää ihan mukavan kultasuonen.

Juise laski raskaan reppunsa pöydälle. Pöydän jalat notkahtivat. Parakin lattia tärähti repun painosta. Juise nosti pöydälle kaikki kupit ja kipot, jotka olivat pullollaan kimaltavaa kultaa.

- Bloody hell! Ootko sä ryöstänyt Fort Knoxin vai vähintään mun naapurikullankaivajat, hämmästeli Cooper valtavaan kultamäärää.
- Nooh, mulla kävi vaan hyvä tuuri, kun löysin aika hyvän kultasuonen. Niitä hippuja vaan tuli ja tuli, kunnes niitä ei sitten enää tullutkaan. Mutta ihan mukavastihan näitä tuli, Juise kertoi vaatimattomaan sävyyn.

Juisen piti värittää vähän tarinaa, että kultasuoni olisi ollut vain lyhyt ja ehtynyt lopuksi. Muuten Cooper olisi alkanut epäillä tarinaa. Kaverukset punnitsivat pienellä digitaalivaa'alla kultavuorta. Siihen kului aikaa ainakin 15 minuuttia, kun hippuja oli niin valtavasti. Lopulliseksi painoksi he punnitsivat kokonaista 1,3 kiloa eli lähes 100 000 dollaria!

- Ihan käsittämätöntä Oliver. Sä oot oikea mainarien mainari! Mä nimeän sut uudelleen. Sä oot tästä lähtien legendaarinen kultamainari Goldiver. Kyllä, sä oot GOLDIVER!

Juise oli otettu saamastaan lempinimestä. Tosin tällaisia määriä jahvalandian kultaretkikunnat saavat hetkessä vieraillessaan heidän lähiplaneetoillaan kullan ja muiden arvometallien louhintareissuilla. Kultaa oli tullut sen verran, että nyt olisi hyvä syy palata kaupunkiin. Vielä parempi syy olisi viedä Cooper sairaalaan lopputarkastukseen mahdollisten käärmeenpuremien jälkiseuraamusten eliminoimiseksi. Paluumatka Sidneyhyn oli hilpeä. Cooper viritteli toinen toistaan parempia legendoja ja tarinoita Goldiverista. Miten hän iski kultasuoneen ja taltutti kullan jumalat viileällä metallinpaljastimen heilautuksella veto vedon jälkeen, ja sitten iskemällä hakulla paljastumista pelkääviin kultahippuihin. Miten kultahiput antautuivat yksi toisensa perään! Tästä tulisi varmaan Cooperin ikiaikainen legenda, jota hän tulisi kertomaan kollegoilleen kerta toisensa jälkeen.

- Kiitos hienosta reissusta, Cooper. Ja siitä, että pääsin tutustumaan kullan kaivuuseen. Mä oon tästä ikiajoiksi kiitollinen. Mun pitää kuitenkin jatkaa matkaa, Oliver alkoi valmistella Cooperia jäähyväisiin.

- Etkö sä aiokkaan jatkaa kulta-alalla? Mulla oli mielessä ottaa sinut osakkaaksi kultavaltaukseeni, Cooper vuodatti hiukan haikeana.

- Sun kanssa oli tosi mukava tehdä töitä ja ala on tosi mielenkiintoinen. Mulla on kuitenkin tällä hetkellä muita suunnitelma. Katsotaan, jos vaikka muutaman vuoden kuluttua voisin tullakin sun osakkaaksi, Juise selitti Cooperille tulevaisuuden suunnitelmiaan.

- Oot aina tervetullut, Cooper sanoi iloisena huomattuaan, että Oliver voisi jossain vaiheessa tulla bisnekseen mukaan.

- Otat kuitenkin nyt puolet löytämästäsi kullasta kiitoksena, Cooper vaati.

86

- En mä voi ottaa noin paljoa tosiaankaan. Voisin ottaa kyllä tuon yhden hipun, se on niin mukavan muotoinen.

Hippu ei ollut järin suuri, kuitenkin reilu 20 grammaa. Juisea kiinnosti sen muoto. Se muistutti Juisen avaruusalusta litteän muotonsa vuoksi. Se olisi hyvä matkamuisto Jahvalandiaan vietäväksi. Miehet hyvästelivät toisensa miehisellä halauksella sekä käden puristuksilla ja lähtivät molemmat omiin suuntiinsa.

Avaruusalukseen astuminen tuntui Juisesta mukavalta. Vaikka Cooper oli tosi mukava, niin välillä Juise kaipasi yksinoloa ja ajatusten kokoamista. Paljon oli jo tapahtunut ja paljon vielä tulisi tapahtumaan. Australia on valtavan kokoinen maa, jossa on paljon nähtävää ja koettavaa. Juisella oli kuitenkin rajallinen aika olla maapallolla, joten ajatukset piti siirtää jo uuteen kohteeseen. Jahvalandian Matkustus Ministeriö ei ollut antanut juurikaan ohjeistusta Juiselle, missä pitäisi käydä, mutta yhteen paikkaan se edellytti Juisen menevän. Tämä paikka oli nyt sopivan lähellä Australiaa, joten Juisen ajatukset alkoivat siirtyä sinne. Avarauusalus alkoi vinkua ja sihistä valmistautuen siirtymään ajatuksen nopeudella uuteen paikkaan..

7. POHJOIS-KOREA

Alus laskeutui metsikköön maan pääkaupungin Pyongyangin pohjoispuolelle. Laskeutumispaikka oli ihanteellinen – lähellä kaikkea mutta kuitenkin tarpeeksi syrjässä. Ympärillä metsikön laidoilla oli maan vaikutusvaltaisimpien henkilöiden yksityisiä palatseja. Alue oli myös täynnä erilaisia armeijan parakkeja ja valvontapisteitä. Juise oli kuitenkin luottavainen aluksensa piiloutumiskykyyn, vaikka paikka ei ollutkaan täysin rauhaisa.

Jahvalandian Matkustus Ministeriö oli määrännyt Juisen tekemään tarkastuskäynnin maassa. Viimeksi jahvalandialainen retkikunta oli vieraillut paikkakunnalla vuonna 1947, joten edellisestä matkasta oli kulunut jo pitkä tovi. Kyseinen USA:ssa onnettomuuteen päätynyt retkikunta oli saanut tehtäväkseen siirtää jahvalandialaista DNA:ta maan asukkaaseen kokeilumielessä. Paikaksi oli valikoitunut jokin satunnainen maa. Tämän kunnian silloin oli saanut Pohjois-Korea. Muuan Kim Il-Sung valittiin DNA-saajan kohteeksi johtuen siitä, että hänestä oli tulossa maan johtaja. JMM halusi tehdä kokeen, minkälaiseksi jokin maa muuttuisi, jos sen johtaja saisi vieraan planeetan DNA:ta. Nyt Juisen tehtävänä oli kerätä kokeen tuloksia ja koostaa jonkinlainen loppuraportti. Jostain syystä Jahvalandian tiedustelu ei ollut saanut kovinkaan paljon tietoa maasta, joten Juisen havainnot tulisivat olemaan erittäin arvokkaita. Australiassa vietetyt päivät olivat vieneet hieman Juisen voimia. Hän otti pitkät nokoset avaruusaluksessa, eikä kiirehtinyt tutustumisessa uuteen maahan.

Unet eivät olleet mitkään lyhyet, vaan Juise nukkui putkeen yli 24 tuntia. Hän heräsi, kun metsän reunalta alkoi kuulua kovaäänistä mieskuoron laulamista. Tutkimusmatkailija kun

Juise oli, hän riensi katsomaan mistä moinen ääni kuului. Miesryhmittymä eteni metsän laidalla hiekkatietä pitkin millimetrin tarkassa muodostelmassa hölkkävauhtia eteenpäin laulaen askelten tahtiin. Selässään heillä oli rynnäkkökivääri ja päässä peltinen kypärä. Koulutuksessa oli painotettu, että aseistautuneiden henkilöiden kanssa ei tulisi tehdä liikaa tuttavuutta varsinkaan, jos he olivat armeijan edustajia. Niinpä Juise seurasi sivusta ja näkymättömänä upeaa sulosointuista esitystä. Ääni vaimeni, kunnes ei kuulunut enää ollenkaan. Nyt pitäisi keksi miten aloittaisi maahan tutustumisen. Käytännössä Juisella ei ollut minkäänlaista ennakkotietoa Pohjois-Koreasta, joten hänen tulisi keksiä jokin hyvä tapa aloittaa tiedonkeruu. Kun Juise ei muuta keksinyt, hän päätti ottaa käyttöön perustekniikan eli pubiin menemisen ja ihmisiin tutustumisen tuopin ääressä. Normaalisti ihmisten puhelahjat paranevat mitä pidemmälle ilta etenee. Kaupungin keskusta olisi varmaankin paras paikka löytää pubeja, joten Juise siirsi ajatukset sinne. Yllätys oli kuitenkin suuri. Katu toisensa jälkeen Juise kuljeskeli löytämättä yhtään pubia, tanssiravintolaa tai vastaavaa viihdekeskusta.

- *Tämäpä on merkillistä, missään ei näy pubin pubia, ei tanssiravintolaa, ei neonvaloja, ei mitään näihin viittaavaakaan*, Juise pohdiskeli.

Pubi-tekniikka ei tuntunut nyt oikein toimivan, kun niitä ei näyttänyt olevan mailla eikä halmeilla. Nyt pitäisi ottaa suoran toiminnan menetelmät käyttöön. Juise tarkkaili kadulla kulkevia ihmisiä. Osa käveli, osa ajoi pyörällä ja muutama autokin näkyi kaduilla kaasuttelevan. Ihmisillä oli jotenkin vakava ilme kasvoillaan. Kaikilla tuntui olevan kiire johonkin, eivätkä he pysähtyneet keskustelemaan. Vaatetus tuntui olevan maassa harvinaisen yksipuolista verrattuna Juisen aiempiin maihin missä hän oli vieraillut. Päävaatetuksena miehillä oli tummat housut, tumma puvun takki ja vaatimattoman näköiset nahkakengät. Ylänappi puserossa näytti olevan jokaisella kiinni, vaikka lämpötilan vuoksi näin ei olisi tarvinnut olla. Naisilla oli pääsääntöisesti jalassaan mustat housut ja hieman värikkäämpiä puseroita kuin miehillä, mutta ei mitään suurta väriskaalaa kaupunkikuvassa näkynyt. Juise päätteli, että täällä ollaan hyvin muotitietoisia ja kaikki haluavat pukeutua paikallisesti suosittuun pukeutumistyyliin. Tähän mennessä Juise oli ollut näkymättömänä, mutta nyt pitäisi pukeutua paikalliseen vaatetukseen ja tulla näkyväksi. Näin hän pystyisi lähestymään kadun kulkijoita ja hieromaan lähempää tuttavuutta. Hän pukeutui tummiin ja muuntautui reilu 30-vuotiaaksi pohjoiskorelaiseksi nimeltä Bim Boo. Vastaan tuli reilu kaksikymppinen vakavanoloinen pohjoiskorealainen neito. Juise päätti hieroa lähempää tuttavuutta.

- Ya, nuori neiti, mitenkäs sun päivä on alkanut, Juise avasi hieman kankealla lähestymistavalla.
- Ya, vastasi nainen hieman peloissaan ja käänsi katseen pois Juisesta.

Nainen ei jäänyt tervehdyksen jälkeen sen enempää rupattelemaan vieraan miehen kanssa, vaan poistui paikalta askeleita kiihdyttäen. Juise oli hiukan ihmeissään mikä hänessä oli sellaista, mikä työnsi nuorta naista luotaan pois. Juise oli valinnut kasvonpiirteikseen suhteellisen komean ulkokuoren, joten siitä tässä ei varmaan pitänyt olla kyse, että hän olisi ruma ja pelottava. Juise ei antanut periksi vaan levitti kasvoilleen upean hymyn ja jatkoi lähestymisiään.

- Ya, ihana päivä tänään. Missähän täällä olisi hyvä ruokapaikka, Juise kyseli vastaantulevalta vanhemmalta naiselta.
- Ya, vastasi nainen. Kaikki paikathan ovat yhtä hyviä. Ei täällä ole yhtään huonoa ruokapaikkaa, nainen vastasi vähän hämillään muukalaisen kummalliseen kysymykseen ja jatkoi matkaansa.

- *No jopas nyt jotain, täällä tuntuu olevan kaikki aika tasalaatuista: ihmiset, heidän vaatetus ja ruokakin on samanlaista ja yhtä hyvää joka paikassa,* mietiskeli Juise.

Juise jatkoi kontaktin ottamista ja pysäytteli ihmisiä kysellen heiltä mitä mieleen juolahti. Hän oli yrittänyt saada ihmisiin yhteyttä reilu 15 minuuttia, mutta kukaan ei halunnut jäädä keskustelemaan. Monella tuntui tulevan jopa paniikki, kun heitä lähestyi tuntematon mies. Vihdoin kuitenkin Juise tapasi kaksi miestä, jotka olivat kiinnostuneita juttelemaan Juisen kanssa pidemmän aikaa.

- Ya, mikä mies, mikä osoite, mikä sotilasarvo, miehet tiedustelivat Juiselta.
- Ya, ya! Mukava jutella jonkun kanssa. Kaikilla tuntuu oleva kiire, mutta mukava että teillä on aikaa jutella, Juise jutteli miehille.
- Nimi, osoite, sotilasarvo, vanhempi miehistä toisti painokkaammin.
- Mä oon Bim Boo ja asun tuossa korttelin päässä. Armeijaa en ole käynyt, joten mulla ei ole sotilasarvoa, Juise vastaili miehille.
- Kaikkihan täällä käy armeijan! Ei meillä sivareita ole. Ainoastaan jos on fyysinen vamma, niin ei tarvi suorittaa armeijaa. Mutta sinulla ei näytä olevan ainakaan mitään näkyvää vammaa, joka estäisi armeijan käynnin, mies sanoin Juiselle.

Juisea oli tarkkailtu valvontakameroiden avulla. Nopeasti videovalvomossa oltiin huomattu, että kadunkulmassa on oudosti käyttäytyvä kansalainen. Maassa ei ollut tapana lähestyä muita kadunkulkijoita noin avoimesti ja hymyillen. Niinpä kaksi turvallisuusministeriön agenttia oli lähetetty tarkistamaan mistä oli kysc. Juise voisi hyvin tehdä katoamistempun, mutta siitä tulisi liian suuri haloo, joten hän päätti selvitä tilanteesta puhumalla.

- Minulla on synnynnäinen sydänvika, joten en päässyt valitettavasti suorittamaan armeijaa, runoili Juise mustiin pukeutuneille miehille.
- Lähdetäänpä kuitenkin käymään toimistolla selvittämään tilanne, miehet sanoivat ja lähtivät taluttamaan Juisea salaisen palvelun haaraosaston tukikohtaan.

Kuulusteluhuone oli pienehkö ja karu betonibunkkeri. Keskellä huonetta oli pöytä ja kolme tuolia. Katosta roikkui voimakas lamppu ja pöydällä oli nauhuri, johon pystyi tallentamaan käydyn kuulustelun. Juise oli laitettu käsirautoihin, joten kuulusteluhuoneessa oli tarve vain yhdelle kuulustelijalle. Juise oli oikeastaan hyvillään, että miehet olivat ottaneet hänet mukaansa. Oikealla tavalla junaillen Juise voisi jopa kääntää kuulustelun toisin päin, eli Juise kuulustelisi miestä eikä päinvastoin.

- Kansalaisen Bim Bon kuulustelu, kellonaika 14:30, kuulustelijana Zor Roo, kuulustelija alusti nauhuriin.
- Miksi pysäyttelitte kadunkulmassa tuntemattomia ihmisiä ja vielä hymyilitte koko ajan? Meillä tässä maassa on tapana pitää hymy pyllyssä, aloitti kuulustelija Juisen hiillostuksen.
- Minulla on vaan niin hyvä ja positiivinen päivä ja halusin jakaa sen muille, jotka tuntuivat olevan synkissä mielissä, Juise selitti ja puolusteli käyttäytymistään.
- Teidän käyttäytyminen näytti jopa siltä, että yrititte kalastella vastaantulijoilta jotain tietoa. Toiminta vaikutti jopa salamyhkäiseltä ja epäilyttävältä. Mitä te sanoitte ja kyselitte vastaantulijoilta?

Juisea alkoi ihmetyttää, miksi kuulustelija oli niin kiinnostunut hänen juttutuokioistaan kadun kulkijoiden kanssa. Ja että ei saisi hymyillä ihmetytti Juisea vielä enemmän.

- Kyselin vain, miten päivä on heillä alkanut ja missä olisi hyviä ruokapaikkoja, Juise kertoi kuulustelijalle.
- Ei meillä ole huonoja ruokapaikkoja, pelkästään hyviä paikkoja. Kyllähän teidän pitäisi se tietää. Vai väitättekö että meidän maassa tehdään huonoa ruokaa? Tuohan kuulostaa jopa kapinan lietsonnalta, kun tuollaista väitätte muille kansalaisille, kuulustelija tuhisi kiukkuisena.

Juiselle alkoi valjeta, minkälaiseen maahan hän oli tullut. Kulttuuri poikkesi huomattavasti aiemmista vierailluista maista. Nyt pitäisi kääntää kuulustelun suunta, koska se alkoi muistuttaa jopa pelottavalta ja aggressiiviselta.

- Kaikki ruoka on hyvää, kaikki .. ruoka .. on .. hyvää, kaikki ruoka .., Juise alkoi toistaa vastaustaan ja tuijotti lasittuneilla silmillään kuulustelijaa, joka alkoi vaipua eräänlaiseen transsiin.

Nyt Juise oli saanut yliotteen kuulustelijasta, joka oli mennyt kevyeen hypnoosiin. Juise pystyi kääntämään kuulustelun suunnan ja saamaan arvokasta tietoa maasta ja sen kehityksestä DNA -kokeen jälkeen.

- Tässä maassa tuntuu olevan kova kuri ja kansalaisten kontrolli, mistähän se johtuu, kysyi Juise kuulustelijalta.
- Meidän kunnioitettu suuri johtajamme Kim on antanut ohjeet, että kansaa pitää hallita kovin ottein, vastasi kuulustelija.
- Missä teillä on kaupungin paras pubi, Juise alkoi päästä vauhtiin kysymyksissään.
- Pubi, mikä on pubi? En tiedä mikä on pubi.

- Missä teillä on kaupungin paras ruokapaikka, tiedusteli Juise.
- Meillä ei ole juurikaan ruokapaikkoja. Jokainen syö kotonaan, jos on ruokaa. Ne ruokapaikat, jotka ovat kansalaisten käytössä, niissä on tosi paskaa ruokaa. Parasta ruokaa on ulkomaalaisille turisteille tehdyissä ruokaloissa, mutta niihin ei pääse maan kansalaiset muuten kuin lahjomalla tai suhteiden kautta. Kuulustelija kertoi rehellisesti missä kantimissa maan ruokakulttuuri on.

No jopas nyt jotain tuumi Juise. Maan meno ja meininki alkoi muistuttaa kovasti Jahvalandian menoa. Ruoka ei maistu juurikaan millekään, viihdepaikkoja ei ole ja ihmiset ovat apaattisia. Ilmeisesti vuosikymmeniä sitten kylvetty jahvalandialainen DNA maan johtoon on alkanut vaikuttaa nopeasti siihen, minkälaiseksi maa ja sen kulttuuri on muotoutunut. Juise kyseli vielä muutamia kysymyksiä. Ei ollut kuitenkaan täysin varmaa olisiko vastaukset täysin luotettavia, koska vastauksen annettiin hypnoosin vaikutuksen alaisena. Juise päätti haastattelun melko nopeasti ja vapautti itsensä käsiraudoista. Hän nollasi nauhurin sisällön, jottei poikkeuksellisesta kuulustelusta jäisi mitään todistusaineistoa. Juise poistui vähin äänin kuulustelubunkkerista ja napsautti sormiaan juuri ennen poistumista lopettaakseen kuulustelijan hypnoosin.

Juise päätti olla vähän aikaa näkymättömänä, sen verran erikoista meininki maassa tuntui olevan. Nyt pitäisi turvautua niihin harvoihin Jahvalandian tiedustelun saamiin tietoihin Pohjois-Koreasta, mitä oli saatavilla. Jaaflessa oli tieto, että vain porsaat olisivat onnellisia Pohjois-Koreassa. Tämä tuntui toisaalta positiiviselta tiedolta, koska näin Juise löytäisi mahdollisesti ainakin jotain positiivista tutkittavaa maassa. Toisaalta Juise oli hiukan epäilevällä mielellä olisiko onnellisuus noin harvojen herkkua maassa. Tämä asia pitäisi tutkia perinpohjaisesti. Kaupungista tulisi näin ollen poistua ja suunnata ajatukset maaseudun raikkauteen ... viuh ja vuih ja matka alkoi taittua maaseudulle.

Sikoja kasvattava maatila oli vaatimattoman näköinen. Talon asukkaiden majoitus oli pieni. Siinä oli pieni makuuhuone sekä keittiö. WC sijaitsi ulkona. Talon vieressä oli hiukan pienempi rakennus, jossa eläimet oleskelivat kylmän ilman yllättäessä. Maatilan porsaat käyskentelivät suurehkossa aitauksessa. Juise liittyi joukkoon.

- Röh, röh emakot ja karjut. Mä oon uusi karju. Isäntä toi mut viereisestä kylästä, kun siellä oli tilanpuutetta sikalassa.
- Röh, röh vaan ja tervetuloa. Mukavaa saada uutta verta ja röhinän – muttei rähinän – aiheita, virkkoi sikalan johtava emakko huumori silmäkulmassa.

Juise oli iloinen, että sikalan asukkaat ottivat hänet avosylin vastaan. Nämä olivat ensimmäiset positiiviset kokemukset maassa, joten tästä oli hyvä jatkaa maahan tutustumista. Johtava emakko oli vastuussa uusien sikojen perehdyttämisestä ja hän kävi velvollisuuksiin kiinni heti kuin sika limppuun.

- Kuten tiedät, myös me olemme täällä hyvin siistejä ja sääntöjä noudattavia. Toi itäinen karsinan reunus on pyhitetty kokonaan ulkona nukkumiselle, kuten sen kunnosta näetkin. Tuo pohjoinen sivusta on sitten mutakylpyjä varten, koska siinä on parhaat mutakuopat. Ja tuo eteläinen sivusta on sitten ulotusta varten. Toivon, että noudatat sääntöjä, niin meillä ei tule mitään erimielisyyksiä, neuvoi johtava emakko vakavin ilmein.

Sikojen aitaus oli erittäin väljä ja siellä oli erinomaisesti tilaa käyskennellä ja rypeä mutakylvyissä. Juise otti heti alkajaiseksi kunnon mutakylvyn. Hän pyöriskeli pehmeässä samettisessa mudassa hinkaten molempia kylkiä vuoron perää. Tämä oli Juiselle ensikokemus, edes koulutuksessa ei oltu simuloitu tällaista sikailua ja sikana kylpemistä. Kesä Pohjois-Koreassa on lämpimintä aikaa ja raikas mutakylpy viilensi mukavasti kehoa. Kärsään tirahti muutama kerta mutaa, mutta nopeasti Juise oppi oikean rypemistekniikan. Juise alkoi ymmärtää kertomuksia onnellisista possuista. Tämä mutakylpy tuntuu ihan taivaalliselta tuumi Juise.

- Tämä teidän mutakylpylä on aivan yltiöupea. Te olette varmaan tosi onnellisia, kun teillä on tällaiset puitteet olla ja asustaa?
- No joo, kaikkihan on ihan suhteellista, aloitti emakko.
- Mutta jos vertaa meidän elämää noihin isäntäihmisiin, niin kyllä meillä on paremmat oltavat. Me saamme säännöllisesti ruokaa ja voimme kommunikoida keskenään ihan vapaasti. Tosin huono puoli on, että meidät syödään jossain vaiheessa. Mutta sehän on sian elämää, joten siihen vaan pitää tottua, tarinoi johtava emakko filosofisesti ja käytännönläheisesti.
- Meillä onkin sanonta sikojen kesken, että mieluummin kakskytä vuotta ja sikana kun 60 vuotta ja Kiminä, hihitteli johtava emakko.

Mitä enemmän aikaa Juise vietti sikojen kanssa, sitä vakuuttuneemmaksi hän tuli, että sioilla menee tosi lujaa täällä Pohjois-Koreassa. Nyt pitäisi vaan selvittää mistä se johtuu, jotta olisi Jahvalandiaan jotain konkreettista raportoitavaa ja oppia vietäväksi.

- Te tunnutte tosiaan viettävän täällä onnellista elämää. Onko teillä käsitystä mikä aiheuttaa tämän onnellisuuden, Juise kysyi suoran sikalaumalta.

- Kyllä tää onnellisuus lähtee siitä, että näkee mitä ympärillä tapahtuu. Noilla ihmisillä tuntuu menevän ihan päin persettä kokoa ajan. Kun näkee että muilla menee huonosti, niin tulee tunne, että itsellä menee tosin hyvin, vastasi pieni filosofiasta kiinnostunut possu.

- Kun on sopivassa suhteessa sekä paskaa fiilistä, että vähän enemmän hyvää fiilistä, niin noi hyvät fiilikset alkaa viedä voiton, vastasi toinen possu.

Juise ei ollut ajatellut onnellisuuden käsitettä tältä kantilta. Sikojen kertomukset omasta onnellisuudestaan saivat aikaiseksi Juisessa pienen valaistumisen. Hän tuntui saavan paljon kotiin vietävää näistä sikahyvistä keskusteluista ja filosofisista mietteistä. Nyt kun sioilta oli saatu tyhjentävä vastaus onnellisuudesta, oli Juisen aika keskittyä uudelleen ihmisiin. Vielä pitäisi tutkia miten KIM-johtajaan laitetut jahvalandialaiset DNA:t olivat muuttuneet sukupolvelta toiselle ja minkälaisia jälkeläisiä oli tullut toisen polven jahvalandialaisista. Juise poistui vähin äänin sikojen keskuudesta. Hän päätti yrittää onneaan ja tutustua paikalliseen väestöön maaseudulla. Toiveissa oli, että maaseudulla ihmiset olisivat vähemmän pelokkaita ja kireitä hallintoa kohtaan. Hyvä peitetarina pitäisi kuitenkin keksiä, jotta saisi ongittua tietoa ja farmarien sanaisan arkun aukenemaan. Juise koputti sikafarmarin oveen. Kop, kop, kop...

- Sisään, vastasi isäntä koputukseen.

- Ya, hyvää päivää isäntäväki. Nimeni on Ee Rak-Ko. Voitte sanoa minua lyhyesti Ee:ksi. Saanko astua hienoon kotiinne, tiedusteli Juise.

- Ya, tokihan muukalainen on tervetullut, vastasi isäntä normaalilla äänen painolla. Minun nimeni on Sika-Jan ja vaimoni nimi on Sika-Jin. Meitä voitte kutsua myös lyhyesti vain Jin ja Jan.

97

Juise oli pukeutunut hieman resuisiin ja likaisiin vaatteisiin. Naama oli jonkin verran mudassa ja likainen. Nyt pitäisi saada isäntäväen sympatiat puolelleen.

- Olen tullut pitkän matkan vuorilta. Olen asustanut siellä yli 10 vuotta pois sivistyksen parista. Olisiko isäntäväki niin ystävällinen, että majoittaisitte minut joksikin aikaa? Voisin majoittautua vaikka tuonne porsasvajaan, jos se vaan sopii teille. Voin tehdä töitä teille majoittautumista vastaan, Juise suostutteli isäntäväkeä.
- No tokihan meillä on tilaa maankulkijalle ja lisäkäsiparille työn tekoon. Täällä maalla ei koskaan ole liikaa kanssaihmisiä, joiden kanssa voi rupatella, sanoi isäntä ystävälliseen sävyyn.

Juise oli mielissään, että sai näin lämpimän vastaanoton. Hän oli tuonut ruokaa mukanaan ja oli halukas jakamaan ne isännän ja emännän kanssa. Ruokarepussa oli paljon sellaista, mitä isäntäväki ei ollut nähnyt ja maistanut pitkään aikaan: viljaa, pieni ämpärillinen metsämarjoja, hunajaa monta purkillista sekä kuivattuja sieniä.

- Kas tässä emännälle ruokareppu, voimme käyttää näitä ruokia yhdessä.
- Kiitos tosi paljon. Nämä ruoat tuntuvat olevan oikein taivaan lahja!

Juise oli hiukan huvittunut talon emännän sanomisesta. Ihan kuin hän olisi tiennyt, että Juise tosiaankin tuli sananmukaisesti taivaalta. Isäntäväki oli haltioissaan yllättävästä vieraasta. Vaatimaton nukkumasija löytyi talon sisältä, joten hänen ei tarvinnut mennä sikalaan nukkumaan. Juise ei halunnut alkaa tenttaamaan isäntäväkeä eriskummallisilla kysymyksillä heti ensimmäisenä iltana vaan päätti ottaa varman päälle. Jatkossa varmaan tulisi hyvä hetki syventää keskustelun aiheita, kun olisi tutustuttu paremmin ja luottamus olisi kasvanut enemmän. Iltapalan jälkeen isäntäväki ja Juise kävivät yöpuulle.

Pohjois-Koreassa on ahkeria ihmisiä. He nousevat varhain aamulla ja aloittavat työaskareet aamun kajastaessa. Päivän työlistalla oli mm. kasvimaiden rikkaruohojen kitkentää, polttopuiden hakemista, puiden pilkkomista, ravinnon hakeminen sioille metsästä, sikalan siivoamista, veden hakua ja paljon muuta pientä askaretta.

- Huomenta kansalainen Ee. Saitteko nukuttua hyvin? Isäntä Jan tiedusteli.
- Kiitos, kyllä oli upeat unet. En ole vähään aikaan saanut nukuttua näin hyvin. Vuorilla ollut vaatimaton majani vuoti aina jonkin verran katosta ja tuuletus pelasi liiankin hyvin välillä, Juise lateli valkoista valkoisempaa valhetta.

Isäntäväki ja Juise söivät aamupalan. Nopeasti he olivat valmiita päivän askareisiin. Jan -isäntä kertoi mitä kaikkia töitä he tekevät päivittäin. Juise katsoi kunnioittavaan sävyyn ahkeraa pariskuntaa. Noin paljon töitä ei ollut tehnyt päivässä vielä yksikään maan asukas edellisissä Juisen vierailemissa paikoissa.

- Minä voisin ottaa vaikka työkseni mennä metsään ja kerätä sieltä ruokaa ja polttopuita. Minulla on vankka kokemus vuorilla ja metsissä kulkemisesta ja uskon löytäväni hyvin ruokaa ja polttopuuta.

Työnjako meni jouhevasti ja isäntäväki oli hyvillään, koska varsinkin ruoan löytäminen sioille ja talon asukkaille itselleen on ollut välillä todella raskasta ja hankalaa puuhaa. Monet kerrat on tullut vesiperä. Sen jälkeen kaikki ovat nähneet enemmän tai vähemmän nälkää.

Aamupala oli syötä ja työt jaettu. Juise suuntasi kohti metsikköä ja vuoren rinteitä. Hän tunsi todella hyvää oloa saadessaan tehdä hyödyllistä työtä ja vieläpä mukavan pariskunnan ja porsaskatraan hyväksi. Juise päätti olla käyttämättä liikaa jahvalandialaisia taitoja ruoan hankinnassa. Hän halusi kokea miltä työn teko todellisuudessa tuntuu maassa, jossa on puutetta monesta arkisesta asiasta. Nopea ja taitava kun oli, Juise ei voinut mitään sille, että ruokaa vaan tuntui kertyvän hänen isoihin ruokakoreihinsa hyvää vauhtia, vaikka hän kuinka yritti etsiä ja kerätä perinteisin maan menetelmin.

Vuorilta löytyi myös hieno kapea puro. Purossa näytti olevan hyvä tammukkakanta. Juise loihti itselleen perhovavan ja muutaman pintaperhon päättäen yrittää kalastusta maan tapaan. Puron pienellä kosken niskalla näytti olevan hyvä hätsinki eli vesiperhosten kuoriutuminen käynnissä. Tammukat kävivät noukkimassa veden pintaan putoavia hyönteisiä kiivaaseen tahtiin. Juise tunnisti niiden olevan koskikorentoja, joten hän laittoi siiman päähän vastaavan perhojäljitelmän. Perho oli ruskea suppilomainen. Perhoa oli kannattelemassa tummasta höyhenestä tehty laskuvarjohäkilä. Jahvanauttikoulutuksessa oli panostettu useampi kuukausi perhokalastuksen opetteluun, joten Juisella oli melko hyvä pohja alkaa narrata tammukoita kirkkaassa vuoristopurossa. Juise heitti perhon varovaisella ranteen heilautuksella kosken niskan yläpuolelle ja antoi perhon lipua hiljaa kosken niskaa kohden. Heitto ja uitto oli hyvä, mutta mitään ei tapahtunut. Juise hiukan ihmetteli mitä hän teki väärin, kun kala ei ärsyyntynyt ja käynyt perhoon kiinni. Juise toisti saman heiton ja uitti perhoa hiukan eri linjaa pitkin. Sama vika, jälleenkään ei mitään reaktiota. Tätä jatkui ainakin puoli tuntia eri paikoista ja lopuksi Juisen täytyi luovuttaa. Näytti siltä, että kalat olivat todella kranttuja Juisen perhoille. Taitoakaan ei tainnut Juisella vielä olla tarpeeksi hämätäkseen kirkkaan vuoristopuron asukkeja. Juise jätti tammukat rauhaan. Alitajuntaan jäi kalvamaan kuitenkin epäonnistunut perhokalastus. Hän päätti vielä yrittää lajia jossain toisessa maassa hyvän tilaisuuden tullessa.

Korit ja kapsäkit olivat täyttyneet sellaisella vauhdilla, että Juisen piti huilata. Ei olisi ehkä uskottavaa, jos hän tulisi näin nopeasti takaisin sikatilalle kaikki kapsäkit täynnä metsän herkkuja. Hän päätti käyttää hetkeä hyväksi ja harjoitella eräkäynnin saloja, joita oli koulutuksen aikana opiskellut simuloidussa keinotekoisessa ympäristössä. Nyt olisi hyvä mahdollisuus nauttia aidosta luonnosta. Juise sytytti nuotion ja vuoli paistotikun. Tikun päähän hän laittoi suuren tatin hattuosasta tehdyn kuutionmuotoisen sienen palan. Nuotion loimussa se kypsyi herkullisen meheväksi palamatta kuitenkaan karrelle. Juise vaipui syviin nautinnollisiin mietteisiin ja tattiherkun makuun. Luonto tuntui ottavan hetkeksi Juisesta vahvan otteen ja tarkkaavaisuus herpaantui.

- Kansalainen, mikä on nimenne?! Mitä täällä laiskotellaan? Oletteko jopa unessa, kun silmänne pyörii ympyrää? Minä olen kylän uskottu, kansalainen Kyy-La.

Mies oli äkisti keskeyttänyt Juisen hekumallisen metsästä nauttimisen tunnelman. Juise säpsähti ja pudotti vahingossa loput tatinpalaset nuotioon.

- Ya, olen Ee Rak-Ko ja asun toisessa kylässä renkinä kanafarmilla, Juise viritteli valkeita valheita.

Juise ei halunnut missään nimessä sotkea sikalan mukavaa pariskuntaa tähän tapaamiseen. Mies tuntui muutenkin olevan pahalla päällä, joten olisi hyvä keksiä jokin hyvä peitetarina.

- Jaahas, vai Ee Rak-Ko, nimi ei tunnu tutulta. Mutta mitäs te täällä laiskottelette, tivasi mies entistä painokkaammalla äänenpainolla.

- Olen keräämässä ruokaa ja polttopuita arvon kansalainen Kyylä, vastasi Juise.

- Se lausutaan Kyy-La, ärähti mies harmissaan, Kyy-La!

101

- Kansalainen Ee Rak-Ko, tästä teidän laiskottelusta. Tässä voidaan edetä kahdella tavalla. Joko minä ilmoitan tästä suuresta rikkeestä kylän valvontatoimikunnalle ja siitä voi tulla suuretkin rapsut. Tai sitten voidaan hoitaa tämä helpommalla tavalla. Teillähän tuntuu noissa koreissa olevan aika paljon ruokaa, ymmärrättekö yskän, vihjaili mies.
- Yskän, ei, kyllä minä olen ihan terve, ei ole flunssaa, puolusteli Juise, tietämättä paikallisia sanontoja.
- No voi perkele kansalainen Ee Rak-Ko, ettekö te jumalauta ymmärrä selvää korean kieltä. Annatte minulle puolet noista keräämästänne ruoasta, niin ei tarvi mennä pidemmän kaavan kautta.
- Pidemmän kaavan kautta ... Juise vastasi miehellä hieman otsaa rypistäen ja miettien.
- No voi paska teitä, ootteko te tyhmä vai leikittekö te kanssani. Tiedättekö te, että liiasta huumorista tai virkamiehen kiusaamisesta voi saada kaksi vuotta vankeutta! Mies alkoi hermostua tosissaan Juiselle.

Nyt Juisen piti miettiä toden teolla mitä sanoisi seuravaksi, sen verran tuohtunut mies oli. Katoamistempunhan voisi aina tehdä, mutta se voisi vaan vaarantaa lähimaatilojen turvallisuutta, jos ihmeellistä katoamistemppua alettaisiin tutkia tarkemmin.

- Arvon kansalainen Kyy-La, pyydän syvimmin anteeksi, jos olen kommunikoinut epätarkasti. Luonnollisestihan minä annan teille puolet näistä löytämistäni ruoista. Eikä siinä vielä kaikki, annan vielä kaupan päällisiksi tämän ainoan hunajakipon. Löysin mehevän mehiläispesän ja sain siitä monta sataa grammaa hyvää hunajaa, Juise lepytteli miestä.

102

Juise ei ollut turhaan käynyt myös markkinoinnin opintoja. Nämä markkinoinnin purevat iskulauseet upposivat Kyy-Laan kuin sulaan voihin ja hän leppyi välittömästi. Mies poistui vähin äänin ja onnellisena metsän siimekseen. Juise jatkoi vajaantuneiden ruokakorien täyttämistä. Päivä alkoi kääntyä pitkälle iltapäivän puolelle. Juise oli saanut kerättyä ruoka-astiat jälleen täyteen metsän ihanista antimista. Käsitaipeisiin hän oli kerännyt valtavan määrän polttopuuta. Juise palasi sikatilalle, sillä päivän saalis tuntui ihan mukavalta. Pariskunta oli ahkeroinut myös sikatilalla. Jäljellä oli enää syöttää siat toiseen kertaan Juisen tuomilla metsän herkuilla. Sikojen herkkua oli varsinkin suuret ja mehevät tatit. Juisella oli kerättynä niitä niin paljon, että osa piti laitta kylmäkellariin huomista ruokkimista varten.

- Kansalainen Ee Rak-Ko, tehän olette ihan virtuoosi löytämään ja keräämään ruokaa metsästä, kehui pariskunta yhteen ääneen.

Juise oli mielissään, koska oli voinut auttaa mukavaa pariskuntaa. Ilta alkoi jo hämärtyä. Raskaan päivän päätteeksi olisi aika syödä illallinen. Jin-emäntä oli valmistanut jo jonkin aikaa ruokaa nälkäisille miehille. Ollakseen köyhistä oloista ja vajavaisin ruokavarastoin siunattuja, Jin oli loihtinut mahtavan illallisen. Pääruokana oli erilaisia riisikakkuja, joiden sisällä oli papuja sekä männyn neulasia antamassa upean maun. Jälkiruokana oli sokeroituja marjoja. Kolmikko söi vatsansa täyteen hitaasti nauttien. Ruokaa oli tehty sopivasti, ei liikaa eikä liian vähän. Jin oli oppinut oikean ruoan määrän vuosien kokemuksella. Ruokavarantoja ei maassa ollut liikaa, joten tarkkuus oli valttia. Aterian päätteeksi Jin tiskasi, jonka jälkeen kaikki istuutuivat oleskelutiloihin. Jan oli tehnyt olohuoneeseen säkkituolit, jotka oli sisustettu heinillä. Niiden päällä oli mukava ja pehmeä istua. Vatsat täynnä ja raukassa mielentilassa Juisella olisi nyt hyvä hetki ottaa selvää maan historiasta ja viimeaikaisista tapahtumista. Tämä olisi arvokasta tietoa Jahvalandian tiedemiehille DNA kokeen tuloksista.

- Mukava tulla sivistyksen pariin, olen elänyt lähes koko elämäni vuorilla. Viimeksi kun olin kylillä, niin vallassa oli Kim Jong-il. Vieläköhän hän on meidän pomo, Juise aloitti tiedustelun hienovaraisesti.
- Hän on jo kuolla kupsahtanut. Nyt meitä hallitsee hänen poikansa Kim Jong-un, pariskunta sanoi melkein yhteen ääneen.
- Kyllä entinen aika oli parempaa. Paljon parempaa kun nykyinen. Kim pojalla tuntuu olevan vielä paljon opittavaa isänsä urotöistä, Jan -isäntä huokaili kaiho katse silmissään.

Paljon oli näköjään ehtinyt tapahtua sitten jahvalandialaisten edellisen vierailun maassa. Nyt oli jo kolme KIM sukupolvea ollut vallassa. Juisea alkoi kiinnostaa pariskunnan hehkuttamat Kim Jon-ilin urotyöt.

- Hän oli maailman paras golfin pelaaja, hän teki yhdellä kierroksella 11 hole-in-onea, isäntä kertoi ylpeänä.
- Hän pystyi hallitsemaan myös säätä mielin määrin, emäntä kertoi.
- Hän on kehittänyt näkymättömän kännykän, jota ei voi nähdä ihmissilmin, jatkoi isäntä.
- Niin ja mitä merkillisintä, luotettavilta tahoilta kuultujen tietojen mukaan hän ei käynyt juuri koskaan paskalla tai virtsannut, isäntä kertoi viimeisenä Kimin erityistaidosta.

Tuota erikoisuuksien listaa kuunnellessaan Juise ei voinut välttyä ajatukselta, että kyseiset taidot kuulostivat läheisesti jahvalandialaisten taidoilta. Näyttäisi vahvasti siltä, että toisen polven jahvalandialais-DNA saa aikaan erityistaitoja. Siinä mielessä koe näytti onnistuneelta geenien siirron suhteen. Kun Juise alkoi tarkemmin miettiä jahvalandian ihmisten surullisuutta ja apaattisuutta, se alkoi muistuttaa entistä enemmän tämän maan ihmisten mielentiloja. Olisiko näin, että tuo kolmen Kimin putki maan johdossa oli saanut mielialan ja yleisen ilmapiirin muuttumaan Jahvalandiaa muistuttavaksi? Siinä mielessä Juise ei pitänyt DNA-koetta onnistuneena, koska niin moni muu maa tuntui elävän onnellisempaa elämään verrattuna Pohjois-Koreaan. No, joka tapauksessa Juise tunsi, että hän oli saanut arvokasta tietoa maasta.

- Suuri johtaja hän toden totta kuulostaa olleen, Juise ylisti edesmennyttä KIMiä
- Olikohan hän muuten sukua Kimi Räikköselle, Juise tiedusteli pariskunnalta.

Juise oli lukenut jaaflesta Räikkösestä ja epäili, että Kimit olisivat jotain sukua keskenään. Pariskunta katsoi toisiaan suuri ihmetys kasvoillaan.

- Raikkonen, Räikkönen, Kim, Kimi..? Pariskunta soperteli sanoissaan.
- Voiskohan se olla jotain kaukaista sukua, pikkuserkku tai jotain muuta sukua, isäntä arveli epävarmalla äänellä tietämättä yhtään kenestä Juise puhui.

Ilta sujui leppoisissa merkeissä keskustellen ja säkkituoleissa löhöillen. Aamulla oli jälleen aikainen herätys työaskareisiin, joten kolmikko laittoi nukkumaan hyvissä ajoin. Juise ei nukahtanut ihan heti, vaan jäi miettimään päivän tapahtumia. Tietoa oli kertynyt mukavasti ja Juise alkoi jo pohtia, josko jatkaisi matkaa muille maille. Sikalapariskunta oli kuitenkin miellyttävää seuraa, joten täällä jatkaminen ei tuntunut vastenmieliseltä. Juise nukahti vihdoin näihin mietteisiin.

Jin -emäntä oli ollut hereillä jo hyvän tovin, ennen kuin miehet heräsivät. Jin oli valmistanut aamupalaa, joka alkoi olla valmis. Aamupesun jälkeen kolmikko istuutui pöydän ääreen nauttimaan tukevaa aamupalaa. Energiaa tulisi saada heti aamusta, koska edessä olisi raskas työpäivä jälleen. Juisella pyöri vielä päässä illan mietteet, pysyisikö vielä sikatilallisten palkollisena vai jatkaisiko matkaa eteenpäin. Maassa tuntuu olevan erittäin kova kansalaisten kontrolli. Joka kylässä on kansaa vahtiva organisaatio. Kansalaisia pyydetään myös tarkkailemaan naapureitaan mahdollisten vastavallankumouksellisten joukkojen havaitsemiseksi ja eliminoimiseksi. Juise ymmärsi, että oudon miehen ilmaantuminen talouteen voidaan tulkita vaarallisella tavalla. Tämä voisi aiheuttaa turhia uhkakuvia mukavalle sikalapariskunnalle. Juise päätti jatkaa matkaa, jottei aiheuttaisi mitään selkkauksia tai ongelmia heille.

- Ya, arvon isäntäväki. On ollut ilo saada majoittautua luonanne. Nyt minun on aika kuitenkin palata takaisin kotikonnuilleni, Juise virkkoi pariskunnalle aamupalan jälkeen.
- Ya, miten surullista, että lähdette kansalainen Ee Rak-Ko. On ollut kunnia saada tehdä töitä noin ahkeran ja taitavan ihmisen kanssa.

Kolmikko kätteli, halasi ja hymyili haikeissa merkeissä. Juise käveli pois metsän siimekseen ja heilautti kättä loittonevaan pariskuntaan. Kun Juise pääsi metsän kätköihin, hän istahti puun kannon nokkaan ja jäi miettimään menneitä muutamaa päivää maassa. Vaikka maa tuntui olevan sorron vallassa, siellä tuntui kuitenkin löytyvän sympaattisia ja iloisia ihmisiä. Tämä antoi Juiselle toivoa. Vaikka maa tuntui muistuttavan paljonkin Jahvalandiaa, niin jahvalandiassakin on varmaan toivon kipinää paremmasta elämästä. Jos Pohjois-Koreassa on tällaista toivoa ihmisten suhteen, niin miksi ei Jahvalandiassakin, mietiskeli Juise. Pitkäksi aikaa hän ei voinut jäädä mietteisiin. Metsässä voisi liikkua kylän kyttiä, jotka voisivat jälleen yllättää hänet laiskottelusta. Juise siirsi ajatukset avaruusalukseen ja oli hetkessä aluksen vieressä.

- Hau, hau, hau, wuf, wuf.

- Jokin outo tuoksu täällä on, tutkitaan vielä tarkemmin paikka läpi kotaisin, armeijan koirakouluttaja totesi armeija kollegoilleen.

Avaruusaluksen ympärillä pyöri joukkueellinen pohjoiskorealaisia sotilaita, joilla oli mukanaan koirapartio. Koira oli saanut oudon hajun ja nyt partio pyöri avaruusaluksen lähistöllä. Alus oli kylläkin näkymätön, mutta tilanne oli mitä epämukavin Juisen kannalta. Nyt pitäisi nopeasti keksi jokin harhautusjuttu. Juise meni aluksestaan muutaman sadan metriin päähän ja jäi kuumeisesti miettimään mikä olisi tehokas harhautus, jotta saisin partion kauemmaksi avaruusaluksesta. Hän nojasi suurta puuta vasten ja mietti kuumeisesti. Sitten Juise keksi. Hän päätti kaataa ison puun aiheuttaen harhauttavaa ääntä. Pieni tönäisy vankan männyn runkoon sai aikaiseksi jykevän puun rojahtamisen ryminällä poikittain maahan. Partio havahtui ääneen ja lähti juoksujalkaa kohti ääntä. Juise käytti tilaisuutta hyväksi ja singahti avaruusaluksen uumeniin. Nyt partio oli hyvän matkan päässä ja Juise pystyi poistumaan paikalta ilman pienintäkään pelkoa, että jokin atomien välähdys tai muu epämääräisyys olisi paljastunut partiolle tai partion tarkkavainuiselle susikoiralle. Aikaa ei ollut hukattavissa nyt seuraavan paikan valitsemiseen. Juise siirsi ajatuksen nopeasti naapurimaahan, jotta pääsisi vähin äänin pois metsiköstä.

8. KIINA

Avaruusalus laskeutui pehmeästi ja näkymättömästi sopivan kokoiseen aukkoon metsikössä. Juise oli valinnut laskeutumispaikaksi maan pääkaupungin Pekingin lähimetsikön. Täältä olisi hyvä aloittaa maahan tutustuminen. Voisi saada vihiä mitkä olisivat maan mielenkiintoiset paikat. Ja mikä tärkeintä, mitkä olisivat sellaisia kohteita ja asioita, joista voisi ammentaa Jahvalandiaan jotain positiivista kotiin vietävää. Ilma tuntui sumuiselta ja haju oli jotenkin vastenmielinen. Hengittäminen kävi jonkin verran kurkunpäähän. Juisella oli tarkka kuva koulutusajoilta mikä maan ilmakehän koostumus on. Nyt ilmassa tuntui olevan muutakin, kuin vain puhdasta happea. Jahvanautin keuhkot oli rakennettu kuitenkin niin, että pienet poikkeamat hengitettävän ilman laadussa ei haittaisi menoa juurikaan.

Juise oli viipynyt maapallolla jo hyvä tovin. Hän oli nähnyt monenmoista menoa. Nyt tuntui, että pieni loma ja aivojen nollaus olisi paikallaan, sen verran pitkän työrupeaman hän oli tehnyt. Juisella ei ollut kuitenkaan kovin paljoa kokemusta lomailemisesta ja rentoutumisesta. Nukkuahan aina voisi putkeen vaikka viikon, mutta Juise ei ollut varma miten hyvin se auttaisi henkisessä ja fyysisessä nollaamisessa. Jahvalandiassakaan ei ollut olemassa lomailun käsitettä, sillä elo planeetalla on aika tasapaksua. Nyt pitäisi turvautua maan asukkaisiin tämän hankalan asian ratkaisemiseksi. Ehkä heiltä voisi saada vinkkejä hyvistä lomailu- ja rentoutumisvaihtoehdoista. Mitäpä muutakaan Juise keksi tämän asian selvittämiseksi kuin suunnata keskustan melskeisiin ja löytää eläväinen pubi. Sieltä joku voisi antaa hyviä vinkkejä lomailuun ja rentoutumiseen. Hän meni keskustaan satunnaisluku -navigoinnilla. Se on jahvanautin ominaisuus, jossa annetaan summittainen suuntima tietylle alueella. Paikkatiedoksi voi antaa kohteen, tässä tapauksessa ravintola tai pubi. Juise singahti kaupungin keskustaan satunnaisen pubin eteen. Vaihtoehtoja näytti olevan kaksi, toisessa oli punaiset neonvalot ja toisessa vihreät. Juise valitsi vihreän, koska se oli hänen lempivärinsä. Pubin nimi oli Peking Irkku Pub.

Juiselle tuli hetkeksi pieni häpeän tunne: mitä jos Jahvalandian Matkustus Ministeriö tietäisi, että hän vierailee näinkin paljon ravintoloissa ja nauttii suhteellisen paljon väkeviä juomia kyseisissä juottoloissa. No, koulutuksessa oli painotettu, että kyseiset paikat ovat hedelmällisiä tiedon lähteitä. Näin Juise perusteli itselleen hyvin miksi pitäisi piipahtaa jälleen pubissa.

Pubi oli suhteellisen suurikokoinen ja siellä oli paljon väkeä. Osa näytti olevan aasialaista alkuperää, osa vaaleampiihoisia, todennäköisesti turisteja, ajatteli Juise. Hän itse oli muuntautunut noin reilu 30 -vuotiaaksi kiinalaiseksi.

- Ni hao, tervehti Juise baarityöntekijää.
- Ni hao, mitä saisi olla, tiedusteli baarimikko ystävällisesti.
- Voisin ottaa talon oluen, Juise tilasi jo tottunein elkein ja sanamuodoin. Tällä kertaa toki kiinan kielellä, mutta sekin kieli sujui Juiselta hyvin.

Hän sai upeasta tuopista tarjoillun Guinness oluen, johon oli vaahtoon muotoiltu jokin kiinalainen kuvio. Baarimikko tuntui olevan ammattilainen ja omaavan myös taiteellista silmää. Juise kiitti ystävällisesti, maksoi ja suuntasi katseen pöytiin, josko löytäisi mukavan oloisen seurueen, jonka luokse lyöttäytyisi. Pubin suurimmassa loossissa oli tilaa suuremmallekin ryhmälle. Siellä istui paraikaa neljä henkilöä, aasialainen ja punatukkainen pariskunta.

- Ni hao, saisinko istua seuraanne, tiedusteli Juise pariskunnilta.

- Ni hao, tokihan tänne aina yksi kolmas pyörä mahtuu, vastasi punatukkainen mies iloisesti virnistäen. Juise päätti yrittää olla rennommin ja ottaa asiat enemmän loman kannalta. Hän ei jaksanut kovin paljoa vaivata päätä mitä mies tarkoitti kolmannella pyörällä. Ehkä se liittyi jotenkin kiinalaiseen historiaan, siellä kun ilmeisesti oli ensimmäisenä keksitty pyöreä kitkaa vähän tuottava ja kulkua avittava apuväline. Tällaista Juise muisteli maan historiasta lukeneensa. Tai voi olla, että ei sitä keksittykään Kiinassa vaan jossain muualla, Juise pohdiskeli. Nopeasti hän havahtui ja huomasi, että nyt hän oli jälleen vaipunut pohdintoihin. Tämä on kaukana rentoutumisesta. Nyt pitäisi yrittää laittaa aivot narikkaan, eikä pohtia liikaa ihmisten sanomisia, saati yrittää analysoida niiden tarkoitusta. Miettiminen ja analysointi oli kuitenkin Juiselle verissä, joten siitä tuntui olevan tosi hankalaa päästä eroon edes pieneksi hetkeksi.

- Nimeni on Wing Hong Sui ja olen tullut juuri kaupunkiin lomailemaan. Olisi mukava kuulla teiltäkin, missä ja miten täällä voisi parhaiten rentoutua, Juise avasi keskustelun.

- Näköjään olet löytänytkin jo maailman parhaan rentoutumisvälineen - Guinnessin, virnisti punatukkainen mies. Mä olen Gary, tervetuloa Pekingiin.

Gary tuntui olevan seurueen moottoriturpa, joka oli sanavalmis kaikkeen kommunikointiin. Hänen kihlattunsa Kate oli hiukan hiljaisempi, mutta ei missään nimessä tylsä tai tuppisuu. Gary vaan oli ulosanniltaan sen verran hallitseva persoona, että ehti useasti aina ensimmäisenä kommentoimaan ja vastaamaan. He olivat matkustaneet Irlannista Kiinaan lomailemaan muutama viikko sitten. Aasialainen pariskunta oli ennestään tuttuja heille, koska Mai oli ollut vaihto-oppilaana Irlannissa ja tutustunut Kateen. Main puoliso Dong ei ollut

Irlannissa kyseiseen aikaan, joten hän ei tuntenut irlantilaista pariskuntaa niin hyvin. Juisea hiukan harmitti, että oli ottanut hahmokseen kiinan kansalaisen. Helpompaa olisi ollut olla vaikka turisti jostain ihan tuntemattomasta maasta. Näin voisi suoltaa suusta vaikka minkälaista sontaa pelkäämättä jäävänsä kiinni valheista. Toisaalta Juise ei ollut vielä kertonut itsestään juuri mitään, joten vielä voisi säveltää mistä maasta olisi kotoisin. Nyt kun aivot piti yrittää jättää narikkaan, olisi hyvä keksiä jokin eksoottinen synnyinmaa.

- Lensin eilen tänne Pekingiin Ruotsista. Tiedättekö te missä asuinmaani on? Juise tiedusteli hiukan epämääräinen ilme kasvoillaan.
- Ruotsi.. mhh ei soi kellot kyllä ollenkaan. Voisiko se olla jossain Etelä-Amerikassa, Gary aprikoi.

Juise oli mielissään, että kenelläkään ei tuntunut olevan hajua kyseisestä maasta. Nyt voisi ladella vaikka minkälaisia puolitotuuksia, jos pariskunnat alkaisivat tenttaamaan Ruotsista ja elosta siellä. Tosin maapallokin oli saanut suhteellisen tehokkaan tiedonvälityskanavan, jota he internetiksi kutsuvat. Sieltä pariskunnat voisivat noukkia jotain tietoa Ruotsista, joten kovin paksua pajunköyttä ei kannattaisi syöttää heille. Kiinassa on internetin sisältö rajoitettu ja hallitus sensuroi sivustoja. Näin ollen suurta huolta Juisen ei tarvinnut kantaa, että hän puhuisi itsensä pussiin ja jäisi valheista kiinni.

- Jokainenhan rentoutuu omalla tavallaan ja löytää parhaat paikat itse, Mai vastasi Juisen kysymykseen.
- Pekingissä on monta paikkaa missä rentoutua. Esimerkiksi kaupungilla voi kierrellä nähtävyyksiä bongaillen. Mutta yksi upea tapa rentoutua on tutustua Kiinan Muuriin, joka on tässä lähistöllä, Mai jatkoi.

- Ja jos oikein tosissaan haluat rentoutua, niin ei muuta kun lyöttäydyt meidän seuraan ja otetaan muutamat Guinnessit, Gary jatkoi rentoutumisvinkkien luetteloa.

Juisella ei ollut kokemusta rentoutumisesta ja lomailusta, joten nämä olivat parhaita vinkkejä mitä tähän hätään oli saatavilla. Dongilta ei tullut mitään vinkkejä rentoutumiskeinoista. Se saattoi johtua siitä, että hän ei ollut koskaan poistunut maasta vaan oli isänmaallinen hallituksen neuvoja orjallisesti noudattava mallikansalainen.

- Eihän siinä sitten mitään, aletaanhan sitten rentoutumaan, sanoi Juise ja skoolasi Guinness lasillaan seurueen kanssa ja otti lähes puolen tuopillisen hörpyt.

Juttu alkoi luistaa entistä enemmän. Jopa Dong pääsi jonkinmoiseen tunnelmaan mitä enemmän väkijuomaa seurue kantoi pöytään. Eniten äänessä oli kuitenkin Gary, joka ei välillä tuntunut antavan suuvuoroa kenellekään muulle.

- Vai että on mies Ruotsista kotoisin. Mitäs mieltä aito ruotsalainen on Abbasta, Gary kyseli Juiselta.
- Hmm.. mietti Juise. Parasta se on tomaattikastikkeessa, mutta kyllä se maistuu myös sinappiversiona, Juise vastasi lyhyen tuumimisen jälkeen.
- HAHA HAAA, nauroi Gary. Vai on ruotsissa myös ihmissyöjiä.
- Mutta tosissaan, vieläkö te ruotsissa diggaatte bändiä? Miten Waterloo iskee vielä ja Dancing Queen, Gary jatkoi.

No, jälleen Juise oli jaaflettanut hiukan huonosti ja sillithän sieltä oli ensimmäisenä tullut hakutuloksena. Mutta totta tosiaan, diskokuninkaista ja kuningattaristahan tässä oli kyse.

- Kyyyyllä niitä vielä kuunnellaan. Mutta bändi kun hajosi, niin pikkuhiljaa heidän fanitus on laantunut.

Nykyään mä kuuntelen enemmän Aviciita, joka menehtyi jokunen vuosi sitten. Se on vielä kova stara Ruotsissa, Juise yritti paikkailla sillijuttuaan.

- " So wake me up when it's all over..", jee, toi on tosi kova biisi ja kertsi, Gary alkoi laulaa Aviciin hittibiisiä.

Juisea alkoi hiukan hirvittää, jos vaikka Gary pyytäisi lauluun mukaan. Juisella ei ollut hajuakaan millä sanoilla ja sävelellä kyseinen biisi lauletaan. Jahvalandian tiedustelu oli kerännyt jaafleen ainoastaan kyseisen kappaleen nimen. Olisi hiukan noloa, jos Juise jäisi kiinni osaamatta lempiartistin laulujen sanoja ja säveltä. Juise otti jälleen harhautuksen käyttöön ja vaihtoi puheenaihetta nopeasti.

- Jep, toi on kova biisi, totesi Juise.
- Mutta mitenkäs tämä Kiina, mistähän Kiina on kuuluisa teidän mielestä, tehden kysyvän katseen pariskuntiin.
- No muiden maiden mielestä varmaan kuuluisin vientituote Kiinassa on Korona-virus, sanoi Gary ja röhähti valtavaan naurun remakkaan.

Dongilla hymy hyytyi nopeampaa kuin Juisen avaruusaluksen matkavauhti. Dong oli selvästi närkästynyt Garyn letkautuksesta. Myös Mai oli hiukan vaivautuneen oloinen ja pälyili seurueen jäseniä yksi toisensa jälkeen ikään kuin anteeksipyytäen Garyn möläytystä. Dong singahti pystyyn.

- Gary, no moore!!!

Dong oli saanut tarpeekseen Garyn jatkuvista huonoista läpistä. Seurueessa tuli vähäksi aikaa vaivautunut hiljaisuus. Juise ei ollut kartalla missä tässä keskustelussa mentiin. Miksi Dong hiiltyi noin paljon ja singahti seisomaan? Ja miksi Dong lausui noin kovaan ääneen Pohjois-Irlantilaisen rokkistaran nimen tapaisen? Onko Korona-viruksessa jotain salaista mitä Kiina vie menestyksekkäästi ulkomaille? Miksi kaikki pälyilevät toisiaan ikään kuin yrittäen peitellä jotain? Juisella oli pää täynnä kysymyksiä, enemmän kuin mitä päähän oli ehtinyt kertyä alkoholia. Piinaavan hiljaisuuden katkaisi Gary.

- Anteeksi asiaton kommenttini. Tarkoitukseni ei ollut tuottaa pahaa mieltä kenellekään. Kyllähän te tunnette minut, miten minulta pääsee välillä sammakoita suusta, Gary pyysi nöyrimmin anteeksi asiatonta kommenttiaan.

Garyn anteeksipyyntö ei selkeyttänyt tilannetta juurikaan Juiselle. Hän ei kuitenkaan halunnut jatkaa kyseisestä aiheesta keskustelua, koska se oli aiheuttanut noinkin suuret tunnepurkaukset. Mutta jotain tuossa rokkari Gary Mooressa ja Koronassa oli, joka oli aiheuttanut nämä niin kiivaat hetket. Juisen päätti ottaa jossain muodossa Koronan ja Mooren matkatuliaisena Jahvalandiaan, koska ne tuntuivan aiheuttavan noinkin suuria tunnetilojen vaihteluja. Jahvalandiassa suurimpia ongelmia ovat kansalaisten tunnetilojen pysyminen tasaisen harmaana, joten noista voisi olla hyvinkin apua tähän Jahvalandian masentuneisuuden alhoon.

- Ai että mistäkö Kiinan on kuuluisa? Mai jatkoi hieman asiallisemmalla suhtautumisella Juisen kysymykseen.
- Kyllä me ollaan kuuluisia monestakin asiasta. Kaikki varmaan tuntee meidän pitkän muurin. Sitä kannattaa käydä katsomassa. Pandat ovat myös kiinalainen juttu, niihin kannattaa tutustua myös. Terrakotta Armeija, kiinalainen ahkeruus, made in Kiina tuotteet, historia ja moni muu asia, jatkoi Mai luetteloa.

Juise oli saanut paljon vinkkejä Kiinasta. Noihin olisi hyvä tutustua tulevina päivinä. Nyt hän kuitenkin päätti ottaa rennommin ja yrittää lomailla. Paikkoihin tutustuminen ei tunnu rentouttavan Juisea, koska siitä tuntuu tulevan koko ajan työn tekemistä. Tämä seurue ja Guinness saisi nyt kelvata rentoutumiseen. Usean tuopin ja keskustelun jälkeen Juise alkoi olla valmis lopettamaan rentoutumisen ja palaamaan takaisin avaruusalukseen.

Aamulla Juise heräsi melkoiseen pääkipuun. Hän ei arvannut, että rentoutuminen voisi olla näin raskasta. Ja että siitä tulisi vielä seuraavana aamunakin näin huono olo. Hyväkuntoisena ja muuntautumiskykyisenä hän pystyi selättämään huonon olon suhteellisen nopeasti, joten koko päivä ei tulisi menemään pilalle. Kiinan muuria oli tuputettu koko maassa olo ajan Juiselle. Pienessä krapulassa tämä voisi olla hyvä tutustumiskohde varsinkin, kun lähistölle oli entisöity muurista pätkä turistikohteeksi. Badaling on Kiinan muurin suosituin kohde ja sitä on kunnostettu paljon. Juise singahti muurille, kun oli saanut päänsä hiukan selkenemään. Muurilla oli jo heti aamusta paljon väkeä. Varsinkin kiinalaista nuorisoa oli näin loma-aikaan tutustumassa maan historialliseen nähtävyyteen. Lähellä oli matkaopas juuri esittelemässä muuria ja sen historiaa pienelle ryhmälle. Juise hivuttautui vaivihkaa ryhmään kuuntelemaan esittelyä. Matkaopas oli mukaansatempaava. Joka kommentin jälkeen ryhmä kohahti ja hurrasi. Juisekin yhtyi kohahduksiin, vaikka tylsän tuntuiset faktat eivät kovin Juisea kiinnostaneetkaan.

- Kiinan muuri on maailman pisin ihmisen tekemä rakennelma, opas hehkutti.
- OOHHH, ryhmä kohahti.
- Muurin korkeus voi olla parhaimmillaan jopa 16 metriä, jatkoi opas.
- OOHHH, ryhmä kohahti jälleen.
- Tätä muuria on rakentanut lähes miljoona ihmistä, opas jatkoi muurin historian kertomista.
- OOHHH, ryhmä entisestään kohisi.

- Niin ja sitten tuossa lähimmässä vartiotornissa on sitten vessa, jossa voitte käydä tauolla.
- OOHHH, Juise kohahti yksin kovaan ääneen.

Epähuomiossa Juise oli jatkanut ääntelyä kuuntelematta mistä opas kertoi. Ryhmä kääntyi taka-alalla olleeseen äänekkääseen kuulijaan suu ammollaan ihmetyksestä. Juise huomasi nolon tilanteen ja yritti pehmittää vaivautuneisuutta.

- Niiin, joo .. oohhh. Minulla onkin jo aikamoinen kusihätä, sitä tässä vain ääntelin.

Juisella ei ollut kovinkaan laajaa käsitystä ja tietämystä muurista. Ensivaikutelma muurista oli kuitenkin pienoinen pettymys. Juiselle ei heti auennut, miksi muuri oli niin suosittu ja miksi sitä niin moni hehkuttaa. Mikä tällaisessa pitkässä kivikasapötkyssä kiinnostaa ihmisiä? Juise ei voinut ymmärtää miten jollakin on voinut olla aikaa rakentaa näin huonosti liikkumista estävä kyhäelmä. Tästähän voisi mennä muurin yli että heilahtaa, tuumi Juise. Sekin oli epäselvää, mitä tästä muurista voisi viedä Jahvalandiaan sellaista, joka piristäisi ihmisten mielialaa. Juisesta alkoi tuntua, että muurille tulo ja tutustuminen ei hyödynnä millään tavalla jahvalandialaisten hyvinvointia. Toisaalta ihmiset täällä muurilla tuntuvat olevan haltioissaan, iloissaan ja muutenkin positiivisella mielellä. Olisiko tässä muurissa sittenkin jotain sellaista, mikä saa ihmiset hyvälle mielelle? Ja jos näin olisi, niin voisihan tästä muurista ottaa muutaman valokuvan ja atomispektrimetrillä analysoitavaa tietoa. Näillä tiedoilla voisi tarvittaessa rakentaa myös Jahvalandian maakamaralle vastaava muuri, jota pitkin ihmiset voisivat kuljeskella. Tämä voisi ehkä avittaa heitä saamaan enemmän positiivisuutta elämään. Juise vielä roikkui jonkin aikaa turistiryhmän perässä kuunnellen muurin historiaa ja nykyaikaa. Mitään kovin järisyttävää tieto ja tuntemuksia hän ei kuitenkaan saanut opastuksesta. Niinpä hän palasi avaruusalukseen iltapäivällä hieman pettyneenä paljon kehuttuun nähtävyyteen. Aluksella hän päätti ottaa pienet nokoset, jotta voisi tyhjentää päänsä ja saada uusia virikkeitä tulevia haasteita varten. Juise ei ollut huomannut miten hän oli mennyt tukka putkella monen päivän ajan. Nyt olisi paikallaan pidemmät unet. Juise nukkui putkeen melkein kaksi vuorokautta.

Aluksen lähistöllä ollut iso lintu rääkäisi kovaan ääneen ja Juise säpsähti hereille. Nyt oli tullut nukuttua niin hyvät unet, että voisi virkein mielin ja ruumiin voimin jatkaa tutkimus- matkailijan työtä. Juisella meni vähän aikaa ajatusten kasaan keräämisessä. Kahden vuorokauden unet ovat kuitenkin sen verran pitkät, että heti ei ole skarppina. Vähän aikaa kelailtu- aan Juise muisti muutama päivä sitten viettämänsä ravintolail- lan kahden pariskunnan kanssa. Kiinalaisten ahkeruus ja "Ma- de in Kiina" -jutut olivat jääneet pyörimään Juisen mieleen. Nyt voisi tutustua kyseisiin asioihin hiukan tarkemmin. Juise oli nähnyt keskustan liepeillä kulkiessaan suurehkon kenkäteh- taan. Nyt voisi käydä kysymässä, josko sinne pääsisi töihin.

Tehdasrakennus oli hiukan nuhruisen oloinen ulkoa käsin katsottuna ja nähnyt parhaat päivänsä kauan aikaa sitten. Pys- tyssä se vielä kuitenkin pysyi eikä vesisateet juurikaan sisään päässeet, joten se ajoi hyvin asiansa tuottaa laadukkaita lenk- kikenkiä suuret määrät maapallon asukkaiden tarpeisiin. Oves- ta sisään tullessaan Juise huomasi ison lasisen kopin, jossa istui kaksi henkilöä. Toinen tarkkaili silmä kovana tehdassalia. Toinen henkilöistä näpytteli likaisella tietokonenäppäimistöllä tekstiä pieneen tietokoneruutuun tuijottaen. Näppäilijä näytti tärkeämmältä henkilöltä, joten Juise päätti kääntyä hänen puo- leensa astuessaan sisään lasikoppiin.

- Ni hao, olen Wing Hong Sui ja haluaisin tulla töi- hin teille, aloitti Juise mennen heti suoraan asiaan.
- Ni hao vaan, olen Bos Sii ja tämän tehtaan johtaja. Vai että töihin haluaisit tulla. Ei tänne kyllä ihan

117

kävellen tulla töihin. Työ täällä vaatii nopeaa oppimiskykyä ja ahkeruutta.

- Hieno juttu, sillä minä olen tosi nopea oppimaan ja minulla on hyvä muisti, Juise kehui itseään. Voit kysyä minulta vaikka piin desimaaleja, Juise innostui lisää kehumaan itseään.

- Ööö, piii, niin pii, no sanoppa sitten niitä desimaaleja, johtaja hiukan hämillään vastasi Juiselle tietämättä tarkalleen mikä pii on, saati sitten mitä siitä olisi hyötyä kenkien tekemisessä.

- No tässä tulee, keskeytä sitten kun riittää: 3,14159 26535 89793 23846 ...

Juise luetteli piin desimaaleja noin minuutin aja. Hän olisi voinut jatkaa vaikka koko päivän putkeen, koska on tiedetty, että desimaalien lukumäärä on valtava ja päättymätön. Tehtaanjohtajaa alkoi haukotuttaa minuutin jälkeen.

- Joo, riittää, joo, riittää jo. Kyllä sinä osaat nuo luvut näköjään ja hyvä muisti sinulla pitää olla, kun niitä noin paljon osaat. Ja varmaan ahkerakin olet, kun olet jaksanut opetella noin monta numeroa ulkoa. Voisinhan minä ottaa sinut tänne kokeeksi töihin.

Johtaja oli toiminnan mies eikä teoreetikko. Hän antoi lyhyen työhaastattelun jälkeen Juiselle sinisen tehdasasun ja työhanskat. Johtaja ja Juise marssivat tehdassalin puolelle, missä hän esitteli pikaisasti tehdaslinjaston Juiselle. Manuaalisia vaiheita oli varmaan yli 20. Liukuhihna pyöri hitaasti. Hihnalla oli puolen metrin välein kenkämuotteja. Muotissa oli kohta sekä kengän pohjalle että varsiosalle. Kun molemmat osat olisivat muotissa, muotti taitettiin yhteen ja kengänosat prässättiin koneella kiinni toisiinsa liiman avulla.

- No niin Wing, tässä tehdas lyhykäisyydessään. Sinä pääset tuohon prässikoneelle. Siinä pitää olla

118

tarkka ja nopea. Kun kenkämuotti tulee kohdallesi, niin ruiskutat liimaa pohjallisen päälle ja taitat muotin kasaan. Sen jälkeen kiinnität tuolla suurtehoprässillä pohjallisen kiinni kenkäosaan, johtaja kertoi nopeasti toimenkuvan.

Juise ei ehtinyt tutustua työkavereihin, vaan meni suoraan prässikoneen äärelle ja alkoi painaa kengänosia yhteen. Kenkämuotteja tuli prässikoneelle hyvää vauhtia. Muutama ensimmäinen kenkäpari meni hieman opetellessa, sillä liukuhihna meni eteenpäin nopeampaa vauhtia mitä Juise ehti suorittaa työvaiheitaan. Kolmannen kenkäparin jälkeen hän kuitenkin sai juonesta kiinni. Jonkin ajan kuluttua Juisella sujui työvaiheet sen verran hyvin, että hän toivoi liukuhihnan liikkuvan hiukan nopeampaa. Kahden tunnin työrupeaman jälkeen tehtaan kello soi kaksi kertaa. Se tarkoitti, että päivän toinen tauko alkoi. Taukotilassa oli teevesi ollut lämpimänä jo jonkin aikaa. Osa työntekijöistä oli hörppimässä lämmintä kiinalaisten suosikkijuomaa ja keksejä. Juisella oli nyt tilaisuus tutustua työkavereihinsa.

- Ni hao, olen Wing Hong Sui. Tulin tänään tänne töihin. Olen painamassa kenkiä prässikoneella, Juise esitteli itsensä.
- Ni hao vaan toveri Sui. Ota tuolta kaapista joku kuppi. Jokaisella on oma kuppi täällä. Voit lainata poissaolijoiden kuppia poikkeuksellisesti tänään, valisti ryhmänjohtaja Gru Pee.
- Kiitos, minäpä otan vaikka tämän kupin, jossa lukee "Mao on Paras".

Vaikka työnteko kiinalaisessa lenkkaritehtaassa oli Juiselle ensikokemus ja se tuntui melko mukavalta, ensisijainen tehtävä hänellä oli kuitenkin saada selville, miksi työntekoa ylistetään niin paljon Kiinassa. Tästä arvokkaasta tiedosta voisi mahdollisesti olla hyötyä Jahvalandiassa jollakin tapaa. Miten siitä olisi hyötyä, sitä Juise ei vielä kuitenkaan tiennyt.

- Hienoja lenkkareita tämä tehdas valmistaa. Oletteko te olleet kauan aikaa tässä tehtaassa töissä ja viihdyttekö te hyvin täällä, Juise aloitti varovaisen tiedustelun.

Ryhmänjohtaja oli juuri hörppäämässä teetä. Tee meni kuitenkin väärään kurkkuun, kun hän kuuli Juisen kysymyksen. Näin suoria kysymyksiä työpaikan oloista ei kukaan ollut aiemmin esittänyt. Ryhmänjohtaja katsoi taukohuoneen nurkassa olevaa tallentavaa kameraa ja oli vähän aikaa hiljaa ennen kuin vastasi.

- Tämä työpaikka on onnenpotku meille kaikille. Olemme olleet töissä täällä kauan aikaa ja viihdymme täällä todella hyvin.

Juisea hiukan ihmetytti, miksi kaikkien ilme oli väsyneen ja masentuneen oloinen, vaikka he viihtyvätkin työpaikalla. Ehkä raskas työ vain vie heiltä mehut. Tehtaan kello soi jälleen, mikä tarkoitti tauon loppuneen. Työntekijät ottivat nopeat viimeiset teehörpyt ja kiiruhtivat työpisteilleen. Huoltomiehet olivat tauon aikana huoltaneet liukuhihnaa. Nyt liukuhihna lähti jälleen pyörimään ja kenkien osia alkoi valua työpisteitä kohden. Juise hallitsi hyvin oman työpisteensä, joten hänellä jäi jopa aikaa tarkkailla muita työpisteitä ja tehdasta muutenkin. Likaa tuntui olevan joka paikassa. Liimatahroja oli siellä sun täällä. Tehdashallin haju koostui hien ja liiman sekoituksesta. Liukuhihna pyöri tasaiseen tahtiin eikä katkoksia tullut kovinkaan paljon. Usean tunnin jälkeen tehtaan kello soi kolme kertaan, joka ilmoitti kolmannen tauon alkamisesta. Työpäivät näyttävät olevan tehtaalla melko pitkät, jopa yli 10 tuntia. Juise oli hyväkuntoinen, joten pidempikään työpäivä ei häntä juuri hetkauttaisi. Töitä oli tehty sen verran pitkään, että nyt olisi aika syödä hiukan tukevammin. Jääkaapissa oli ruoka-annoksia, joita sai ostaa laittamalla jääkaapin vieressä olevaan rahakippoon 15 yuania. Juise ei ollut varma oliko lounaan hinta kallis vai halpa, mutta raha ei ollut Juiselle ongelma. Sitä hän pystyi tekemään helposti. Ruoka sen sijaan kiinnosti Juisea kovastikin, mitä se piti sisällään. Hän istuutui taukohuoneen pöydän äärelle katsoen mietteissään jääkaapista ottamaansa ateriaa.

- Hyvä valinta, minä tykkään myös tuosta ateriasta. Minä rakastan sammakonreisiä yli kaiken, toinen prässikoneella työskennellyt mies kommentoi Juisen ruokavalintaa.

Juise repi toisissaan kiinni olevat reidet erilleen ja laittoi rohkeasti suuhunsa toisen reiden. Hän nielaisi rapean makupalan pureskelematta sitä ollenkaan. Sama toistui toisella reidellä. Vieressä syöneet työntekijät olivat jääneet tuijottamaan Juisen syömistä. Yleensä reidestä haukataan pala ja pureskellaan. Kukaan ei ollut nähnyt tällaista reidensyöntiä aiemmin. Juise oli keskittynyt syöntiin niin, ettei heti huomannut olevansa katseiden kohteena.

- Niin, kyllä nämä ovat todella hyvänmakuisia, Juise virkkoi kun huomasi koko taukohuoneen väen tuijottavan Juisen reisien syöntiä.

Työt jatkuivat ruokatauon jälkeen. Osa työväestä oli tullut töihin jo varhain aamulla, mutta jatkoivat edelleen työntekoa. Puheet siitä, että kiinalaiset ovat ahkeria työntekijöitä näytti pitävän paikkansa. Pisimmillään tänäänkin näytti työpäivä venyvän jopa yli 12 tuntiseksi. Yötyötä tehtaalla ei kuitenkaan tehty, koska työvoimaa ei ole riittävästi kahteen vuoroon. Juise oli töissä pitkälle iltaan asti, kunnes tehtaan kello soi 5 kertaa, joka tarkoitti tehtaan sulkemista tältä päivältä. Töiden loputtua tehtaanjohtaja tuli Juisen luokse tiedustelemaan työnteon tuntemuksia.

121

- No niin, työpäivä loppui. Miltäs työnteko tuntui tehtaassa? Ainakin näytti siltä, että opit nopeasti miten kenkiä tehdään.
- Kyllä oli mukava työskennellä tehtaalla. Teillä on hieno tehdas täällä ja laadukkaita kenkiä tulee mukavaan tahtiin, Juise hieman yli kehui kokemuksiaan.
- Mukava kuulla. Jos työ tehtaalla kiinnostaa, niin tule aamulla kello 7 tänne, niin voidaan tehdä vakituinen työsopimus. Meillä on uusille työntekijöille sisääntulobonuksena viiden kilon riisipussi, tehtaan johtaja houkutteli Juisea extrabonuksilla.

Päivä oli ollut antoisa. Juise oli saanut roppakaupalla tietoa kiinalaisesta työnteosta. Vieläkään Juisella ei ollut käsitystä, miten tätä kokemusta voisi hyödyntää Jahvalandiassa. Tehtaan tuottavuudesta ei ainakaan ollut mitään kotiin vietävää, sen verran tehottomia menetelmät olivat jahvalandian 3D-atomikoneeseen verrattuna. Teemukit sen sijaan jäivät Juisen mieleen erityisesti. Jokaisella oli oma erikoislaatuinen mukinsa, jossa oli työntekoa ihannoiva teema. Jahvalandiassa kaikilla oli samanlainen kuppi, joka nyt tuntuu Juisesta aika tylsältä. Mukeilla voisi osaltaan poistaa Jahvalandian masentuneisuutta ja piristää arkisia hetkiä. Avaruusalukseen saavuttuaan Juise kloonasi itselleen Kylie Minogue teemukin. Teetä Juise ei tosin aluksessa koskaan ollut vielä juonut. Mutta jos teehetki tulisi, niin nyt olisi hieno ja inspiroiva teemuki olemassa. Sen verran hyvän kuvan kiinalaisesta työkulttuurista Juise otaksui saaneen, että hän ei aikonut enää huomenna mennä töihin tehtaalle. Olisi aika jatkaa tutustumista maan muihin huomionarvoisiin kohteisiin. Pitkän työpäivän jälkeen oli mukava käydä levolle.

Juise heräsi seuraavana aamuna virkeänä ja täynnä tarmoa. Kylie -teemuki oli hänen sänkynsä vieressä. Juise testasi mukin, miltä tuntuisi juoda heti aamusta ja vielä Kylie mukista. Aamujuominen oli suuri elämys Juiselle. Aivan kuin aamu olisi saanut turbolatauksen tavalliseen päivään verrattuna: nyt Juise tiesi, mikä oli eilisen päivän suurin anti Jahvalandiaan. Aiempien päivien ravintolaseurueella oli monta hyvää vinkkiä mihin tutustua. Pandat olivat yksi vinkeistä ja iso kiinalainen juttu, joihin kuuleman mukaan kannatti ehdottomasti tutustua. Juisella oli jaaflesta saatua tietoa pandoista, mutta se oli rajallista ja jonkin verran ristiriitaistakin. Juisella ei ollut epäselvyyttä mihin hän suuntaisi avaruusaluksen nokan seuraavaksi.

Setšuanin maakunnassa asuu suuri osa pandoista. Juise olisi voinut mennä myös eläintarhaan ja sinne varmaan ravintolaseurue oli Juisea kehottanut menemään. Mutta Juise päätti tutustua pandoihin kunnolla, joten mikä olisi parempi tapa kuin mennä luontoon pandojen luokse. Setšuanin maakunta kiinnosti Juisea toisestakin syystä. Jahvalandian aiemmilla matkoilla kolme jahvanauttia oli poikennut maakunnassa. Matkan tavoite oli ollut lähes sama mikä Juisella nyt, eli löytää positiivisuutta ankeaan ja harmaaseen Jahvalandiaan. Kolmikko oli kuullut huhua Setšuanin hyvästä ihmisestä, jota he yrittivät löytää maakunnasta. Jahvanauteilla oli ollut suhteellisen hyvä logiikka, koska heidän löydöksensä oli ollut kirjaimellinen, eli ilotyttö. Jostain syystä heidän matkansa anti ei ollut kuitenkaan paras mahdollinen. Nyt Juisella olisi mahdollisuus paikata kollegoidensa hieman vajaaksi jäänyttä edellistä reissua. Häntä hiukan huvitti, että tutkimusmatkailijoita luultiin jumaliksi, vaikka ihan tavallisia jahvanautti -duunareita he olivat. Ehkä hän nyt voisi löytää Setšuanin hyvän pandan!? Tämä kihelmöi ja houkutteli Juisea entistä enemmän, saisi kaksi kärpästä yhdellä iskulla.

Avaruusalus laskeutui Setšuanin viidakkomaiselle vuoristorinteen tasanteelle, jossa oli pieni aukea paikka. Aukiota reunusti bambupuut kauttaaltaan. Juise tiesi tulleensa keskelle panda-keskittymää. Hän oli muuntautunut kolmivuotiaaksi urospandaksi varmuuden vuoksi, jos vaikka törmäisi lajitovereihin. Heti ei kuitenkaan tullut vastaan mustavalkoisia karvapalloja. Juise ei pitänyt mitään kiirettä löytääkseen pandoja, vaan hän nautti yksikseen metsässä tarpomisesta kuunnellen luonnon moninaisia ääniä. Tällaista tunnetta ei voisi saavuttaa Jahvalandiassa, joten Juise otti kaiken ilon irti upeasta hetkestä. Koska pandat syövät käytännössä koko päivän tarviten kymmeniä kiloja bamburuokaa, Juiseakin alkoi kummasti nälättää muunnauduttuaan pandaksi. Juise jatkoi talsimista eteenpäin aina välillä ottaen bambunvarren suuhunsa ja jyrsien sitä. Samalla hän yritti löytää jälkiä syödyistä bambuista, joka olisi selvä merkki siitä, että lajitoveri olisi lähettyvillä. Mitään merkkiä pandoista ei kuitenkaan tullut pitkän tarpomisen jälkeenkään, joten hän päätti valjastaa tekniset keinot ja otti panda -jäljittimen käyttöön. Laite kertoikin heti, että kolmen kilometrin päässä olisi yksinäinen pandakarhu. Pandat ovat erakkoja luonnostaan, joten muita pandoja ei ollut kyseisen pandan lähettyvillä. Juise siirtyi lajitoverin luokse, joka oli muutaman vuoden ikäinen naaras panda.

- Mur mur ja moi, olen Baso-panda, Juise esittäytyi nuorelle pandaneitokaiselle.
- Mur mur ja moi, mä oon Irqu-panda, neitokainen vastasi.

Neitopanda ei ollut järin mielissään Bason tullessa samoille bambuapajille. Pandat viihtyvät toistensa läheisyydessä pääsääntöisesti vain lisääntymisen aikaan, joka ei ollut nyt käsillä.

- Anteeksi, että änkeän tänne sinun bambuapajille. Minä olen ollut vaan niin kauan yksin, joten halusin tulla vaihtamaan muutamia murinatuokioita toisen pandan kanssa, Juise yritti selittää tunkeiluaan toisen reviirille.

- Eiköhän tästä alueesta vähäksi aikaa riitä ruokaa meille molemmille. Minua kuitenkin bambuttaa nyt niin paljon, etten ehtisi kovin paljon leukoja louskuttaa puhumiseen, Irqu jatkoi.

Juise päätti hoitaa juttutuokiot rauhassa syömisen lomassa. Pariskunta meni hitaasti rinnakkain eteenpäin ruokaa ahmien kaksin tassuin. Juise keskittyi aluksi täysin syömiseen, mutta uskalsi välillä vaihtaa muutaman mietteen, kun suu oli tyhjänä ruoasta.

- Mikähän meissä pandoissa on sellaista, että ihmiset tykkäävät meistä, Juise heitti ilmoille puoliksi retorisen kysymyksen ja puoliksi odottaen Irqun osallistuvan keskusteluun.
- Varmaan se on tämä meidän hieno kaksivärinen turkki. Täällä metsässähän välillä ihan vilisee salametsästäjiä, Irqu vastasi hiukan sarkastiseen sävyyn.

Juise ei ollut ajatellutkaan, että ihmisten pandakiinnostus voisi olla myös noinkin brutaalia, että ihan turkki ja lihat otettaisiin irti lempeästä nallekarhusta. Tämä ihmisten raakuus ja säälimättömyys tuntui kuitenkin olevan hyvä keskustelun aloitusaihe. Juise ajatteli jatkaa samalla linjalla, koska Irqua tuntui kiinnostavan tämä puoli.

- Joo, olen kuullut myös huhuja tuollaisesta Juise heitti valkoisen valheen. Olen kuullut myös, että meistä pandoista tehdään ulkomailla karkkia, varsinkin meidän turkin mustasta aineksesta, Juise jatkoi pandojen karujen kohtaloiden luetteloa.
- Murhihi, murhihi, sähän ootkin huvittava panduliini Baso, Irqu alkoi nauraa valtoimenaan saaden

bamburuokoja väärään kurkkuun ja lopetti naurun yskänpuuskiin.

Baso leperteli siihen sävyyn, että Irqu luuli käynnissä oleva vähintään kosiskeluyritykset. Nyt ei ollut kuitenkaan se vuodenaika, joten Irqu vakavoitui ja jatkoi syömistä. Juise oli ekstroverttistä pandasorttia, joten syömisen lomassa hän aina heitti väliin kysymyksiä ja kommentteja. Irqu yritti parhaansa mukaan sekä syödä että keskustella sivistyneesti.

- PAM, PAM .. Tuliko osuma?! Toinen salametsästäjistä kysyi kaveriltaan.

Kaksi salametsästäjää oli päässyt yllättämään pandapariskunnan niiden keskittyessä syömiseen ja jutteluun. Normaalisti Irqu oli erittäin varovainen ja pakeni paikalta vähäisimmänkin oksan raksahduksen kuullessaan. Nyt hänen keskittymisensä oli mennyt täysin puheripulista kärsivän Bason kuunteluun. Luodit onneksi vilahtivat ohi eivätkä satuttaneet kumpaakaan. Irqu otti jalat alleen ja kiihdytti pakoon metsästäjiä. Tarvittaessa pandat pääsevät metsässä erittäinkin nopeaa liikkumaan. Juise jäi paikanpäälle ja päätti varmistaa, että metsästäjät eivät lähtisi Irqun perään.

- Huti meni molemmat kudit ja nyt toi toinen panda lähti karkuun, mutta toinen näköjään jäi paikanpäälle, salametsästäjä päivitti tapahtumat kaverilleen.

Nyt oli hyvä neuvot tarpeen. Pandalla on terävät kynnet ja hampaat. Tarvittaessa niillä saisi pahaa jälkeä aikaiseksi ihmispoloisiin. Jahvanauttikoulutuksessa oli painotettu, että varsinkaan ihmisiä ei saisi vahingoittaa kuin vain suuren hädän hetkellä. Nyt olisi selvästi sellainen hätä, koska muuten salametsästäjät voisivat vahingoittaa lempeää Irqu pandaa. Tämä pitäisi jollain tapaa estää. Kynsiä ja hampaita ei voisi käyttää. Mutta Juise oli kuullut Kung Fu Pandasta. Sen legenda oli kiirinyt Jahvalandiaan saakka. Juise juoksi salametsästäjien eteen sellaisella vauhdilla, että metsästäjät eivät pandaa ehtineet sanoa. Juise otti karatesta tutun kurkipotkuasennon ja tuijotti tuimasti salametsästäjiä kohti.

- Heh, heh! Kato tuota pandaa, luuleeko se olevansa jokin Kung Fu panda? Eikö se tiedä, että pandat ovat rauhallisia elämiä ja että Kung Fu panda on vain piirretty hahmo, toinen metsästäjistä nauroi ja osoitti sormella huvittuneesti Juisea kohti.

Juise päätti antaa salametsästäjille opetuksen, jota he eivät tulisi unohtamaan vähään aikaan. Samalla he varmaan unohtaisivat viattomien karvapallojen metsästyksen ainakin vähäksi aikaa.

- Minä olen todellinen Kung Fu panda. Se sarjakuvahahmo on vain kalpea kopio minusta, Juise alkoi puhua miehille.

Miesten silmät suurenivat niin, että jopa pandan pyöreät ja suuret silmät kalpenivat niiden rinnalla. Miehet jähmettyivät vähäksi aikaa paikalleen, eivät paenneet, mutta eivät myöskään osoitelleet enää aseillaan pandoja.

- Kkkuulitko sinä saman kun minä? tuo panda puhui, toinen miehistä vihdoin sai sanan suustaan.

- Joo, kukukuulin. Vastasi toinen miehistä änkyttäen.

- Kuulkaapas nyt miehet, nyt te joko käännytte kannoiltanne toiseen suuntaan ja jätätte meidän pandat rauhaan, tai sitten minä vien tämän kurkipotkun loppuun asti. Ja se ei ole mukavaa katseltavaa se, Juise lateli vaihtoehdot miehille.

Toista kehotusta Juisen ei tarvinnut antaa. Miehet olivat varmaan viimeksi juosseet yhtä kovaa kouluaikojen liikuntatunnilla. Nyt he menivät sellaista vauhtia, että metsästä ei varman tällä hetkellä löydy yhtä lujaa menevää parivaljakkoa. Juise laskeutui kurkiasennosta nelikontilleen ja katsoi tyytyväisenä miesten perään. Irqu oli katsonut kauempaa tapahtumia. Hän oli hiukan hämillään, miten Baso oli taipunut noin hienoihin asentoihin ja saanut jopa vielä salametsästäjät pakenemaan niin että metsä rytisi. Vaaran ollessa ohi Irqu lähestyi Basoa.

- Sä oot mun sankarini! Miten ihmeessä sä taivut tuollaiseen akrobaattiseen asentoon, Irqu ihmetteli.
- Joo, mä oon syönnin lomassa myös hiukan kuntoillut ja voimistellut. Tuon liikkeen oppimiseen meni muutama kuukausi, mutta nyt se sujuu jo ihan hyvin, Juise kertoi vaatimattomasti atleettisista taidoistaan.

Ystävykset jatkoivat loppupäivän bambun syömistä. Irqu oli onnellisen oloinen ja tunsi turvallisuutta Bason läheisyydessä. Juise oli mielissään myös, kun oli saanut viettää koko päivän mukavan pandaneitosen kanssa. Tuntui siltä, että hän oli löytänyt "Sezuanin hyvän pandan". Pandat elävät kuitenkin suurimman osan elämäänsä yksin, joten Juisen piti alkaa suunnitella erkanemista Irqusta.

- Ota tämä bamburuoko, mun täytyy nyt lähteä omalle reviirilleni. Nähdään vaikka ensi keväänä, jos liikutaan samoilla alueilla, Juise aloitti haikeat jäähyväiset.

Kevät on tunnetusti pandojen lemmenaikaa, joten Irqu iski isoa mustaa silmäänsä hymyillen ja pariskunta erkani toisistaan. Juise palasi avaruusalukselle. Paljon oli jälleen tapahtunut ja hän istahti miettimään päivän tapahtumia. Setsuanissa ei tuntunut olevan yhtään hyvää ihmistä, mutta ainakin yksi hyvä panda löytyi. Elämä pandana oli avannut hänen silmiään. Oli ymmärrettävää, miksi maapallon suurimman kansakunnan ylpeydenaihe oli tuo niin ihana ja sympaattinen mustavalkoinen karvamöykky. Sen elämä ei näennäisesti tunnu kovinkaan mielenkiintoiselta ja viihdyttävältä: koko elämä tuntuu pyörivän vain ruoan syömisen ympärillä. Se minkä Juise tunsi ollessaan pandana päivän, oli ihana tunne olla luonnon armoilla ja keskittyä vain hetkeen tarvetta yhtään miettiä tulevaisuutta. Välillä pienet nokoset ja jälleen jatkaa syömistä. Ja kun sai välillä nähdä lajitovereitaan ja vaihtaa kuulumisia, se kruunasi päivän. Pandoissa oli ehdottomasti sitä jotain, mitä edellinen retkikunta oli tullut hakemaan, mutta eivät olleet sitä löytäneet. Juise oli onnellinen löytäessään näin arvokkaan kotiin viemisen. Hän tiesi kierrelleensä jo jonkin tovin Aasiaksi kutsuttua maapallon aluetta. Nyt olisi aika ottaa nokoset ja sen jälkeen suunnata kohti uusia maisemia.

9. VENÄJÄ

Juise oli alkanut pitämään maapallon menosta ja meiningistä. Se oli täysi vastakohta Jahvalandian seesteiseen ja automatisoituun ympäristöön ja toimintaan. Maapallolla elo tuntui poikkeavan suuresti eri paikkakunnilla, mikä viehätti Juisea. Tämän havainnon huomaaminen voisi olla alku jonkin suuremman oivallukselle, josta voisi olla hyötyä Jahvalandian harmaaseen ja masentuneeseen tilaan.

Avaruusalus laskeutui Elk Island -kansallispuistoon lähelle Moskovan keskustaa. Paikka oli ihanteellinen kaupunkiin tutustujalle, joka ei halunnut herättää liikaa huomiota. Venäjä on sen verran suuri maa, joten Jahvaladian signaalitiedustelu oli saanut siitä mukavasti etukäteistietoa. Yksi asia oli tullut koko ajan esille tiedustelutiedoissa – maatuska puunuket. Nämä olivat kiehtoneet Jahvalandian tiedustelua pitkän aikaa, mikä niiden salaisuus on. Nuket tuntuivat tulevan aina esille, kun Venäjästä on kyse. Jotain maagista niissä on pakko olla, koska ne saavat koko ajan niin paljon huomiota. Juisen ensimmäinen tehtävä Venäjällä tulisikin olemaan maatuskoihin tutustuminen ja niiden salaisuuden paljastaminen. Uusi maa ja täysin uudet kuviot tarkoitti jälleen, että Juisen pitäisi turvautua hyväksi havaittuun tiedonkeräyspaikkaan, eli paikalliseen pubiin. Ravintoloissa kiertäminen tiedon keruussa on tuntunut tulevan Juiselle jo tavaksi. Jos Iso-Jahva tietäisi tästä, niin hän voisi luulla, että Juisella on muitakin tarkoitusperiä kierrellä ympäri maapallon eri kapakoissa. Mutta tätähän Juise ei laita matkaraportteihinsa, jottei Jahvalandiassa herää vääriä luuloja Juisen motiiveista ja työtavoista. Tokihan hän voisi mennä myös esimerkiksi kirjastoihin keräämään tieto, mutta se ei vain tunnu niin tehokkaalta tavalta saada tietoa. Niinpä vanha hyvä tapa tiedonkeruuseen saa kelvata tälläkin kertaa. Moskovan keskustasta varmaan löytyisi monta hyvää tiedustelupaikkaa, joten Juise siirsi ajatuksensa keskustan valojen sykkeeseen. Juise astui sisään moskovalaiseen pubiin. Paikalla oli melko paljon väkeä. Osa notkui baaritiskillä, osa istui seurueineen pöytien äärellä. Taustalla soi melko kovalla äänellä menevää musiikkia. Juise tilasi baaritiskiltä oluen ja alkoi etsiä istuutumispaikkaa. Baaritiskin läheltä löytyi neljän istuttava pöytä, jossa istui kaksi nuorehkoa miestä. Juise oli muuntautunut myös nuorehkoksi venäläiseksi mieheksi, joten hän ajatteli pääsevänsä hyvin juttuun heidän kanssa.

- Privet! Saanko istuutua seuraanne, Juise tiedusteli miehiltä.
- Da, toki aina pöytään yksi lisää mahtuu, toinen miehistä vastasi ystävällisesti.

Miehet olivat lähteneet viettämään vapaa-aikaa töiden jälkeen. Aloituspaikakseen he olivat valinneet työpaikan lähellä olevan suositun pubin. Heillä oli menossa jo kolmannet tuopit, joita he olivat tarjonneet toisilleen vuoron perään. Keskustelu oli mennyt tavalliseen tapaa työasioista aloittaen, siirtyen armeijakokemuksiin ja tällä hetkellä mentiin jo naisjutuissa. Juise näytti tuovan mukavaa vaihtelua puheenaiheisiin.

- No, mitäs mies? Taidat olla turisti, kun puheesi ei kuullosta täysin Moskovan murteelta, toinen miehistä aloitti keskustelun Juisen kanssa.
- Da, turisti olen, tulen Saksasta Hampurista, Juise heitti lonkalta.
- Ai Saksasta... Niin, moni saksalainenhan on yrittänyt päästä tänne Moskovaan paremmalla ja vähän huonommalla menestyksellä, virnisti toinen miehistä. Mutta leikki leikkinä, "peace no war" hän jatkoi hymyillen.

131

Miehet olivat sen verran nuoria, ettei heillä ollut mitään kovin negatiivisia mietteitä menneistä toisen maailmasodan vuosista. Heillä ei myöskään ollut enää sukulaisia, jotka olivat olleet sodan aikana elossa jakamassa muistoja noista niin traagisista ajoista.

- Joo, ihan turistina täällä pyöriskelen eikä minulla ole mitään pahoja aikeita valloittaa Moskovaa, Juise heitti huumorilla.
- Maatuskoita olen etsimässä. Olisiko teillä joitain vinkkejä mistä niitä voisi löytää, Juise jatkoi.
- Vai että maatuska pitäisi löytää, toinen miehistä virnisti. Eiköhän me sulle maatuska jostain löydetä.

Miehet ottivat vielä muutaman tuoppikierroksen ja lähtivät sen jälkeen kolmistaan kohti seuraavaa kuppilaa. Kierroksia oli otettu jo sen verran, että eteneminen ei sujunut enää suoraviivaisesti. Sen verran vakaasti seurue kuitenkin eteni, ettei miliiseillä ollut mitään syytä keskeyttää heidän matkantekoa.

- Kuulehan saksanmies, tuossa toi kapea katu, sieltä sä voit löytää sen maatuskasi, jos sitä haluat. Tai sitten voit jatkaa meidän kanssa seuraavaan pubiin, toinen miehistä valisti Juisea.

Juise oli saanut vaatimansa maatuskatiedon. Hän kiitti miehiä saamastaan vinkistä ja suuntasi kohti kapeaa kujaa. Katu ei ollut missä parhaassa kunnossa. Siivoustakaan siellä ei oltu tehty vähään aikaan. Juisea vähän ihmetytti miten tällaisessa kapeassa kujassa voisi sijaita maatuskanukkeja tekevä tehdas tai varasto.

- Privet komea mies. Etsitkö jotain tiettyä täältä, nuori nainen kysyi Juiselta.
- Privet vaan! Kyllä, maatuskaa olisin etsimässä täältä. Täällä niitä kuulemma on, Juise vastasi ystävällisen oloiselle naiselle.

- No sitten tulit ihan oikeaan paikkaan. Voidaan mennä tuonne mun asunnolle tutustumaan maatuskoihin paremmin, nainen virkkoi viehkeä hymy kasvoillaan.

Juise ja nainen menivät kadun varrella olevaan huoneistoon. Naisen huone oli pieni. Siellä oli parisänky, pieni keittiö ja kirjahylly. Nainen kävi kiinni Juiseen heti kun oven sulki perässään. Juise oli hiukan hämillään, kun maatuskan etsiminen oli muuttunut yhtäkkiä lähikontaktiksi naisen kanssa.

- Niin, tuota, missäs se maatuskatehdas tai varasto onkaan, Juise tiedusteli hädissään naiselta.
- Tehdas, varasto?! Eikö sinulle riitä yksi maatuska vaan heti pitäisi olla kokonainen haaremi, nainen vastasi hämillään ja närkästyneesti.

Juise oli jälleen käsittänyt asiat väärin. Siinä meni sitten vähän aikaa, kun hän sai selitettyä naiselle nolon tilanteen. Naisella oli kuitenkin melko lailla huumorintajua ja lopuksi heiltä pääsi väärinkäsitykselle makeat naurun remakat.

- Vai että maatuskanukketehdasta etsit täältä. Ei täällä tehdasta tosiaankaan ole, mutta katso mikä täällä mun kirjahyllyn päällä on. Saat tämän maatuskanuken ihan itsellesi, nainen iloisena ojensi omistamansa nuken Juiselle.

Nyt Juise sai ensimmäisen kosketuksen näihin niin maagisiin ja legendaarisiin maatuskanukkeihin, joista sana oli kiirinyt aivan linnunradan toiselle puolelle asti. Tällaineno se nyt sitten on, puinen nukke. Mikähän tässä on niin erikoista, että kaikki puhuvat tästä Juise ihmetteli. Nainen huomasi, että Juisella ei ollut käsitystä maatuskanukesta, joten hän esitteli sitä Juiselle tarkemmin.

- Tämä mun maatuskanukke on hiukan poikkeavan perinteisistä maatuskoista. Tämä ulommainen nukke esittää Putinia. Täältä sisältä löytyy... kas näin

133

kun avataan ... Medvedev, sitten hänen sisältää löytyy... yllätys yllätys... Jeltsin. Viimeisenä täältä löytyy itse sarvipäinen piru, nainen alkoi nauraa hihittää valtoimenaan.

Nainen oli ostanut nuken tuliaisena Viron matkaltaan. Hän oli saanut salakuljetettua sen tullin läpi tupakkakartonkiin piilotettuna. Nyt häntä oli alkanut pelottaa pitää hallussaan näin arkaluontoista esinettä. Jos salainen poliisi saisi selvillä nukesta, naiselle voisi koitua siitä suurta harmia. Jopa vankilareissu voisi olla tiedossa. Juise oli edelleen ihan hämillään mistä tässä maatuska hypetyksessä oikein on kyse. Miksi nuken sisältä löytyy aina pienempi ja pienempi nukke. Ja miksi siellä on myös miehiä, eikös maatuskojen pitäisi olla naispuolisia? Nainen oli perehtynyt maatuskojen historiaan ja piti pienen luennon niistä Juiselle. Sisäkkäisiä nukkeja on yleensä pariton määrä, joka kuvastaa venäläisessä perinteessä jatkuvaa elämää, kun taas parillinen määrä symboloi elämän päättymistä. Nykyään maatuskanuken aiheina voi olla kuka vaan: urheilija, poliitikko tai vaikka rokkistara. Juisea alkoi hiukan hävettää Jahvalandian tiedusteluorganisaation puolesta. Se oli kerännyt valtavan määrän tietoa tästä maatuskanukesta. Näyttäisi nyt siltä, että kyseessä on tavallinen puuveistos, jonka sisällä on pienempiä vastaavia veistoksia. No, maatuskanukke näytti tuovan naiselle ainakin suurta iloa ja naurun purskahduksia, joten jotain maagista tuossa puunukessa täytyy olla. Juise oli mielissään saatuaan naiselta maatuskanuken ja voidessaan viedä sen tuliaisena hieman kauemmaksi. Hän maksoi nukesta kuitenkin ihan käyvän hinnan, joten molemmille tuli hyvä mieli. Juise jatkoi matkaa hyvin onnistuneen maatuskajahdin jälkeen.

Venäjän reissun ainoa virallinen tehtävä oli suoritettu. Juise käveli onnellisena venäläisiä presidenttejä sisältävä maatuskanukke povitaskussa. Kovin pitkää matkaa Juise ei ehtinyt kävellä, kun kaksi tummiin pukeutunutta miestä pysäytti hänet.

- Privét. Herra on kjävellyt tällä kapealla kujalla jonkin aikaa. Onko tjeillä jokin hukassa, kun täällä vaeltelette, toinen miehistä tiedusteli Juiselta.
- Privét, da da. Olin shoppailemassa täällä maatuskoita ja löysin tällaisen.

Miehet ottivat Juisen maatuskan ja alkoivat aukoa sitä. Mitä syvemmälle he pääsivät nukkekerroksissa, sitä hyytyneemmäksi heidän ilmeensä muuttui. Vihdoin kun he pääsivät sisimpään nukkeen, he huusivat yhteen ääneen "Djavol, perkele!". Miehet alkoivat yhteen ääneen tivaamaan Juiselta, mistä hän oli saanut kyseisen maatuskanuken. Juise huomasi, että nyt ei kannattaisi olla täysin rehellinen. Pahimmassa tapauksessa maatuskan antanut mukava nainen voisi joutua ikävään välikäteen ja ongelmiin. Juise kierteli ja kaarteli nuken alkuperäispaikan suhteen. Miehet kyllästyivät Juisen epämääräisyyteen ja pyysivät Juise seuraamaan toimistoon. Miehet olivat venäjän turvallisuuspalvelun FSB:n palveluksessa. Juisella oli kokemusta vastaavista kuulusteluista Pohjois-Koreassa, joten tämän kuulustelun Juise päätti välttää keinolla millä hyvänsä. Juisella oli ässä hihassa ja hän muutti silmänräpäyksessä maatuskanukkien kuvat normaaleiksi venäläisiksi maatuskanaisiksi.

- Mikä näissä niin tavallisissa nukeissa teitä kiinnosta niin paljon, Juise tiedusteli miehiltä.
- Ne eivät kunnioita meidän sjuuria johtajiamme, vaan suorastaan pilkkaavat heitä, esimerkiksi tämä vjiimeisin, toinen miehistä selitti Juiselle.
- Mi, mi, mitä kummaa? Nämähän ovat ihan tjavallisia mjaatuskanaisia, FSB Igor agentti sanoi Sergeille.

135

Miehet katsoivat hetken aikaa toisiinsa ihmetyksen ilme kasvoillaan. Noloissaan he kättelivät Juisea ja toivottivat hänelle hyvä matkaa ja riemukasta lomailua kaupungissa. Juise kiitti miehiä ja he lähtivät omille teilleen. Juisella oli takanaan työntäyteinen tiedustelupäivä. Nyt olisi aika jälleen palata alukselle ja levätä voimia keräämään. Unet maistuivat Juiselle todella hyvin. Hän nukkui putkeen muutaman päivän.

Vettä satoi ropinalla avaruusaluksen katolle, kun Juise heräsi muutaman vuorokauden kestäneiden unien jälkeen. Vaikka Juise ei ole sokerista tehty, hänellä ei ollut kovin suurta hinkua lähteä ulos vesisateeseen tarpomaan ja etsimään jahvalandialaisille onnea. Tokihan hän oli jahvanautti -valassaan vannonut tekevänsä kaikkensa planeettansa puolesta, mutta pieni laiskotteluhetki ei varmaan tuntuisi kovinkaan suurelta rikokselta Juise mietti. Juise jäi tuijottamaan avaruusaluksen ikkunaan kimpoilevia vesipisaroita. Miljoonat ajatukset sinkoilivat hänen mielessään lasittuneiden silmien tuijottaessa kaukaisuuteen. Tätä olisi voinut jatkua tuntikausia, mutta yllättäen hänen näkökenttäänsä ilmestyi ruskea pieni olio. Juise havahtui mietinnän syövereistä ja alkoi tarkkailla terhakkaa oliota. Eläinbiologian opinnot olivat olleet hänellä menestyksekkäät ja hän tunnisti olennon oravaksi. Näytti siltä kuin orava olisi tuijottanut Juisea läpi pisaroiden täyttämän ikkunan. Aluksen piti olla kuitenkin näkymätön, joten Juisea hiukan ihmetytti voisiko tuo niin pieni mutta terhakka olento nähdä avaruusalukseen. Juise heilutti kättä oravalle testaten reagoisiko oravan Juisen tervehdykseen. Näytti siltä, että orava olisi ehkä hiukan reagoinut, mutta Juise ei ollut varma siitä. Hän päätti vierailla oravan luona selvittääkseen olisiko avaruusaluksen suojamekanismiin tullut jokin vika. Voisiko olla mahdollista, että maan oliot olisivat alkaneet nähdä aluksen huolimatta sen näkymättömyyssuojasta. Juise teki nopean muodonmuutoksen oravaksi ja lähestyi lajitoveriaan.

- Moi Kurre, mikäs sulla on meininki, Juise aloitti keskustelun
- Eipä tässä kummempaa, jäin vain sateen taa, vastasi orava turkki puoliksi kastuneena.
- Joo, sadetta mäkin oon pitänyt. Varmaan käpyjen keräämistä jatkan, kunhan sade vähän hellittää, Juise vastasi.

Oravat jatkoivat vähän aikaa small-talkia sateen piiskatessa puiden lehtiä. Keskustelun perusteella Juiselle jäi kuva, että orava -kollega ei ollut havainnut avaruusalusta, mikä oli huojentava asia aluksen kunnon suhteen. Sade alkoi pikkuhiljaa hellittää ja kaverukset lähtivät omille teilleen. Juise palasi alukseen ja jatkoi ikkunasta ulos tuijottamistaan. Sade loppui, mutta Juisella ei ollut vielä selkeää kuvaa, miten hän jatkaisi tämän päivän tutkimuksiaan. Venäjä on suuri maa, mutta ainakin ensipäivien kokemusten perusteella Juisella on ollut hankaluuksia löytää asioita, joilla Jahvalandiassa saisi kasvatettua positiivista olotilaa.

Moskovan Bolshoi -teatteri oli tunnettu jopa Jahvalandiassa asti. Näin sateisella ilmalla voisi olla hyvä tutustua teatteriin. Juise sai selville, että siellä oli ohjelmassa Joutsenlampi - baletti. Sinne Juise päätti mennä tutustumaan, mitä ihmeellistä tuossa paikassa ja balettiesityksissä voisi olla. Jo Sydneyssä hänellä oli ollut aikomus tutustua tähän mielenkiintoiseen lajiin, mutta sillä hetkellä siellä ei ollut yhtään esitystä menossa. Illan esitys oli lähes loppuunmyyty, mutta ei täysin, joten Juisella oli hyvä mahdollisuus soluttautua johonkin vapaana olevaan penkkiin istumaan. Esityksen alkuun oli vielä aikaa muutamia tunteja, joten hän päätti ottaa nokoset, jotta olisi virkeänä vastaanottamaan uutta tietoa maan kulttuurista.

Illan pääesitys läheni ja Juise matkasi kohti jykevää Bolshoi-teatterin pääaulaa. Vaatetukseksi hän oli valinnut mustan puvun rusetilla, koska se näytti olevan miespuolisten katsojien pääasiallinen pukeutumistyyli. Pukeutumisen samanmukaisuus pisti silmään, koska Jahvalandiassa ei myöskään erilainen muoti näyttele suurta osaa. Kaikilla asukkailla on lähes samanlainen asu. Vielä pitäisi saada pääsylippu, jotta pääsisi sisään suhteellisen normaalilla tavalla. Toki hän voisi mennä sisälle näkymättömänä, mutta Juise halusi tutustua koko prosessiin lipun näyttämisestä lähtien. Juise jonotti lippuluukulla ja huomasi edellä kulkeneiden vieraiden lipuista, minkälainen pääsylippu pitäisi olla. Nopea kloonaus onnistui ja Juise sai tehtyä virallisen pääsylipun, jolla hän pääsi helposti sisään. Näytös ei ollut vielä alkanut. Väki kansoitti kahviot, jossa tarjoiltiin kahvia, teetä, olutta ja samppanjaa. Juise otti lasillisen kuohuvaa ennen näytöstä, koska oli kuullut kyseisen kuplajuoman maagisista ominaisuuksista. Juise otti nopean kulauksen juoden yli puolet lasillisesta. Kuplat nousivat Juisen nenään, johon jahvanautti ei ollut valmistautunut. Hän hypähti puoli metriä ilmaan ja huusi vaistomaisen jahvalandialaisen kirosanan "jahfack!". Lähellä ollut balettiväki säikähti ja osalla meni juomat väärään kurkkuun. Juise poistui ravintolasta hiukan nolostuneena muutaman samppanjakuplan vielä nenässä pyöriessä.

Juise asteli lähes viimeisenä saliin, jotta voisi istuutua johonkin jäljellä olevaan penkkiin. Permannon keskipaikkeilla oli useampi hajapaikka jäljellä. Juise istuutui penkkiristön reunaan vapaalle paikalle vanhemman rouvan viereen. Juise tervehti rouvaa ja alkoi odottaa valojen himmenemistä merkiksi esityksen alkamisesta. Ihmiset keskustelivat vielä melko äänekkäästi välillä pälyillen näyttämölle, josko ballerinat ilmestyisivät.

- On tulossa varmaan upea balettiesitys. Olen tullut tänne hakemaan positiivisia elämyksiä, Juise keskusteli viereisen rouvan kanssa.
- Da, kjyllä. Tästä tjulee varmaan ikimuistoinen esitys, rouva vastasi.
- Katsokaapas muuten tuonne VIP aition parvelle kuka sinne tulee, rouva jatkoi.
- No mutta maatuskahan sinne tulee! Juise huudahti iloissaan.
- Mjaatuska? Rouvan katsoi kysyvästi Juiseen. Sehän on meidän sjuuri ja mahtava johtajamme Vladimir Putin, rouva tokaisi närkästyneenä.

Juise ei viitsinyt selittää rouvalle maatuskakommenttiaan, rouva oli sen verran tohkeissaan yllättävästä korkea-arvoisesta vieraasta. Juisella tuli palava halu käydä jututtamassa Vladimiria, mutta ei heti keksinyt hyvää tekosyytä, miten pääsisi presidentin juttusille ilman suurempaa kalabaliikkia.

- Jos olet tjullut tänne hakemaan positiivisia elämyksiä, niin tuolla parvella sellainen on. Hänen juttusille on vaan mahdoton päästä – tai jos olisit Donald Trump, niin sittenhän ei olisi mikään ongelma tavat herra Putinia, rouvan kommentoi pilke silmäkulmassa.

Juisella syttyi lamppu päässä. Tuohan oli loistava idea rouvalta! Juise päätti toteuttaa vierailun. Samalla hetkellä näytös kuitenkin alkoi ja Juisen piti siirtää valtiovierailu baletin puoliajalle. Juise oli lukenut juonta etukäteen lippuluukulta annetusta lehtisestä. Tarinassa ilkeä velho on taikonut nuoret naiset joutseniksi. Juise pystyi samaistumaan tähän muodonmuutokseen täydellisesti, sillä hän itsekin tekee muodonmuutoksia harva se päivä. Juise oli täysin haltioissaan ballerinojen harmonisesta ja yhdenaikaisesta liikehdinnästä musiikin tahtiin. Ja heidän varvaslihakset sai Juisen hurmioon entisestään. Ylei-

139

sö tuntui viihtyvän ja taputtavan jokaisen tanssiosion jälkeen. Juise oli nyt varma, että hän tulee viemään tämän balettitanssin, varpailla tahtiin liikehtimisen Jahvalandiaan. Siitä voi tulla kovakin hitti laahustavien jahvalandialaisten keskuudessa. Juisea hiukan huvitti, kun hän mietti miten Jahvalandian suuri johtaja Iso-Jahva laittaisi jalalla koreasti varpailla kävellen musiikin tahtiin. Iso-Jahva on nimensä mukainen ja hieman pyöreä kehonrakenteeltaan, joten Juise ei ollut ihan varma sopisiko tämä hänelle. Muille jahvalandian asukkaille tämä sopisi kuin nenä päähän – tai varvas lattiaan.

Ensimmäinen osio meni kuin siivillä. Juise ja koko yleisö nautti esityksestä täysin siemauksin. Puoliajan alettua ihmiset siirtyivät pikkupurtavan ja juomisten pariin. Juise sen sijaan teki nopean muodonmuutoksen ja suuntasi parvekekerrokseen. Kaikki kulkuväylät oli suljettu VIP katsomon ympäriltä ja vain huoltohenkilöstö ja turvamiehet pääsivät VIP parven läheisyyteen. Tämä ei ollut Juiselle ongelma, koska hän pystyi liikkumaan näkymättömästi. VIP katsomon lähellä hän muuttui näkyväksi Trumpiksi ja lähestyi ovea, jota vartioi kaksi jykevää tummiin pukeutunutta turvamiestä. Molemmilla oli käsi povitaskussa sormet lähellä Stechkin automaattipistoolia, joka on vakiovaruste kaikilla FSB agenteilla. Miehet tunnistivat Trumpin jo kaukaa ja heidän silmänsä levisivät teevatin kokoisiksi. Turvamiesten koulutus on huippuluokkaa, eivätkä he hätkähtäneet näinkään yllättävästä käänteestä vaan pysäyttivät Trumpin oven eteen. Toinen miehistä kävi Putinin luona kertoen erikoisesta tilanteesta. Vladimir toivotti Trumpin tervetulleeksi aitioonsa nopean turvatarkastuksen jälkeen.

- Privét Donald, vanha pjieru, mitenkäs ihmeessä sinä tänne Moskovaan olet tullut? Onko sjinulla tavoitteena asettua jiälleen presidenttiehdokkaaksi ja oot tullut konsultoimaan SOME asiantuntijoitamme, Putin tiedusteli hymy kasvoilla.

- Privét Vladimir, kyllä tämä on ihan huvimatka minulta. Sain lipun Joutsenlampeen, joten eihän tätä tilaisuutta voinut olla käyttämättä. Kaverukset eivät olleet nähneet vähään aikaa, joten heillä tuli juttua solkenaan. Tulkkiakaan he eivät tarvinneet, sen verran samalla aaltopituudella he olivat.
- Mitenkäs sjinulla on eläkepäivät alkaneet? Floridassa taitaa olla ihan mukavat ilmat? Njaapureiden kanssa sinulla on kuulemma ollut jonkin verran ongelmia. Tarvitsisitko sinä minun apua niiden hoitoon, Vladi tiedusteli Donaldilta.
- Nooh, pressapestistä mulla on toistaiseksi eläkevirka, mutta kyllä minulla muita töitä on vielä ihan hyvin, Donald -kopio vastasi Vladille. Ja katsotaan nyt vielä noi seuraavat vaalit, eihän sitä koskaan tiedä...
- Da, Da.. Mjinä mielellään katsoisin näytöksen loppuun kanssasi Donald, mutta ymmärrähän että ei ole ehkä hyvä idea näyttäytyä samassa aitiossa. Tulisi vaan turhaan puhetta.

Donald ymmärsi yskän. Hän kertoi menevänsä takaisin paikalleen ja laittavansa suumaskin päälle, jottei rahvas väki tunnistaisi häntä. He sopivat tapaavansa lähiaikoina vielä uudestaan, jos ei tällä Donaldin matkalla niin sitten seuraavalla. Näytös jatkui ja meno lavalla yltyi vain kovemmaksi. Yleisö oli haltioissaan upeista ryhmätanssikohtauksista. Osa yleisöstä joutui lähes hurmion valtaan, kun "Pienten Joutsenten tanssi" -kohtaus alkoi: "Tat-tat-taa-da, tat-tata-taa-da...". Jos mahdollista niin tästä kappaleesta ja tanssiesityksestä tulisi Jahvalandian kansallistanssi ja biisi, Juise ajatteli. Tai ehkä Kylie vie sittenkin voiton. Aika tiukka kisa näiden välillä joka tapauksessa käytäisiin, Juise hekumoi upeiden musiikkikappaleiden välillä. Baletti oli yhtä hurmosta loppuun asti.

Aika kului vauhdilla ja Juise havahtui. Ihan liian nopeaa oltiin lopputaputusten kohdalla. Yleisö sai tanssijat takaisin lavalle lähes 10 kertaa raikuvin aplodien saattelemana. Vihdoin spektaakkeliesitys oli loppumassa. Juise oli vaihtanut puoliajan jälkeen olomuotonsa takaisin tavalliseksi kolmikymppiseksi turistiksi. Esityksen loputtua Juise heitti femmat viereisen penkin rouvan kanssa. Rouva ei ollut tottunut vitosiin, joten hän yritti kätellä Juisea ilmassa. Hieman noloksi heidän hekumointinsa meni, mutta se ei heidän menoaan haitannut. Vihdoin loppuseremoniat olivat ohi ja väki alkoi siirtyä narikkaa ja ulko-ovia kohden. Juise tiesi, että tästä illasta hän ammentaisi rutkasti positiivisia ajatuksia, tansseja ja musiikkiesityksiä. Pisteenä iin päälle hän oli tavannut Putinin. Juisella ei ollut vielä selkeää kuvaa mitä - jos mitään – siitä olisi tuliaisviemisiä kotiplaneetalle. Päällimmäiseksi oli jäänyt käsitys, että sen maatuskanuken ensimmäinen ja viimeinen nukke muistuttivat erittäin läheisesti toisiaan.

Ilta oli pitkällä ja Juisella oli henkisesti takki tyhjä, niin upea esitys oli ollut. Hän meni suoraa päätä alukselle takaisin ja istahti miettimään menneiden tuntien tapahtumia. Hän oli varma, että baletissa ja koko tapahtumakokonaisuudessa oli jotain sellaista, mitä jahvalandialaiset tulisivat nauttimaan vielä paljon. Juise katsoi ulos aluksen ikkunasta ja huomasi tutun oravan hyppivän oksalta toiselle etsien syötävää. Juise meni yöpuulle ja alkoi henkisesti valmistautua siirtymiseen uuteen maahan ja maisemaan.

10. SVEITSI

Aamulla Juise heräsi virkeänä sekä fyysisesti että henkisesti. Hän oli saanut rautaisannoksen voimia eilisestä balettispektaakkelista ja oli valmis uusiin seikkailuihin. Juisesta tuntui, että nyt on Venäjä nähty. Vaikkakin Venäjä on laaja maa, niin edessä olisi uusia mielenkiintoisia maita. Hän oli kuullut Jahvalandian tiedustelulta, että tässä lähellä olisi vanhaksi mantereeksikin kutsuttu maanosa, Eurooppa. Siellä olisi varmaan monia hienoja paikkoja kierrettävänä ja uusia positiivia ihmisiä, asioita ja esineitä löydettävänä.

Juise oli vipeltänyt aiemmilla maasiirtymillä ajatuksen nopeudella. Nyt hän päätti lentää Eurooppaan ja sen halki hitaammalla vauhdilla, niin että hän näkisi lintuperspektiivistä maita. Näin hän voisi löytää monista varteenotettavista maista mielenkiintoisimmat paikat ylhäältä katsottuna. Juiselle vauhdin hitaus on suhteellista. Hänellä oli vauhtia noin 5000 kilometriä tunnissa, joten alla olevat paikat vilisivät ohi. Tosin hän lensi yli 15000 km korkeudessa, jottei tulisi harmittavia kohtaamisia reittilentokoneiden kanssa. Välillä pilvien lomasta Juise näki vehreitä peltoja ja metsiä. Pääsääntöisesti Eurooppa näytti olevan kuitenkin tiheään asuttua. Kaupunkeja ja viljeltyjä peltoja oli suurimmassa osaa Eurooppaa. Näytti siltä, että ihminen oli valloittanut maa-alueet ja eläimille ei oltu jätetty kovinkaan paljon elintilaa. Puolen tunnin lennon jälkeen Juise havaitsi alapuolellaan maassa valkoisia läikkiä ja korkeita vuoria. Paikka näytti mielenkiintoiselta ja poikkesi aiemmin näkemistä maisemista. Juisen uteliaisuus heräsi ja hän painoi ohjaussauvaa alas tutustuakseen paikkaan tarkemmin. Juisen aluksessa oli navigointilaite, joka kertoi maan nimen. Juise luuli jo saapuneen helvettiin, mutta Helvetiahan se olikin vain.

Juisea hiukan huvitti, hänellä kun välillä oli pienoinen luki-
häiriö. Kauaksi aikaa Juise ei jäänyt yksikseen naureskele-
maan, vaan hän suuntasi aluksen maan asutuimman näköiseen
kohtaa. Siellä missä olisi eniten ihmisiä ja vilskettä saisi par-
haan käsityksen maasta ja paikoista mitkä olisivat tutustumi-
sen arvoisia. Juise viehättyi heti ensisilmäyksellä pitkulaisen
järven pohjoiskärjessä olevaan suureen kaupunkiin, jota ympä-
röi vuoret. Paikan nimi näyttäisi olevan Zürich Juise katsoi
navigaattoristaan.

Juise laskeutui kaupungin tuntumaan. Koillisosassa kau-
punkia näytti olevan mukavan rauhallisen näköinen metsik-
köinen paikka mihin voisi laskeutua. Paikan lähellä oli myös
eläintarha, johon Juise voisi mahdollisesti tutustua, jos aikaa
jäisi eikä mitään muuta mielenkiintoista löytyisi. Zürichbergin
metsästä Juise löysi sopivan tiheän paikan mihin voisi park-
keerata avaruusaluksensa. Jahvanautti oli jälleen tarmoa ja
intoa täynnä saavuttuaan näinkin mielenkiintoiseen paikkaan.
Tiedustelulla ei ollut juurikaan ennakkotietoa paikasta. Ainoa
etukäteistieto Juisella oli, että kaupungissa olisi kuuluisat
Chagallin ikkunat, jotka voisivat olla tutustumisen arvoiset.
Intoa täynnä Juise siirtyi Jahvalandian tiedustelun antamiin
koordinaatteihin. Paikka oli joen rannalla aukiolla, jota reunus-
ti vanha kirkko. Juise jäi odottamaan, josko jotain maagista
tapahtuisi. Vähän aikaa odotettuaan mitään ei tapahtunut. Juise
katseli ympärille missä nämä kuuluisat Chagallin luomukset
olisivat ja miten ne räjäyttäisivät Juisen tajunnan mahtiponti-
suudellaan. Edelleenkään Juise ei huomannut mitään erikoista
ympäristössä. Häntä alkoi jo epäilyttää olisiko Jahvalandian
tiedustelu jälleen vetänyt vesiperän ja antaneet väärää tieto.
Vielä jonkin aikaa odotettuaan Juise päätti avata suunsa en-
simmäisen vastaantulijan tavatessaan.

144

- Grüezi, sattuisitteko te tietämään missä ovat Chagallin ikkunat, Juise tiedusteli ohikulkevalta nuorelta naiselta.
- Grüezi, ei aavistustakaan. Tuolla nurkan takana on kyllä rakennustarvikkeita myyvä yritys. Voisitte sieltä käydä kysymässä olisiko heillä tuon laatuisia ikkunoita, nuorin nainen vastasi Juiselle.

Juise oli hyvillään saamastaan vinkistä ja suuntasi kohti rakennustarvikeliikettä. Haubaus niminen liike oli keskustan mittasuhteessa melko suuri. Juise meni liikkeen infotiskille, joka oli heti sisäänkäynnin vieressä.

- Grüezi, olisiko teillä tieto mistä löytäisin Chagallin ikkunat, Juise tiedusteli infossa työskentelevältä nuorelta mieheltä.
- Grüezi, odotapas kun minä katson tietokoneeltamme, olisiko meillä sellaisia tarjolla, nuori mies vastasi iloisesti hymyille.

Juise oli mielissään saamastaan ystävällisestä asiakaspalvelusta ja jäi odottamaan miehen hakutuloksia. Mies teki perusteellista työtä yrittäessään etsiä Juisen kysymiä ikkunoita.

- Valitettavasti meillä ei ole juuri tällä hetkellä valikoimissa kyseisiä ikkunoita, mutta meillä on kyllä muita ikkunavalmistajia, virkailija vastasi ystävällisesti hymyillen.

Juise kiitti virkailijaa ja meni hiukan syrjempään miettimään. Chagallin ikkunoiden etsiminen tuntui vaikeammalta tehtävältä, kun hän oli alun perin ajatellut. Tiedustelu oli kuitenkin antanut tarkan paikan missä ikkunat olisivat, joten Juisea hiukan ihmetytti miksi hän ei niitä löydä. Hän ei jäänyt surkuttelemaan huonosti alkanutta tiedustelua vaan suuntasi ajatukset jo uusiin kiinnostaviin kohteisiin. Jälleen kerran, kun umpikuja yllättää ja hyvät neuvot ovat tarpeen, perus pubivierailu voisi avata kaupungin ja maan saloja kummasti.

Lähistöllä oli rautatieasema, joka voisi olla oiva paikka päästä maan vilskeeseen mukaan. Asemalla oli myös kuuluisa Lankkupubi, jonne Juise suuntasi. Pubi on saanut lempinimensä tarjolla olevasta puisesta lankusta, jossa on kymmenen reikää, joiden syvennykseen voi laittaa 10 kappaletta muutaman desin kokoisia olutlaseja. Tarjolla oli kymmeniä erilaisia olutmerkkejä, joista saisi hyvän läpileikkauksen maan ja Euroopan eri olutmerkeistä. Tosin parin lankun jälkeen voi olla, että seuraavan päivänä ei ole enää hyvää muistikuvaan mikä maistetuista olutmerkeistä oli ollut parhaimman makuista. Juise astui pubiin sisään. Paikka oli lähes täynnä junaa odottavia tai muuten vaan päivää viettäviä kansalaisia.

- Grüezi, tilaisin jonkin juoman. Olisiko teillä jokin talon erikoinen, Juise tiedusteli jo varmoin ottein ja sanakääntein, aivan kuin hän olisi asunut maapallolla kymmeniä vuosia.
- Grüezi, kyllä meillä on. Saisiko teille olla talon erikoinen, lankku, tiedusteli tarjoilija.

Juise hyväksyi tarjoilijan ehdotuksen ja maksoi Juoman. Tarjoilija pyysi Juisea istuutumaan, koska juoma tuotaisiin hänelle hetkisen kuluttua. Juoma on varmaan hyvinkin erikoinen ja maukas kun sen tekeminen kestää niinkin kauan, että aivan pitää mennä pöytään odottamaan. Baaritiskin läheltä löytyi pöytä, jossa oli vielä hyvin tilaa. Pöydässä istui paikallinen vanhahko mies, joka tapasi vierailla pubissa useamman kerran viikossa. Juise tervehti miestä ja sai luvan istuutua seuraan.

- Onko junasi tulossa juuri, vai miksi et juo mitään, mies tiedusteli Juiselta kohteliaasti mutta uteliaana.
- Ei ole tulossa junaa. Tilasin lankun ja saan sen varmaan kohta.

- Lankun! No sitten sinulla varmaan on aika jano, mies katsoi Juiseen viekas ilme kasvoillaan.
- Nooh, ei minulla mikään erityisen suuri jano ole. Tulin kaupunkiin juuri ja olen tutustumassa maahan ja kaupunkiin tarkemmin.

Juoma tuotiin Juiselle. Hän katsoi lankkua ja siinä rivissä olevia oluttuoppeja hiukan hämmentyneen näköisenä. Nyt Juise ymmärsi miehen viekkaan katseen merkityksen.

- Niin, ei minulla tosiaan niin suurta janoa ole, vaikka en minä olutlasiinkaan sylje, Juise perusteli puheitaan.
- Ajattelin ottaa tällaisen rivijuoman, että voisin tarjota tästä mahdollisesti muillekin, esimerkiksi vaikka teille, Juise esitti tarjouksensa.

Mies oli otettu Juisen juomatarjouksesta. Kaverukset siemailivat eri olutmerkkejä tasaiseen tahtiin juttutuokion lomassa. Lankku loppui jonkin ajan kuluttua, mutta vanha mies tarjoutui vastavuoroisesti tilaamaan uuden lankun. He olivat päässeet sopivan rentoon keskusteluyhteyteen ja Juise alkoi saada lisää tietoa maasta ja potentiaalisista tutustumiskohteista ja asioista.

- Sssshhveitsi, on kuuluisha kelloishta ainakin, mies opasti Juisea pienessä hiprakassa.
- Noi sakshalaiset ovat omineet meidän käkikellon. Mutta käkikello on ssshveitsiläinen!! Mies korotti ääntään ja alkoi kukkua hikan tahdittamana.

Tarjoilija oli kiinnittänyt huomionsa jo vähän aikaa sitten kovaääniseen pöytäseurueeseen. Käkikellon känninen matkiminen oli viimeinen pisara tarjoilijalle ja hän pyysi parivaljakkoa poistumaan pubista. Kaksikko oli saanut myös viimeiset pisarat juotua lankusta, joten he lähtivät hyvillä mielin jatkamaan iltapäivää muualla. Molemmat olivat nauttineet lankkuja siihen tahtiin, että he päättivät yhdessä tuumin erkaantua ja lähteä lepäämään omille tahoilleen. Juise sai vain vaivoin siirrettyä ajatuksensa avaruusalukseen, jotta pääsisi siirtymään ajatuksen voimalla sinne lepäilemään.

Aamulla Juise heräsi pieni karvas ja kuiva maku suussa. Päässä kumisi jokin ihmeellinen linnun ja kellon sekalainen jyskytys. Siitä Juise muisti miehen viimeisimmät vihjeet tutustumiskohteesta. Juise lepäili vielä puolille päivää, jotta saisi koottua eilispäivän ajatukset kasaan. Tänään olisi tarkoitus tutustua Sveitsin kelloihin ja erityisesti käkikelloihin, sen verran mahtipontisen palopuheen eilinen mies oli Juiselle aiheesta pitänyt. Pitkää aikaa Juisen ei tarvinnut käkikelloja jahdata, sillä kaupunki oli täynnä erilaisia kelloliikkeitä. Sopivan näköinen liike löytyi hieman keskustasta syrjemmällä. Laitakaupungilla liikehuoneistojen vuokrahinnat ovat keskustaa halvemman, joten kelloliikkeen omistajalla oli varaa hiukan suurempaan liiketilaan.

- Grüezi, olisin kiinnostunut käkikelloista. Minkähänlainen tarjonta teillä on niistä, Juise tiedusteli myyjältä.
- Grüezi, grüezi! Tuossa ylärivistössä noita kukkujia on, jos minkä kokoista ja näköistä. Myyjä viittasi seinustaan, joka oli täynnä erilaisia seinäkelloja.

Juise oli hämillään astuttuaan kelloliikkeeseen sisään. Jahvalandiassa ajan käsite on erilainen. Siellä aika on liittyneenä kaikkeen tekemiseen ja laitteisiin. Tapahtumat tapahtuvat automaattisesti laitteiden sisäänrakennettujen kellojen pitäessä huolta ajoituksista. Jahvalandiassa ei ole ollut pitkään aikaan tarvetta erillisiin kelloihin. Nyt Juise näki liikkeessä suuren määrän yksinäisiä kelloja roikkumassa seinällä. Kelloilla ei näyttänyt näennäisesti olevan mitään muuta tekemistä kuin loikoilla seinällä ja näyttää kauniilta.

- Kukkuu, kukkuu, kukkuu!

Kello oli kolme ja kaikki kellot alkoivat äännellä, käkikellojen päästäessä suurimman äänen. Juise oli ihmeissään nähdessään ja kuullessaan ensimmäistä kertaa käkikellot itse toiminnassa. Aluksi käkien asuminen kellon sisällä kummastutti Juisea, mutta vähän aikaa mietittyään asia valottui hänelle paremmin. Ilman käkeähän kello voisi olla aika yksinäinen. Mutta edelleen kellojen syvin rooli yksinäisenä tikittäjänä kummastutti Juisea.

- Miksi te myytte kelloja ja miksi niitä hengailee täällä laumana yksinäisiä tikittäjiä, Juise tiedusteli myyjältä.
- Niin, katsos kun ihminen tarvitsee kelloja. Ilman kelloahan ei voi tietää paljonko kello on. Eikä välttämättä ehdi tapaamiseen sovittuna aikana, mies yritti selittää Juiselle hieman outo ilme kasvoillaan.

Aivan selvästi Juisen suora kysymys kellojen merkityksellisyydestä oli osunut kelloliikkeen omistajan sielun sopukoihin. Koko elämänsä kelloja myyneenä hän ei ollut koskaan kyseenalaistanut kellojen merkitystä. Myyjä oli syventynyt Juisen yllättävään kysymykseen niin, että oli unohtaa myymisen kokonaan. Syvistä ajatuksista hän kuitenkin havahtui Juisen alkaessa pyöriä ympäri kelloliikettä.

- Joo, kyllä kelloja tosiaan tarvitaan. Niitähän on kyllä nykyään kännyköissäkin, mutta mikään ei voita hienoa seinällä ääntelevää kelloa. Se on myös nykyään sisustusesine, ei pelkästään ajan näyttäjä, omistajan muuttuessa jälleen kauppiaaksi.
- Ja kelloahan tarvitaan myös urheilussa. Meilläkin on täällä kaupungissa juuri menossa "Timanttiliiga" -yleisurheilun huipputapahtuma. Ilman kelloja tapahtumasta ei tulisi mitään.

Mies oli hyvillään keksiessään uusia kellon tarpeellisuutta korostavia sovelluskohteita. Juise oli saanut täydellisen läpileikkauksen maapallon kelloista ja ajankäsitteestä. Jonkin verran kellojen syvin olemus oli kuitenkin vielä epäselvä. Juise oli tyytyväinen keräämästään tiedosta. Tästä voisi tulla yllättävä ja tärkeä havainto Jahvalandiaan vietäväksi. Jos kotiplaneetalla otettaisiin käyttöön manuaaliset kellot, siitä voisi olla arvaamattomia ja mahdollisesti positiivisia seurauksia heidän arkielämäänsä. Enää koneet ja automaattiset prosessit eivät määrittäisi mitä kukin tekisi ja miten asiat sujuisivat. Kansalaiset voisivat itse suunnitella menemisensä, tulemisensa ja olemisensa. Juise osti käkikellon ja päätti viedä sen tuliaisena kotiin. Käkikello voisi olla ehkä epäkäytännöllinen tuossa koossa jahvalandialaisten kuljettaa mukanaan. Käkikellosta voisi ehkä kehittää pienemmän version ranteessa pidettäväksi – *käki kellon sisällä joka tapauksessa tulisi olla*, Juise mietti.

Kelloliike oli ollut mukava kokemus. Kadulla kulkiessaan Juise kävi läpi myyjän kanssa käymiään keskusteluita. Timanttiliiga oli jäänyt soimaan hänen päähänsä. Jahvalandian tiedustelu oli tehnyt maapallolta paljon havaintoja ihmisten suuresta intohimosta urheilla ja urheilla vielä tosissaan ja intohimoisesti. Urheilu ei ollut kuulunut Jahvalandian sanavarastoon enää tuhansiin vuosiin – urheilua ei yksinkertaisesti harrastettu siellä ollenkaan sen turhamaisuuden ja merkityksettömyyden vuoksi. Nyt Juisella olisi hyvä tilaisuus tutustua tähän outoon maapallon rituaaliin.

Ihmisiä valui kaupungin keskustasta luoteeseen. Monilla oli eri maiden lippuja mukanaan. Juisella ei ollut vaikeuksia tietää missä suunnassa stadion olisi. Hän seurasi ihmisvirtaa ja löysi perille stadionin lippukassalle. Poikkeuksellisesti Juise osti lipun, eikä mennyt näkymättömänä pummilla sisään. Kisat olivat alkaneet hyvissä ajoin iltapäivällä. Juise sai kuitenkin ostettua lipun kaarteesta melko ylhäältä. Parhaat paikat olivat menneet jo aikoja sitten. Heti ensinäkymä stadionista ja täysi katsomo hurraamassa kevyesti pukeutuneiden ihmisten urheilusuorituksista sai Juisen hurmion valtaan. Tällaista hän ei ollut kokenut pitkän ikänsä aikana vielä kertaakaan. Juise löysi paikkansa ja istuutui. Hän tuijotti lumoutuneena kentällä käyskenteleviin urheilijoihin ja heidän suorituksiinsa. Aivan lähellä oli sekä keihään että moukarin suorituspaikat. Paraikaa oli käynnissä naisten moukarinheitto. Juisella oli takanaan mm. pitkä insinöörikoulutus, joten hän tarkkaili urheilijoiden suorituksia geometrisen tarkasti. Osa pyörähti kolme ja osa neljä kertaa. Selkeästi neljä kertaa pyörähtävät ja oikeaan heittokulmaan moukarin saadessaan vei heittoja selkeästi pidemmälle. Juise oli ollut jo puoli tuntia ikään kuin transsissa huomaamatta ollenkaan vierustovereita.

- Grüezi, te taidatte olla aikamoinen penkkiurheilija, kun seuraatte tapahtumia silmä kovana, vieressä istuva vanhempi rouva aloitti keskustelun.
- Grüezi, tämä tapahtuma ja urheilijoiden suoritukset kentällä ovat ihan ilmiömäisiä. Mutta en minä ole penkkiurheilija. Moneltakos tuollainen penkkiurheilulaji alkaa tänään, Juise tiedusteli naiselta.
- Tehän taidatte ollakin koomikko, nainen katsoi Juisea hymy huulillaan.

Juisella oli joku käsitys mitä koomikko tarkoittaa, mutta hänellä ei ollut tieto miksi nainen häntä koomikoksi luuli. Nainen kertoi olevansa intohimoinen penkkiurheilija ja käyneensä kisoissa aina Kultaisen Liigan alusta lähtien ja jatkaneen Timanttiliigan katsomista. Juise sai paljon vinkkejä ketä urheilijoita kannattaisi pitää silmällä tarkemmin. Lajeja oli suoritettu jo monia. Nyt oli alkamassa miesten keihäänheitto. Juise oli tarkkaillut kisoja katsomosta käsin. Nyt hänellä nousi palava halu päästä kentälle tarkkailemaan lähemmin tätä upeaa urheilutapahtumaa. Kilpailijana hän ei voinut esiintyä, koska nämä olivat kutsukisat ja Juisea ei oltu kutsuttu urheilijana kisailemaan. Kentällä vilisi paljon virkailijoita. Hän sai ajatuksen mennä alkavaan keihäskisaan virkailijaksi palauttamaan heiton jälkeisiä keihäitä takaisin telineeseen. Juisella ei ollut hankaluuksia päästä kentälle virkailijaksi. Hän kloonasi kuvallisen virkailijapassin ja käveli keihäänheittopaikalle muina miehinä. Oli upea elämys päästä näiden jäntevien urheilijoiden lähelle aistimaan upeaa urheilun huumaa ja tunnelmaa. Juise meni keihässektorin loppupäähän noin 80-90 metrin päähän heittopaikasta. Kisa oli alkanut jokin aikaa sitten. Kaksi saksalaista oli kärjessä heitettyään reilu 85 metrin heitot. Seuraavana oli vuorossa suomalainen keihäsmies. Heitto kantautui lähes 89 metriin. Kansa hurrasi ja mies meni johtoon. Juise hurrasi myös ja taputti käsiä yhteen. Samassa hurmiossa Juise otti heitetyn keihään ja heitti sen takaisini korkeassa kaaressa suoraan telineeseen. Juisella oli geometria ja voima hallussa, joten tämä oli helppo nakki hänelle. Stadion hiljeni vähäksi aikaa. Pitkien sekuntien jälkeen kansa alkoi hurrata ja kiljua Juiselle. Kukaan ei ollut nähnyt vastaavaa suoritusta aiemmin. Juisen keihäskaari oli varmaan yli 95 metriä pitkä ja korkeus oli jotain ennennäkemätöntä. Viereiset virkailijat tuijottivat Juisea hölmistynyt ilme kasvoillaan. Hämmennyksestä selvittyään he riensivät juttelemaan keihäsvirtuoosin kanssa. Juisea alkoi kaduttaa paljastettuaan erikoislaatuisia taitojaan ja voimiaan vieläpä näin suuren yleisön edessä. Koulutuksessa oli painotettu, että jahvanautin tulee pitää matalaa profiilia ollessaan ihmisten kanssa tekemisissä. Nyt hän oli sanan mukaisesti pitänyt todella korkeaa profiilia heittäessään keihään korkeassa kaaressa telineeseen. Olisi hyvät selitykset paikallaan uteliaille kollega -mittaajille.

- Grüezi keihäsmestari, mikäs mies te olettekaan, kun tuollaisia kaaria heittelette keihästä, Juisea puhuttelemaan tullut virkailija ihmetteli.

- Grüezi, eihän tuo ollut mitään. Tuurilla vaan meni, kun oli sopiva ilmanvirta, Juise yritti hädissään selitellä uskomatonta heittoaan.
- No aikamoinen pyörremyrsky pitäisi olla, että tuollaisen kaaren saisi aikaiseksi, mies kommentoi epäuskoisena.
- Nojoo, onhan minulla hieman keihäänheiton taustaakin. Aiemmin olen toiminut myös suomalaisten keihäänheittäjien tekniikkavalmentajana, mutta nykyään olen eläkkeellä siitä pestistä Juise jatkoi selityksiään.

Vaikka suomalaisilla on vankka maine ilmiömäisestä keihäsheittokulttuurista ja historiasta, miehen oli vaikea uskoa suomitaustan selittävän julmettua keihäskaarta. Juise päätti vaivihkaa poistua heittomittauspaikalta. Mies yritti seurata Juisen perässä, mutta luovutti kun Juise kiristi tahtia ja miehen velvollisuudet kutsuivat mittauspaikalla. Juise huokasi helpotuksesta, hän taisi päästä pälkähästä tällä kertaa. Tosin koko maailma oli mahdollisesti myös nähnyt kyseisen keihäskaaren, koska kymmenet TV firmat lähettivät kuvaa paikanpäältä livenä. Juise pakeni miestä niin keskittyneesti, että ei huomannut menneensä 100 metrin juoksuradalle. juuri samalla hetkellä starttipistooli laukesi merkkinä miesten 100 metrin toisen alkuerän alkamisesta. Jälleen Juiselle tuli paniikki ja hän lähti juoksemaan kahdeksan miehen rintamaa pakoon. Hän juoksi niin lujaa, että maailman nopeimmilla gasellimiehillä ei ollut mitään jakoa Juisen spurttiin. Juise jatkoi maalilinjan jälkeen vielä kaarroksen verran pakoon. Yleisö kohisi jälleen Juisen suorituksesta. Nyt Juiselle tuli tunne kuin norsu olisi posliinikaupassa – teki hän mitä hyvänsä niin siitä seurasi vain pahempaa hallaa hänen yrityksilleen olla normaali ja huomiota herättämätön. Onneksi hän oli juuri paraikaa ovensuun kohdalla, josta pääsi stadionin uumenissa oleviin pukukoppitiloihin.

153

Sinne Juise sujahti piiloon kymmenien tuhansien silmäparien ulottumattomiin.

Juise palasi takaisin katsomoon vanhan rouvan viereen. Nainen oli vielä häkellyksissään kentällä näkemistään oudon miehen ilmiömäisistä suorituksista. Juise kertoi olleensa vessassa ja missanneensa kyseiset tapahtumat. Uusia lajeja tuli liukuhihnalta mikä teki suuren vaikutuksen Juiseen. Tällaisia tapahtumia pitäisi ehdottomasti järjestää Jahvalandiassakin tuumi Juise. 3000 metrin esteiden alkaessa vastakkaisesta kaarteesta käynnistyi jokin erikoinen ilmiö, mihin Juise havahtui hiukan peloissaan. Katsomo alkoi aaltoilemaan ja aalto läheni Juisea kovaa vauhtia. Juiselle tuli paniikki ja hän hädissään nousi seisomaan ja oli valmis jälleen pakenemaan.

- Älähän sie hättäile nuori mies. Sun pitää nousta seisomaan vasta kun aalto on meidän kohdalla, nainen neuvoi Juisea.

Kun aalto oli Juisen ja naisen kohdalla, nainen pomppasi seisomaan, nosti kädet pystyyn ja huusi kurkku suorana jotain epämääräistä örinää. Juise ei ehtinyt tähän rituaaliin vielä ensimmäisellä kierroksella, mutta oli nopea oppimaan. Seuraavalla kierroksella kun aalto oli jälleen kohdalla, Juise matki vanhaan naista ja muita lähellä istuvia katsojia. Kaikki olivat hurmiossa aallon kiertäessä stadionia ja äänen vain kasvaessa. Tämä oli jotain sellaista, mitä Juise ei ollut koskaan kokenut ja se vei kokeneenkin jahvanautin mennessään. Ilta alkoi olla ovella ja stadion sytytti valot, vaikka vielä ei ollutkaan pilkkopimeää. Kun viimeinen laji oli suoritettu, yleisö alkoi valua ulosmenoaukkoja kohden. Juise lähti myös yleisömeren mukana pois stadionilta. Vanha nainen ja Juise hyvästelivät toisensa ja lopulta tiet erkanivat, kun yleisövirrat veivät heidät erilleen. Stadionin ulkopuolella Juise istahti vähäksi aikaa puiston penkille miettimään mitä oli jälleen kerran tapahtunut. Urheilutapahtuma kokonaisuudessaan oli tehnyt Juiseen syvän vaikutuksen ja hän oli varma, että tämä suurenmoinen urheilutapahtuma tulisi olemaan kova tuliainen Jahvalandiassa. Ihmiset valuivat kohti pubeja, mutta Juise päätti suunnata alusta kohden. Olihan hän tältä erää viettänyt pubeissa jo ihan riittämiin.

Hyvien yöunien jälkeen Juise oli jälleen tarmoa täynnä ja aivot surrasivat miettien uusien elämysten hakemista. Sveitsiin saapumisesta Juisella oli mielessä valkoiset kohdat vuoristossa, joita hän nyt päätti tutkia tarkemmin. Valkoinen väri on jahvalandian tiedustelun mukaan positiivisuutta tuova, tai ainakin enemmän kuin musta väri. Tälläkin perusteella valkea alue olisi mitä mainioin tutustumisen arvoinen kohde. Alus kohosi noin sataan metriin. Ilma oli täysin kirkas, joten Juise näki hyvin missä olisi näitä mielenkiintoisia valkoisia kohtia. Kaupungista lounaaseen päin näkyi olevan lupaavan näköistä vuoristoa, minne Juise suuntasi aluksen nokan. Zermattiin menee vain yksi tie nousten laaksoa ylöspäin. Avaruusaluksella pääsi helposti perillä ilman ahdasta maantietä. Juise haltioitui heti alueen upeimmasta terävästä vuorenhuipusta Matterhornista. Kyseinen huippu näytti olevan valkoinen kauttaaltaan vuoren juureen asti, joten se oli ihanteellinen laskeutumiskohta. Juisea jännitti ottaa ensiaskel valkoisen materiaalin päällä. Jännitys ei ollut ihan turhaa, sillä heti ensiaskeleelta Juise heitti isot lipat ja lensi takalistolleen. Hetken aikaa Juise oli hölmistynyt, mutta tokeni. Nopeilla ja tehokkailla materiaalianalysaattoreilla materiaaliksi osoittautui jäätynyt H2O eli kansanomaisesti sanottuna jäätynyt vesi. Maassa samasta materiaalista voidaan käyttää montaakin eri nimeä, mikä ihmetytti Juisea. Jahvalandiassa ei pröystäillä kielellisesti. Jos joku on jotain, niin sitten se on sitä ja vain sitä. Eikä jollakulla voi olla montaa nimeä. Maassa tätä valkoista materiaali kutsutaan myös lumeksi, joka sointui Juisen kielikorvaan parhaiten.

Niinpä hän otti tämän nimen käyttöönsä tuosta mielenkiintoisesta mutta niin arvaamattomasta materiaalista.

Lumen päällä näytti olevan muitakin ihmisiä Juisen lisäksi. Juise ei sinänsä tuntenut olevansa ihminen, vaikka olikin muuntautunut ihmisen näköiseksi. Päivä päivältä hän tunsi samaistuvansa ihmisiin ja heidän ajatuksiinsa ja käyttäytymiseen. Aluksen lähellä meni mielenkiintoinen lumeen tampattu ura, jossa oli kaksi noin kymmenen sentin levyistä painaumaa. Juise tarkkaili nelin kontin mielenkiintoista muovautumaa. Hän oli keskittynyt täysin tutkimiseen huomaamatta lähestyvää vaaraa.

- føre var, Jeg kommar, huusi tiukkaan asusteeseen pukeutunut pieni nainen.

Juise ehti juuri ja juuri väistää nuorta naista, ettei tulisi kolaria. Nainen hyppäsi uran sivulle ja kaatui päistikkaa lumeen. Jahvalandian tiedustelu ei ollut tuottanut kovinkaan paljon tietoa lumesta ja urista siinä, mutta sukset tiedustelu oli havainnut ja kerännyt siitä melko paljon tietoa. Siitä Juise pystyi päättelemään paljon, eli ura oli latu ja uraa pitkin mennään suksilla.

- Djevel vieköön, mitä ihmettä te kyykitte keskellä latua? Ettekö te tiedä kuka minä olen, nainen huusi kurkku suorana Juiselle.

Juise huomasi hiihtäjän asusteessa punaisen lipun, jossa oli sinivalkea risti. Jo koulutuksen aikana Juise oli opetellut maapallon kaikki liput ulkoa. Liput ovat olleet Juisella aikamoinen mielihalu. Aina kun Juise näkee lipun, tulee hänelle pakonomainen tarve tietää mille maalle kyseinen lippu kuuluu. Lisäksi hänelle tulee pakonomainen tarve alkaa puhua kyseisen maan kieltä. Juise alkoi suoltaa norjan kieltä pakonomaisesti.

- Unnskyld, anteeksi tosi paljon törttöilyni ladulla. Emme ole tainneet nähdä aiemmin, joten valitettavasti en tunne teitä, Juise vastasi hieman harmissaan aiheuttamaansa sählinkiä.

- Olen Terese Johaug ja olen harjoittelemassa tällä yksityisellä ladulla. Tänne ei pitänyt päästä ketään muita häiritsemään treenejäni, Johaug vastasi jo hieman leppyneenä.

Johaug oli tuttu nimi Juiselle. Tiedustelu oli kerännyt hänestä melko paljon tietoa. Nyt palaset alkoivat loksahtelemaan Juisen aivoissa kohdalleen. Paikalla oli norjan maajoukkueen harjoitusrata, jota kiersi maapallon paras naishiihtäjä. Nyt olisi oiva tilaisuus tutustua johonkin maapallon erikoislaatuisuuteen. Tiedä vaikka hiihdosta tulisi Jahvalandiaan suosittukin laji, joten nyt voisi kerätä arvokasta tietoa.

- Aivan, Teresehän se siinä, kyllähän minä nyt tiedän kuka olet. Anteeksi, etten heti tunnistanut kaunista ja nopeaa naishiihtäjää. Ja anteeksi törttöilyni ladulla.

- Mitäs norjalainen tekee keskellä jäätikköä kökkien ladulla nelin kontin ja vaatetuksena vielä bermudasortsit ja t-paita, Terese tiedusteli Juiselta.

Juise oli epähuomiossa jättänyt kaupunkivaatetuksen päälleen, joka vaati melko paljon selittelyä. Paras keino siirtää epäilyttäviä asioita taka-alalle on siirtää keskustelun vaivihkaa muihin aiheisiin.

- Niin, tuota, löin kaverin kanssa vetoa kumpi kiikkuu vuorenrinnettä korkeammalle tällaisissa keveissä varustuksissa. Kaverini taisi hävitä vedon, Juise selitteli vakuuttavan oloisesti.

- Mutta mitäs sinä Terese, mitenkäs sulla treenit täällä sujuu? Olethan muistanut laittaa huulirasvaa tarpeeksi huuliisi, ettei ne rohdu täällä paahtavan auringon alla, Juise jatkoi harhautuskeskustelullaan.

157

Juise oli tietoinen, että Teresellä on tapana käyttää huuli-
rasvaa alppileireillään. Teresen ilmeestä näki, että häntä ei
voinut vähempää kiinnostaa keskustelu, jossa puitiin hänen
huulirasvan käyttöä. Kaatumisjupakassa Teresen toinen suksi
oli irronnut ja meni vinhaa vauhtia kaltevaa vuorenrinnettä
alaspäin. Suksi pysähtyi lumentöyssyyn muutaman sadan met-
rin päähän. Juise huomasi hiihtäjänaisen närkästymisen ja
suksen puuttumisen. Nopeasti – mutta ei liian nopeasti – Juise
juoksi hangessa hakemaan suksen takaisin. Melko ketterästi
Juise kuitenkin kävi lenkin muutaman sadan metrin päässä.
- Kas tässä suksesi, ja anteeksi vielä kerran, että
törmäsit minuun. Yritän väistellä tätä teidän hienoa
latua vastaisuudessa.
- Kiitos suksen noutamisesta. Sattuuhan näitä tör-
mäyksiä, no hard feelings, Terese kommentoi jo
leppyneenä ja pieni hymyn kare huulillaan.
Juise ja Terese hyvästelivät toisensa ja lähtivät eri suuntiin.
Lumeen tutustuminen tuntui riittävän nyt ja hän lähti kävele-
mään alas rinnettä lumirajan alapuolelle. Alempana vuoristos-
sa Juise havaitsi eriskummallisen eläimen, joka liikkui kette-
rästi jyrkällä kalliolla. Juise teki nopean lajitunnistuksen –
Vuorikauris – ja muuntautui samanlaiseksi olioksi. Juiselta
meni jonkin verran aikaa oppia vuorikauriin kehossa oleminen
ja liikkuminen jyrkällä vuorenrinteellä. Pikkuhiljaa sorkat
alkoivat löytää kiven toisensa perään, jolle astua. Näillä opeil-
la hän pystyi lähestyä ketterästi lajitoverin luokse.
- Möö, möö, miten sulla menee, aloitti Juise keskus-
telun kookkaan ja vanhan vuorikauris uroksen
kanssa.
Kesä ei ole vuorikauriiden kiima-aikaa, joten vanhus ei al-
kanut haastamaan Juisea pukkitappeluun ja sarvien kaliste-
luun. Hieman vanhus oli kummissaan nuoremman pukin lä-

hestyttyä häntä, sillä yleensä tähän aikaan vuodesta varsinkin miespuoliset pukit vaeltelevat yksikseen ruokaa etsien.

- Mööt, mööt sullekkin. Eipä tässä kummempia. Ruokaahan tässä etsiskellään itse kukin. Samalla täältä korkealta näkee myös noiden ihmisten hiihtotouhuja. Niitä on mukava bongata, kun osa niistä kaatuu. Halvat ne ovat huvit täällä vuoristossa, vanhuspukki vastasi Juiselle.

Juisea kiinnosti varsinkin luontoa lähellä olevien olioiden viihtyvyys ja tapa saada positiivisia elämyksiä muuten niin näennäisen tylsän elämän lomassa. Eläimillä tuntuu olevan se erityinen piirre ihmisiin verrattuna, että niiden pääasiallisin elämän tarkoitus on syödä ja lisääntyä. Äkkiseltään tuo kuulosti Juisesta melko tylsältä elämältä. Jotain spesiaalia eläimillä on pakko kuitenkin olla mistä ne saavat virikkeitä ja elämäniloa, muutenhan niiden luulisi kuolevan tylsyyteen. Vanha ja viisas vuorikaurispukki voisi valottaa näitä mahdollisia virikkeen lähteitä. Hiihtäjien edesottamusten seuraaminen tuntui olevan ainakin yksi viihdyke, mutta muitakin varmaan on.

- Sinä kun ole vanha ja viisas pukki, olisiko sinulla vinkkiä, miten saisin ajan kulumaan muutenkin kuin vain syömällä, Juise uteli vanhukselta.
- No kuulepas nuorukainen, kun sinulla tuntuu olevan noinkin tylsää, voisin viedä sinut yhteen paikkaan. Mutta sinun tulee luvata, ettet kerro tästä mitään kenellekään, etkä varsinkaan naaraille!

Juise nosti kavion sydämensä päälle ja vannotti vanhukselle pitävänsä kaiken omana tietonaan. Vanhus hieman ihmetteli Juisen eriskummallista sorkan ojennusta sydämen päälle, mutta pyysi Juisea seuraamaan. Vanhapukki lähti ripeää vauhtia etenemään vuorenrinnettä välillä pälyillen sivuille, ettei kukaan kutsumaton vieras seuraisi heitä. Pukit saapuivat perille. Paikka oli syrjässä ja hankalasti havaittavissa olevan kurun pohjalla, missä sijaitsi myös suurehko luola. Paikalla olevilla vuorikaurispukeilla oli hilpeä meno päällä. Kurun pohja oli oivallinen kokoontumispaikka. Kyseessä oli salaseura, jonka jäseneksi pääsi vain suosituksilla tai jos pukki oli selkeästi seurustelupukki, eikä mikään hiljainen kavion kuluttaja. Vanhuspukki oli heti ensisilmäyksellä huomannut, että Juise ei ollut mikään peruspukki vaan erittäinkin eloisa ja puhelias nuori pukki. Lajitoverit ottivat Juisen avosylin vastaan ja jutut lähtivät heti lentoon.

Luolan lattiassa oli veden uurtama parin metrin halkaisijan suuruinen hiidenkirnu, joka oli puolisen metriä syvä. Monttu oli täynnä punaisen väristä nestettä. Jokaisen pukin piti tuoda säännöllisesti mukanaan omenoita. Omenat murskattiin sorkilla talloen ja omenamurske laitettiin hiidenkirnuun. Luolan katosta tippui pikkuhiljaa kirkasta vettä. Nämä kaikki toimenpiteet tuottivat monttuun koko ajan laadukasta ja melko alkoholipitoista juomaa. Pukit saivat juomasta oivaa puhetta piristävää nestettä. Osa pukeista oli melko lailla päissään. Osa oli sopivassa huppelissa pystyen keskustelemaan. Osa pukeista vuorostaan röhötti luolan perukoilla ihan tillin tallin nukkuen pahaa oloa pois. Suurin osa pukeista seisoi ringissä viinakaukalon ympärillä keskustellen kiivaasti.

- Mööhh, oottekosh te nähneet shitä kylän liepeillä ashustavaa vaaleaturkkishta maatilan blondinaarashta, kyseli eräs nuori pukki.
- No ei olla todellakaan, kaikki muut pukit huusi kiimainen tuijotus silmissään.
- Nooh, kuulkaash, josh vaan ushkaltaish mennä niin lähellä maatilaa, niin shiinä voish tapahtua shen blondin kansha ihan vaan vaikka dingelish dongelish, nuori pukki puhisi virne kasvoillaan.
- Mööh, mööh, mööh, muut pukit ääntelivät ja nyökkäilivät jatkaen viinan litkimistä lammikosta.

Vuorikauriiden suurimpia uhkia ovat mahdolliset risteytymät kesyjen vuohien kanssa. Toinen uhka lajille on suotuisten elintilojen väheneminen vuoristoniittyjen metsittymisen kautta. Suotuisia elinoloja tosin tulee myös lisää jäätikköjen sulamisen kautta, sillä vuorikauriit viihtyvät parhaiten jäätikönreunan alapuolella. Sulaneet maat aiheuttavat myös reviiritaisteluita italopukkien ja sveitsinpukkien välillä. Taisteluita on käyty niin kauan kuin pukit muistavat historiaa ja nämä kamppailut ovat iänikuisia puheenaiheita pukkiringissä.

- Vaan oli se aikamoinen kamppailu noita spagettijalkoja vastaan muutama vuosi sitten kun taistelimme Matterhornin länsirinteen herruudesta, hiukan enemmän selvin päin oleva pukki muisteli armeija-aikaansa.

- Joo, se oli kovaa menoa se, mutta me päihitimme heidät niiiin kirkkaasti, toinen pukki muisteli ylpeänä taisteluvoittoa.

Keskustelu kävin vilkkaana. Eräs nuori pukki seisoin jyrkän kivikon reunalla ja kompastui epähuomiossa litkittyään lammikosta viinaa. Pukki teki monta volttia alaspäin ja jäi lopulta kivikon alaosaan kaviot taivasta kohden sojottaen. Pukki ei ollut millänsäkään, vaan päästi remakan naurun ja kiipesi takaisin horjuvin askelin hiidenkirnun ääreen kuin mitään ei olisi tapahtunut. Sen sijaan nuorikko yltyi entisestään puhumaan ja halusi virittää myös laulua.

- Kävin tuolla kylän liepeillä ja kuulin noilta maatiloilla asuvilta vellipersevuohilta, että nyt on englannissa julkaistu tosi kova biisi ihan meitä varten. Se menee näin, tulkaa lauluun mukaan, nuori pukki innosti muita.

- *Teemu Pukki baby, Teemu Pukki woah, Teemu Pukki baby, Teemu Pukki woah...*

Meno yltyi vain hurjemmaksi, kun pukit pääsivät virittämään laulujänteitään. Juise oli kuullut, että ihmismiesjoukko kun kokoontuu yhteen juhlimaan ja juopottelemaan, niin keskustelu väistämättä pyörii naisissa ja armeijakokemuksissa. Nyt vaikutti siltä, että kyseiset tavat eivät näyttäisi juurikaan poikkeavan, kun kyseessä on vuorikauriit. Juise otti myös viinahörppyjä lammikosta, mutta huomattavasti harvempaan tahtiin kuin lajitoverit. Hän halusi pysyä sellaisessa kunnossa, että seuraavana päivänäkin muistaisi mitä on tapahtunut. Tämä helpottaisi huomattavasti oikeiden muistojen ja havaintojen keräämistä kotiplaneetalle.

Ilta alkoi hämärtyä ja enää ei ollut kovin montaa pukkia jalkeilla. Juise oli myös sen verran huppelissa, että hyvästeli vanhuspukin ja poistui kurusta kohti avaruusalusta. Päivä oli ollut jälleen ikimuistoinen, mutta myös raskas, joten Juise laittoi yöpuulle avaruusalukseen. Seuraavaa päivää Juise ei jaksanut sen enempää suunnitella vaan nukahti iloisena ja pienessä mukavassa hiprakassa.

11. RANSKA

Jahvanautit ovat tottuneet pitkiin uniin. Nyt Juise nukkui kaksi vuorokautta putkeen. Hän heräsi kahden yön jälkeen virkeänä uusiin koitoksiin. Tuntui siltä, että alppimaa oli tältä erää nähty. Valkoisen materiaalin arvoituskin oli ratkaistu, joten oli hyvä syy jatkaa matkaa eteenpäin. Juise oli ollut maapallolla pitkän aikaa ja keskittynyt koko ajan esineiden, asioiden ja ihmisten havainnointiin. Kertaakaan hän ei vielä ollut viettänyt tavallista maapallon arkielämään. Sen verran väsyneenä samankaltaiseen reissaamiseen ja yksittäisten asioiden etsimiseen hän oli, että nyt voisi olla paikallaan pysähtyä joksikin aikaa johonkin mukavaan paikkaan viettämään tavallista arkielämää. Jaaflessa oli paljon kerättyä materiaalia Euroopan yhdestä keskeisimmästä kaupungista, Pariisista. Paikka oli sopivan lähellä, joten se voisi olla hyvä kohde alkaa harrastaa arkielämää, Juise pohdiskeli.

Alus laskeutui pehmeästi Bois De Boulogne puistoon Pariisin länsipuolelle. Puisto oli valtavan kokoinen ja tarjosi oivia paikkoja piilottaa avaruusalus. Alushan toki on näkymättömissä muutenkin, mutta varmuudeksi se kannattaa piilotta paikkaan, missä ihmiset eivät kovin paljoa tallaile maata. Arkielämän suunnittelu toi Juiselle mukavaa vaihtelua maassa vietettyyn aikaan. Edelliset jahvanautit olivat aiemmilla matkoillaan keränneet tieto maapallon asukkaiden arkielämästä ja elämän rytmistä muutenkin. Normaali päivä alkaa heräämisellä ja aamupalan syömisellä. Jos henkilö on töissä, niin työmatka ja töiden teko on seuraava arkiaskare. Illalla työpäivän jälkeen usea ihminen viettää aikaansa erinäisten harrastusten parissa. Osalla harrastus voi olla jotain fyysistä tekemistä, osalla se voi olla ystävien näkemistä lähipubissa, osa voi jopa vaan löhötä sohvalla koko illan ja katsella televisiota. Iltapalan jälkeen ihminen menee nukkumaan ja herää jälleen aamulla toistamaan samoja arkirutiineja. Tässä olisikin monta asiaa mitä Juisen pitäisi nyt järjestää itselleen: asunto, työpaikka, harrastus sekä ystäviä. Arkielämän viettämisessä tuntui olevan rajaton vaihtoehtojen määrä ja paljous hämmensi Juisea. Vielä tuli päätettäväksi, minkä ikäinen ja sukupuolinen hän olisi tässä arkielämän kokeilussa. Eniten kokemusta Juisella oli maapallolla ollessaan tullut nuorena miehenä olemisena. Tämä rooli voisi sopia myös nyt tähän arkikokeiluun. Jotta arkielämä tuntuisi todelliselta, Juise päätti tulla toimeen ansaitsemillaan rahoilla eikä kloonaisi rahaa tai luottokortteja. Sen verran pääomaa hän päätti ottaa käyttöön kuitenkin, että saisi vuokrattua jonkinmoisen asunnon itselleen.

Juise aloitti arkielämänsä etsimällä sopivanhintaisen ja kokoisen asunnon itselleen. Asunnonvälityssivuja selaillessaan hintataso näytti todella korkealta Pariisin keskustassa. Vähän sivumpaan keskustasta kun oli valmis majoittumaan, niin hintataso laski huomattavasti. Juise löysi sopuhintaisen asunnon koillis-Pariisista Bellevillen alueelta. Neliöitä asunnossa ei ollut kun 19, mutta sieltä löytyi kaikki tarvittava: keittiö, sänky, suihku ja pieni oleskelutila. Vuokra oli lähes 800 euroa, joka sopi nippa nappa Juisen arkikokeilubudjettiin. Vuokraisännän kanssa Juise sai tehtyä sopimuksen sujuvasti saman päivän aikana, joten arki alkoi positiivisissa merkeissä. Jos arjen pyörittäminen luonnistuisi näinkin hyvin, niin arkea voisi viettää pidemmänkin aikaa, Juise pohdiskeli tyytyväisenä. Juise ei ollut laiska luonteeltaan, pikemminkin päin vastoin. Nyt kuitenkin, kun hän alkoi elää arkea, hänen oma ylitarmokas luonteenpiirteensä pitäisi yrittää jättää taka-alalle. Juise otti heti alkajaisiksi pienet päiväunet uudessa kodissa.

Tunnin unien jälkeen Juise heräsi virkeänä. Nyt varmaan pitäisi yrittää löytää työpaikka ja vieläpä tavalla, miten muutkin maan asukkaat sen tekisivät. Työvoimatoimisto oli Juiselle tuttu termi. Hän oli nähnyt asuntonsa lähistöllä 'Pôle emploi' mainoskyltin erään talon alakerrassa, joka viittasi vahvasti työvoimatoimistoon. Juise astui sisään toimistoon. Prosessi ei ollut hänelle yhtään selvä, mitä pitäisi tehdä. "Information" - teksti tuloaulan lähettyvillä helpotti Juisea huomattavasti. Hän tallusteli virkailijan luokse.

- Bonjour, minun pitäisi saada töitä, olisiko sinulla tässä töitä tarjolla, Juise tiedusteli virkailijalta
- Bonjour vaan sinullekin. Tuossa sivustalla on lomakkeita, joka pitää täyttää. Täytä se sininen lomake. Kun olet täyttänyt sen, ota tuosta automaatista jonotuslipuke virkailijatapaamista varten, infoneiti vastasi ystävällisesti.

Juise meni lomakepöydän ääreen. Siellä oli erilaisia lomakkeita varmaan kolmattakymmenettä eri lajia. Onneksi infoneiti oli antanut lomakkeen värivihjeen eikä Juise ollut värisokea, joten vihje helpotti oikean lomakkeen löytämistä. Lomakkeessa oli pelkästään ranskan kieltä. Juise hallitsi kuitenkin myös kyseisen kielen, joten vaikeuksia lomakkeen täyttämisessä ei ollut. Kohtia lomakkeessa oli varmaan lähes 50 täytettäväksi, mutta Juise sai ne kirjoitettua ja raksittua melko sujuvasti. Yksi kysymyskohta tuotti Juiselle kuitenkin päänvaivaa, nimittäin mitä työtä tai töitä hän haluaisi tehdä. Lomakkeen täytettyään Juise painoi jonotuskoneen nappia. Hän sai jonotusnumeron 866. Seinällä oli numerotaulu, jossa oli numero 620. Näyttäisi siltä, että Juisen arkipäivän vietto keskittyisi seuraavat kaksi tuntia työnvälitystoimiston penkin kuluttamiseen. Virkailijoita toimistossa oli melko monta, joten jono veti suhteellisen ripeällä tahdilla. Yli 200 työnhakijan jonon eteneminen vei kuitenkin monta tuntia aikaa. Juise hieman tylsistyi jo jonottamiseen, mutta muisti sitten, että kyseessä on arkielämä. Tällaista tylsäähän arkielämä varmaan osan aikaa tulisi olemaan, joten sitä tulisi vain kestää eikä valittaa. Pitkän odotuksen jälkeen jonotustaululle ilmestyi numero 866. Juise oli ollut valppaana jo jonkin aikaa numeron lähestyessä, jotta hän ei missaisi omaa vuoroaan. Virkailija oli kokeneen oloinen yli 50-vuotias ranskalaisneiti, joka toivotti Juisen ystävällisesti tervetulleeksi neuvottelukoppiinsa. Virkailija oli ollut töissä koko päivän, mutta oli edelleen yllättävän hyvässä henkisessä ja fyysisessä vireessä. Hän luki keskittyneesti Juisen täyttämää työhönhakulomaketta.

- Bonjour nuori mies. Jahas, teillä näyttää olevankin aikalailla vaihtelevia työkokemuksia urallanne: näyttelijä, rantavahti, muusikko, kullankaivaja, maanviljelyapulainen ja kenkätehtaan työläinen, virkailija aloitti keskustelun.
- Bonjour, joo, minua kiinnostaa kaikenlainen työ. Olen hyvässä kunnossa ja ahkera työntekijä, Juise jatkoi.

Virkailija selasi avoimien työpaikkojen listaa tietokoneeltaan yrittäen löytää Juiselle sopivia mahdollisia työpaikkoja. Virkailijalle ei tullut heti mitään selkeää kuvaan mihin työnhakija olisi soveltuva. Juisellakaan ei ollut mitään selkeää kuvaa mitä hän haluaisi tehdä työkseen, kaikki työ kävisi hänelle.

- Mhhh, mitähän me keksittäisiin sinulle. Hoitoalalla on paljon paikkoja auki, mutta luullakseni sinulla ei ole koulutusta lääkärin tai kätilön ammatteihin. Sinä tunnut olevan kuitenkin fyysisesti hyväkuntoinen, joten voimaa ja kestävyyttä vaativia töitä voisin etsiä sinulle täältä tietokoneelta.
- Pariisikin on innostunut nyt toden teolla ruokien kotiin tilaamisiin. Varsinkin koronan jälkeen trendi on kiihtynyt. Meillä olisi useitakin vapaita ruokalä-

166

hettien pestejä tarjolla, virkailija vihdoin iloisena virkkoi löydettyään mahdollisen sopivan työn Juiselle.

Ruokalähetin työ kiinnosti Juisea todella paljon. Siinä saisi käyttää fyysisiä taitojaan pyöräilemällä kymmeniä kilometrejä päivässä. Samalla pääsisi tutustumaan useisiin ihmisiin. Pesti tuntui täydelliseltä. Virkailija teki tietokoneella Juiselle työvarauksen Woltaire nimiseen ruoan kotiinkuljetusfirmaan ja antoi firman osoitteen ja kontaktihenkilön, jonka luokse Juisen tulisi mennä heti aamusta. Juise kiitti virkailijaa ja poistui kopista iloisena saatuaan työmahdollisuuden. Arkipäivän ensiaskeleet olivat menneet yllättävänkin hyvin ja hän oli pelkkää hymyä täynnä poistuttuaan työvoimatoimistosta. Juisella oli ollut ennakkotietoa, että maapallolla oli aika-ajoin erittäinkin hankalaa saada asunto ja työpaikka. Nyt noiden molempien saaminen oli sujunut todella helposti. Hän ei kuitenkaan valittanut hyvää onneaan. Päivä oli vierähtänyt illan puoleen ja nyt pitäisi miettiä miten arki jatkuisi. Jääkaappi ammotti tyhjyyttään uudessa asunnossa, joten Juise suuntasi asunnon lähellä olevaan lähikauppaan.

Kauppa ei ollut mikään pienen pieni mutta ei suurikaan. Korttelikaupaksi se oli kuitenkin melko hyvin varusteltu ja ruokaa löytyi monipuolisesti. Jotain hajua ihmisten ruokatottumuksista Juisella jo oli, joten hän tiesi suhteellisen hyvin mitä tulisi ostaa: maitoa, viiniä, leipää, juustoa, voita, makkaraleikkeleitä mm. Ranskalaiset syövät croissanteja paljon, joten Juise otti niitä myös. Voisarvia myytiin irtokappaleina. Isossa korissa oli voisarvia laitettu tarjolle niin, että ne olivat hieman erillään tosistaan. Ottimet olivat myös korin vieressä, mutta Juise päätti ottaa herkut yksitellen sormillaan, niin ettei koskisi kuitenkaan viereisiin tuotteisiin.

- Merde, mitä te luulette tekevänne, myyjä huudahti Juiselle!

167

- Bonjour vaan teillekin, ostan näitä herkullisia voisarvia, Juise vastasi pelästyneenä myyjän huudahdukseen.
- Niitä ei missään nimessä saa ottaa käsin, vaan teidän tulee käyttää noita ottimia, myyjä ohjeisti Juise närkästyneenä.
- Bardon vaan, en tiennyt tuota, missään ei näyttänyt olevan ohjetta, että ottimia pitää käyttää, vaikka voisarvet ovat noinkin etäällä toisistaan, Juise vastasi hätääntyneenä ja hieman ääntä korottaen.
- Mitä, alatteko te vielä ääntäkin korottamaan. Pitääkö minun kutsua vartijat paikanpäälle, myyjä jatkoi inttämistään.
- Niin mutta voisittehan te laittaa kieltokyltin hieman selvemmin näkyviin, että asiakkaat tietävät miten toimia, Juise vastasi myyjälle.
- Vai niin, että tällainen tapaus. Odottakaas vähän siinä, pyysi myyjä ja otti puhelimen käteensä.

Juise jäi ihmeissään odottamaan, miettien mitä myyjällä oli mielessä. Ehkä myyjä tiedusteli kauppiaalta lisäohjeita, miten kieltokyltin saisi voisarvien lähettyville. Melko nopeasti paikalle saapui kuitenkin vartija.

- Jaahas, että tällainen rötöstelijä täällä on. Mikäs se rikkeen nimike on, vartija tiedusteli myyjältä.
- Tämä herra tässä kajosi voisarviin ihan käsin eikä pihdeillä, myyjä vaahtosi vartijalle. Ja sitten hän myös korotti ääntään uhkaavasti.
- Vai niin, no nuohan kuulostavat aivan vallan hurjilta rikkomuksilta, vartija vastasi pieni hymyn kare suupielessään. No mutta missäs teillä on ohjeet, miten tulisi toimia, tiedusteli vartija.
- No ne ovat tuolla meidän ilmoitustaululla, viittasi myyjä viiden metrin päässä olevaan ilmoitustau-

luun, jossa oli kymmeniä muitakin lippuja ja lappuja.

- Eiköhän me tehdä nyt niin, että tämä asiakas nyt maksaa nää voisarvet ja vastaisuudessa muistaa käyttää ottimia. Ja te vastavuoroisesti laitatte näiden voisarvien läheisyyteen selkeän ohjeen miten tulee toimia, vartija summasi neuvottelevaan sävyyn tilanteen ratkaisemiseksi.

Myyjä myöntyi sovitteluratkaisuun hieman nolostunut ilme kasvoillaan. Juisekin vielä pyyteli anteeksi myyjältä aiheuttamaansa mielipahaa, maksoi ostokset ja poistui kaupasta. Arjen ensiaskeleet tuntuivat Juiselle suorastaan mielenkiintoisilta eikä puhettakaan vielä mistään harmaasta arjesta, josta Juise oli kuullut puhuttavan. Hän palasi asuntoon ja purki kauppakassinsa. Sen jälkeen hän istahti keittiön pöydän ääreen mietiskelemään arkensa jatkumista. Ilman ystäviä ja harrastuksia Juisella oli hieman orpo olo. Hän istuutui olohuoneen pienelle sohvalle ja avasi television. Siellä oli loppumassa uutiset ja sääennustus alkamassa. Luvassa oli sateista keliä koko Ranskaan. Se tietäisi huomiseksi haastavaa keliä pyöräillä töissä, mutta Juise ei ottanut siitä vielä stressiä. Sään jälkeen alkoi saksalainen rikossarja, jota Juise alkoi seurata. Hän olisi halunnut treenata saksan kielen taitoaan, mutta jostain kummasta syystä näyttelijöiden suut liikkuivat saksan kieltä mukaillen, mutta heidän äänensä ja puheensa oli ranskan kieltä. Tämä näytti hieman huvittavalta Juisesta. Tällaista kielen käyttöä hänelle ei oltu opetettu koulutuksensa aikana. Nopeasti Juise oppi kuitenkin puhumaan ranskan kieltä niin, että suu liikkui saksan kielen sanojen mukaan. Vähän aikaa siinä meni, että äänihuulet ja huulilihakset tottuivat tällaiseen outoon käyttäytymiseen, mutta hiukan treenattuaan tämä eriskummallinen puhetyyli sujui Juiselta kuin vanhalta tekijältä. Rikossarja päättyi tyypilliseen tapaan. Komisario sai viime hetkellä tietoonsa tulevan murhan tapahtumapaikan, kiirehti paikalle ja sai estettyä ampumisen. Rikollinen tunnusti aiemmat tekosensa ja hänet vietiin vankilaan. Sarja loppui tyypilliseen tapaan, kun komisario ja hänen kollegansa murjaisivat viimeisenä kommenttinaan mojovan vitsin. Ilta oli jo lähellä puolta yötä. Aamulla aikaisin Juisen tulisi herätä ja kiirehtiä työpaikalle, joten hän pesi hampaat ja laittoi nukkumaan.

Juise oli ostanut edellisenä päivänä älypuhelimen, koska tulisi tarvitsemaan sitä työssään. Puhelimessa oli myös kello, jota hän tarvitsi herätykseen, ettei myöhästyisi töistä. Nyt hänelle valkeni myös miksi kello on niin tärkeässä roolissa maapallolla. Jahvalandiassa ei juurikaan tehdä enää töitä, saati sitten töihin olisi sellainen kiire, että pitäisi herätä johonkin tiettyyn aikaan. Toisin oli maapallolla. Ei olisi kovinkaan eduksi, jos myöhästyisi heti ensimmäisenä työpäivänään. Suuri uhka voisi olla, että se jäisi viimeiseksi työpäiväksi. Juiselle ei maistunut ruoka kovin hyvin heti aamutuimaan. Väkisten hän kuitenkin joi kahvikupin ja söi yhden voisarven, jotta arjen viettäminen olisi jotenkuten realistisen tuntuista.

Työpaikalle oli muutama kilometri matkaa. Juise päätti kävellä, koska ei ollut ehtinyt tutustua joukkoliikenteeseen sen kummemmin. Ripeästi kävellen hän oli hyvissä ajoin työpaikalla. Woltaire oli monikansallinen ruokakuljetusfirma, jolla oli pieniä toimistoja ympäri maapallon. Pariisissa firmalla oli toistakymmentä toimistoa. Juisen kontaktihenkilönä oli koillis-Pariisin aluejohtaja, nuori neitonen nimeltä Amelie.

- Bonjour, nimeni on Marc. Minut pyydettiin ottamaan teihin yhteyttä työvoimatoimistosta, Juise esitteli nimensä ja asiansa.
- Bonjour, minä olen Amelie, vedän tätä lafkaa ja vastaan myös perehdytyksestä, Amelie hymyili Juiselle.

Juise oli iloissaan, että hänen perehdyttäjänsä oli noinkin nuori, suht saman ikäinen kuin hän itse. Hyvässä lykyssä hän saisi Ameliesta ensimmäisen ystävän, joita hän tulisi tarvitsemaan arjen keskellä. Amelie oli erittäin tarkka kouluttaja. Hän kävi selkeästi mutta määrätietoisesti ruokalähetin toimenkuvan läpi Juisen kanssa välillä kysyen mahdollisista epäselvyyksistä. Juise kysyi muutaman tarkentavan kysymyksen muodon vuoksi, että ei antaisi liian passiivista kuvaa itsestään. Teoriaosion jälkeen he menivät pyörävarastoon. Juise sai itse valita sieltä sopivan pyörän. Hän valitsi hybridi -pyörän, jossa oli ominaisuuksia sekä katuajoon, että myös hiukan maastoajoon. Juise hyppäsi pyörän selkään takapihalla ja teki muutamia kiihdytyksiä ja jarrutuksia. Pihan keskellä oli pieni roskalaatikko. Juise otti vauhtia ja hyppäsi laatikon yli ja jarrutti kurvaten laatikon taakse. Hymy oli leveänä Juisen kasvoilla, kun hän taputti pyörän tankoon.

- Tämä on hyvä pyörä ja ehdottomasti helppo ohjata. Jarrut toimivat moitteettomasti, Juise teki analyysin tulevasta kumppanistaan.
- No sinultahan tuo pyörän käsittely luonnistaa, ihasteli Amelie Juisen tekemiä kurveja ja hyppyjä takapihalla.

Juise oli saanut pikakoulutuksen ruokalähetin toimeen ja oli valmis ensimmäisiin työtehtäviin. Hän laittoi ison lämpölaukun selkäänsä ja käynnisti firman ruokatilaus -Appsin odottamaan ensimmäistä ruokakeikkaansa. Kauan aikaa hänen ei tarvinnut odottaa. Kännykkä vilkutti, että Juise olisi tällä hetkellä lähin lähetti noutamaan lähistön pizzeriasta tilatut kolme pizzaa ja toimittamaan ne kilometrin päässä olevaan osoitteeseen. Juise väänsi polkimia sen verran innoissaan, että eturengas alkoi keulia. Painopistettä siirtämällä eteenpäin pyörän keuliminen loppui ja hän lähti etenemään nopeaa vauhtia pizzeriaa kohden. Pizzeriassa odotti kolme pizzaa, jotka Juise pakkasi lämpölaukkuunsa. Sen jälkeen hän suuntasi tilaajan osoitetta kohden. Juise on hyväkuntoinen, joten matka perille taittui nopeasti eikä ruoka ehtinyt jäähtyä ollenkaan. Tilaaja asui 10 kerroksisen talon ylimmässä kerroksessa. Hissi oli varattuna puolessa välissä. Ilmeisesti joku oli lastaamassa siihen muuttokuormaa. Juise odotti vähän aikaa ala-aulassa. Kun hissiä ei alkanut kuulua, lähti Juise juoksemaan rappusia ylöspäin. Vauhti oli sen verran kovaa, että hissilläkin olisi ollut tekemistä pysyä Juisen vauhdissa. Näin ollen hissin jumittuminen ei haitannut ruokalalähetyksen perille toimittamista juurikaan. Juise painoi ovisummeria.

- Bonjour, tässä olisi tilaamanne kolme pizzaa, silvuplee, Juise ojensi pizzat kohteliaasti talon isännälle.
- Mersii, tämähän oli tosi nopea toimitus, mies kiitteli Juisea nopeasta toimituksesta.

Mies oli maksanut tilauksensa jo mobiiliapplikaatiolla, joten Juise kiitteli tilauksesta ja kiirehti pyörän luokse. Suureksi yllätykseksi pyörä oli kadonnut talon etuoven edestä. Juise oli kyllä kuunnellut perehdytyskoulutuksensa huolella, mutta ensimmäinen keikka oli sekoittanut hänen ajatuksensa siinä määrin, että hän oli unohtanut lukita pyöränsä. Nyt Juisea sapetti toden teolla. Ensimmäinen päivä ja vielä ensimmäinen ruokatoimitus ja pyörä varastettiin heti kättelyssä. Juise oli päättänyt olla käyttämättä erityistaitojaan tai ainakin rajoittaa niiden käyttöä, jotta pääsisi oikealaiseen arjentuntuun. Nyt hän oli kuitenkin niin suutuksissa pyörän ryöstämisestä, että hän otti lähitutkaominaisuuden käyttönsä paljastaakseen niljakkaan pyörävarkaan sijainnin. Pyörä näytti menevän vinhaa vauhtia pakettiauton kyydissä Pariisin ulkopuolelle. Nyt ei auttanut muu kuin tehdä ajatuksen voimalla siirtyminen pakettiauton katolle. Humps ja Juise oli samassa silmänräpäyksessä mustan pakettiauton katolla. Tömähdys auton kattoon oli sen verran kova, että kuski ja kuskin vieressä istuva nahkatakkinen itäeurooplaisen näköinen mies havahtuivat ääneen. Auto oli ehtinyt jo hyvän matkaa pois Pariisista ja matkalla maaseudulla. Miehet ajoivat metsikön laidassa olevaan pieneen P-pysähdyspaikkaan tarkastamaan mikä oli aiheuttanut auton katolta kuuluneen tömähdyksen. Miehet nousivat autosta ja yhtä aikaa alkoivat hypellä nähdäkseen auton katolle. Juise hymyili miehille viekkaan oloisesti, kun heidän katseensa kohtasivat. Hän hyppäsi katolta pois miesten viereen.

- Bonjour, satuitteko te vahingossa ottamaan minun pyöräni tuolla keskustassa ollessanne, Juise tiedusteli miehiltä.
- Mitä vjittua te teette meidän auton katolla, toinen miehistä kysyin itäeurooppalaisella aksentilla murtaen.
- Tehdäänkö nyt niin, että sinä lähjed nyd kohti kaupunkia ja me jadgamme matkaa, niin kenellekkään ei tapahdu mjitään pahaa, mies jatkoi ja laittoi toisen kätensä povitaskuunsa.

Juise huomasi, että tilanne oli ajautumassa vaarallisille vesille. Magneetti-imurinsa avulla hän sai imettyä miesten povitaskuista puoliautomaattipistoolit. Juise piteli aseita kädessä ja oli kysyvän oloinen.

- Pitäisiköhän meidän tehdä nyt niin, että te otatte kiltisti nyt tuolta auton takakontista sen minun pyöräni ja palautatte sen minulle, Juise opasti ystävällisesti mutta päättäväisesti miehiä.

Hetken aikaa äimisteltyään miehet kädet täristen avasivat pakettiauton takaoven. Auto oli täynnä polkupyöriä ja ensimmäisenä siellä oli Juisen pyörä. Miehet taluttivat pyörän Juisen viereen, laittoivat jalustimen alas ja perääntyivät täristen Juisesta poispäin.

- Mersii. Tehtäisiinkö me nyt myös niin, että te ajatte takaisin kaupunkiin ja palautatte noi pyörät omistajilleen, jotka te epähuomiossa olette keränneet tänne autoonne, Juise kehotti miehiä.

Miehet nyökkäilivät peloissaan ja vannottivat Juiselle, että joka ikinen pyörä löytäisi vielä tänään omistajansa. Juise kätteli miehiä kiittäen hyvästä yhteistyöstä, nousi pyörän selkäänsä ja polki kohti kaupungin keskustaa takaisin työmaallensa. Pyöränhaku oli vienyt turhaan Juisen työaikaa ja nyt pitäisi yrittää kiriä töissä hieman, ettei pomolla tulisi heti ensimmäisenä päivän sanomista laiskuudesta. Juise polki nopeasti takaisin keskustaan. Ranskan ympäriajossakaan ei varmaan olla menty vastaavaa vauhtia. Loppupäivä sujui kommelluksitta ja Juise sai toimitettua ruokia hyvällä tahdilla nälkäisille pariisilaisille. Päivän lopuksi Juise palautti polkupyörän toimistolle. Amelie näki mobiiliapplikaatiosta, että Juise oli ollut ahkera, nopea ja tarkka koko päivän. Mielissään kehuista Juise lähti pitkän työpäivän jälkeen kotia kohden.

Sade oli hellittänyt ja aurinko paistoi kirkkaalta taivaalta. Nyt olisi hyvä mahdollisuus rentoutua pitkän työpäivän jälkeen kuten maan asukkaat tapaavat tehdä. Ranskalaisilla on tapana käydä terassilla viiniä juomassa työpäivän jälkeen. Kotimatkan varrella Juise oli huomannut idyllisen kuppilan, jossa oli kadunvarressa muutamia pieniä pöytiä. Juise poikkesi kuppilaan, tilasi 16 cl kuivaa valkoviiniä ja istuutui nauttimaan auringonpaisteesta ja vapaa-ajastaan. Juisella ei ollut vielä ystäviä, joten hän joutui istumaan yksin ja tarkkailemaan kadun kulkijoiden menoa sekä kuuntelemaan vieruspöytien puheen soriaan. Lähellä Juisea istui nuori pariskunta, joiden päivä ei ollut mennyt parhaalla mahdollisella tavalla. He tuntuivat kinastelevan pienimmistäkin asioista aivan kuin ne olisivat maailmaa mullistavia ongelmia. Selkeästi ihmiset tuntuva väsyneenä ja stressaantuneena ärsyttävän toisiaan entistä enemmän. Tällaisin negatiivisia tuntemuksia ei juuri Jahvalandiassa ole. Se voikin olla yksi syy planeetan niin harmaaseen ja tasapaksuun elämään, mietti Juise. Arkielämän tarkkailu tuntui olevan todella hyödyllistä. Näin pystyisi hahmottamaan mistä maapallon asukkaiden hyvät ja huonot tuntemukset kumpuavat. Hitaasti juoman nautittuaan Juise palasi kotiin. Samat ilta-askareet suoritettuaan hän meni hyvissä ajoin nukkumaan, jotta olisi virkeä heti aamusta.

Viikko oli vierähtänyt ja Juise oli päässyt hyvään arkirytmiin. Sen hän oli kuitenkin huomannut, että yksin tuntemattomassa kaupungissa oleminen tuotti melkoisia vaikeuksia löytää todellisia ystäviä tai edes yhtä ystävää. Viikon loputtua Juise rohkaisi itsensä ja lähestyi pomoaan Amelieta vaivihkaa ikään kuin kysyen mihin tällaisen ei-pariisilainen kannattaisi kaupungissa tutustua. Juise vielä painotti, että oli melkoisen yksinäinen, kun oli ollut vasta vähän aikaa Pariisissa, eikä tuntenut paikkoja tai ketään ihmisiä keiden kanssa viettää aikaa. Tuon suorempaa Juise ei olisi voinut ilmaista epätoivoaan paljastamatta kuitenkaan epäsuoraa kysymystään - epäsuora kysymys nimenomaa oli, että lähtisitkö Amelie viikonloppuna näyttämän Pariisin paikkoja. Eihän aluejohtajaksi pääsisi, jos ei osaisi lukea rivien välistä. Amelie ymmärsi vihjeen ja tarjoutui viemään Juisen johonkin kivaan juttuun seuraavana päivänä, jos Juise vain haluaisi viettää hänen kanssaan vapaapäivänsä. Kertakysymys riitti Juiselle ja seuraavan päivän treffit oli lyöty lukkoon. Amelie asusti lähistöllä myös, joten he sopivat tapaamisen seuraavaksi päiväksi tämän samaisen kuppilan eteen. Juise ei saanut mitään vinkkejä Amelielta mitä huomenna tapahtuisi ja mihin häntä vietäisiin. Illalla Juise ei meinannut saada unta, kun hän sängyssä mietti mihin mahdollisiin paikoihin hän pääsisi huomenna tutustumaan Amelien seurassa. Jahvalandiassakin joskus vaivaa unettomuus ja siellä lasketaan avaruusaluksia. Tuhannen aluksen jälkeen Juise vaipui uneen.

Pariisin kesä oli täydessä loistossaan, kun Juise heräsi aamulla. Nopean aamupalan jälkeen Juise kiiruhti eilisen kuppilan eteen täynnä intoa päivän koitoksiin. Amelie oli säntillinen luonteeltaan ja saapui samaan aikaan paikalle, eli juuri sovittuun aikaan. Juise jälleen huomasi, kuinka tärkeä kello maapallolla toisinaan on. Amelie lähti viemään Juisea metrolla toiselle puolen kaupunkia. Metrosta ylös maanpinnalle noustuaan, huomasivat he lähistöllä sijaitsevan vanhan ja hienon palatsin. Amelie vei Juisen sisään.

- Ajattelin viedä sinut kahteen paikkaan tänään niin, että mahdollisesti molemmille meistä olisi jokin mielenkiintoinen asia nähtävänään, Amelie selitti Juiselle päivän ohjelman alkua.
- Tänne palatsiin toin sinut, koska firmamme on saanut muutaman vapaalipun täällä pidettävään muotinäytökseen, Amelie valotti syytä palatsissa olemiseen.
- Muotinäytös, tämäpä mielenkiintoinen yllätys, Juise virkkoi hieman tietämättömänä mitä tuleman pitää, mutta piilottaen kuitenkin tunteet, jotka Amelie olisi voinut tulkita negatiivisiksi.

Muoti yleensä ottaenkaan ei näyttele mitään roolia Jahvalandiassa. Vaatteet ja ulkoinen olemus on samanlaista harmaata massaa vuodesta toiseen. Muoti on unohdettu planeetalla kauan aikaa sitten sen turhamaisuuden ja luonnonresursseja kuluttavana turhakkeena. Juise yritti kuitenkin näyttää positiivista ja asiasta kiinnostunutta ilmettä miellyttääkseen Amelieta. Näytöksen kohteena oli nuorten pariisilaisten suunnittelijoiden luomia tulevan syksyn malleja sekä miehille että naisille. Aluksi miehet esittelivät syystakkeja, joiden pääväri tuntui olevan tumman sininen. Kaulahuivina he käyttivät isoja melkein naaman peittäviä suurikokoisia pitkulaisia kangaspaloja. Amelie kiinnitti huomionsa vaatteisiin. Juise oli hieman hämillään koko muotinäytösprosessista. Eniten Juisea ihmetytti, miksi miehet kävelivät noin eriskummallisesti, kiihdyttäen lavan loppupäähän, pysähtyen äkkinäisesti, pyörähtäen ympäri ja koko ajan tuimasti tuijottaen yleisöön ja muotitoimittajiin päin. Miksihän ihmeessä heidän piti näyttää noin vakavan näköisiltä, pohti Juise. Luulisi, että vaatteet menisivät paremmin kaupaksi, jos mallit välillä näyttäisivät pientä hymynkaretta suupielissään. Juisea hämmensi entistä enemmän naisten tullessa esittelemään vaatteita. Olivatko nämä pitkät ja kapeapohkeiset naiset jotain eri ihmisrotua. Heidän kävelykin näytti poikkeavan täysin aiemmin nähdyistä naisten kävelyistä. Jalka toisensa eteen heittäen säntillisesti samaan linjaa pitkin kävellen ja lanteita keikuttaen Juise ei ollut koskaan ennen nähnyt tällaista taapertamista.

- Onpas nämä ihmiset tuolla lavalla hieman eriskummallisen näköisiä ja oudosti käyttäytyviä, ihmetteli Juise ääneen Amelielle.

- Niin katsos kun he ovat mannekiineja tai siis malleja, Amelie selitti hieman huvittuneena Juisen kommenttia.

Juise huomasi Amelien reaktion ja ilmeet, jotka Juise tulkitsi *"etkö sinä tyhmä ymmärrä muotinäytöksestä yhtään mitään"* -ilmeeksi. Juise tyytyi nyökkäämään ymmärtäväisesti hymyillen. Hymy muistutti vähän siltä kuin hän olisi vääntänyt isoa hätää, mutta kovankaan puristuksen jälkeen jööti ei millään suostu putoamaan vessanpöntön veteen. Tätä ilmettä Juise ei onneksi tajunnut kuitenkaan aiheuttavansa, vain Amelie osasi tulkita kyseisen Juisen ilmeen. Sen sijaan Juise tulkitsi, että kyseiset mallit ovat varmaankin sanan mukaisesti mallikappaleita, joista jossain vaiheessa tulisi tavallisen näköisiä ja oloisia ihmisiä. Mallikappaleethan olivat tuttuja käsitteitä, koska Juise oli pääkoulutukseltaan insinööri. Juise oli kuitenkin onnellinen, että oli päässyt tutustumaan muotinäytökseen, joka oli hänelle melko vieras käsite. Myöskään Jahvalandian tiedustelulla ei ollut mitään ennakkotietoja tällaisesta toiminnasta ja malli-ihmisistä. Tämä ehkä muuttaisi käsitystä myös ihmisten syntymisestä. Osa ihmisistä ilmeisesti syntyy isoina mallikappaleina ja muovautuisivat siitä normi-ihmisiksi, pohdiskeli Juise.

Muotinäytöksen loputtua Amelie pyysi Juisea seuraamaan lähistöllä olevaan toiseen paikkaan. He kävelivät muutaman korttelin verran ja saapuivat upean 1800 -luvulla rakennetun teatteritalon eteen. Amelie oli salaperäisen näköinen ja hymyili vain, kun Juise yritti udella syytä paikallaoloon. Sisälle mentäessä Juiselle alkoi valjeta mistä oli kyse. Kohta alkavan näytöksen julisteessa oli silinterihattu ja kani.

- Jos tuo muotinäytös oli hiukan enemmän minun makuinen tapahtuma, niin ajattelin, että tämä seuraava näytös vois olla enemmän sinun makuusi, Amelie perusteli valitsemiaan tapahtumia.

Juise oli kyllä kuullut maapallon pitkästä taikuriperinteestä, mutta hänellä ei ollut kovinkaan paljon etukäteistietoa siitä. Esiintyjänä taikuri-illassa oli kuuluisa ranskalainen taikuri, joka oli niittänyt myös kansainvälistä mainetta upeilla ja mystisillä taikatempuillaan. Amelie oli saanut eturivin paikat tämän illan näytökseen. Taikuri oli sulavaliikkeinen ja teki upeita temppuja putkeen. Yleisö haukkoi hengitystään toinen toistaan hämmästyttävämmän tempun aikana. Taikuri halusi ottaa myös välillä yleisön mukaan temppuihin. Eturivissä istuvat olivat parhaassa paikassa pääsemään temppuihin mukaan. Taikuri oli tekemässä perinteistä pöydällä olevan esineen siirtelyä kolmen kupin välillä. Temppu vaati nopeutta ja harhautustaitoja. Taikuri halusi vapaaehtoisen temppuun mukaan ja Juise ilmoittautui. Taikuri pyysi Juisea aina sanomaan, minkä kupin alla kolikko olisi, kun taikuri oli vispannut kuppeja aikansa.

- No, kerropas minkä kupin alla luulet kolikon olevan, taikuri kysyi Juiselta.
- Tämän kupin alla, Juise koputti yhtä kolmesta kupista.
- Öö, no hyvin arvattu, taputti taikuri käsiään ja alkoi vispata kuppeja entistä nopeampaan tahtiin.
- No, arvaapas nyt uudelleen minkä kupin alla kolikko on.
- tämän kupin alla, Juise koputti epäröimättä jälleen yhtä kuppia kolmesta.
- Ööööö, no jälleen arvasit oikein.

Tätä kuppien vispausta jatkui ainakin kymmen kertaa ja joka kerralla Juise tiesi minkä kupin alla kolikko oli. Juisella on normaali-ihmistä huomattavasti paremmat aistit, joten nopeista ja harhauttavista liikkeistä huolimatta hän pysyi täysin mukana taikurin harhautusyrityksissä. Taikuri alkoi jo tuskastua ja hän yritti keksiä hyvää ulospääsyä nolosta tilanteesta.

- Fantastique! Nyt näimme jotain käsittämätöntä. Tämä henkilö tässä pystyy päihittämään taikurin nokkeluudessaan ja nopeudessaan, taikuri ylisti Juisea ja taputtaen ohjasi Juise pois lavalta.

Jonkin verran taikuria kismitti epäonnistunut temppu ja se vaikutti hiukan hänen seuraavien temppujen esittämiseen. Hän pääsi kuitenkin yli Juisen nokkeluudesta ja upeita temppuja nähtiin jälleen liukuhihnalta. Juise oli myös ihan haltioissaan taikurin maagioista ja hän eli joka tempussa mukana. Taikurilla oli tapana myös jossain vaiheessa esitystä pyytää yleisöstä jotakuta amatööritaikuria esittämään oman temppunsa lavalle. Yleisössä ei aluksi tuntunut löytyvän halukkaita esittelemään omia temppujaan. Juise nosti käden pystyyn, kun kukaan muu ei halunnut lavalle.

-   Fantastique! Yksi rohkea amatööritaikuri löytyi yleisöstä. Ja hänhän onkin meidän nokkela rahanseuraaja, taikuri hehkutti ja taputtaen pyysi Juisen jälleen lavalle.

Juise tunsi olevansa nyt ihan omassa elementissään ja suorastaan taikuuden kiihkon vallassa. Amelie oli myös positiivisesti yllättynyt työkaverinsa ulospäinsuuntautuneisuudesta ja esiintymishalusta.

-   Mösjöö, mikäs teidän temppunne nimi on, taikuri tiedusteli Juiselta.
-   Sen nimi on katoamistemppu, Juise vastasi hieman tylsällä tempun nimellä.

Juise pyysi taikurin apulaisia tuomaan lavan keskelle neliönmuotoisen verhon, sekä verhon taakse jättimäisen peilin. Peilin tarkoitus oli todistaa, että verhoneliön takakautta ei voisi poistua ilman, että sitä ei huomattaisi. Juise esitteli verhon sisältä, että siellä ei olisi mitään epäilyttävää. Hän myös hyppi lavalla todistaen, ettei lattiassa ollut mitään salaluukkua mistä pääsisi poistumaan lavan alle. Taikuria hieman huvitti Juisen taikatempun valmistelut, sillä hän oli 100 varma, että verhon sisältä ei voisi millään tavalla poistua ilman, että yleisö ei näkisi poistumista. Taikuri tunsi sisäistä tyydytystä, että tämä vieras amatööritaikuri joutuisi nyt vuorostaan nolon tilanteen kohteeksi, kun temppu epäonnistuisi. Juise käveli verhoringin sisään ja taikuri sulki verhon.

-   Noniin yleisö, oletteko valmiita? Aloitan täällä verhon sisällä katoamisprosessin. Lausun kohta taikasanoja, joilla kadotan itseni täältä, Juise selosti verhon takaa tempun etenemistä yleisölle.
-   "Abrakadabra, tän täytyy toimia...", Juise alkoi laulaa jotain ihmeellistä ranskalaisille tuntematonta taikalaulua.

180

Hetken päästä vallitsi syvä hiljaisuus, Juise ei laulanut eikä yleisö päästänyt pihahdustakaan. Meni 20 sekuntia ja taikuri päätti raottaa verhoa pieni hymyn virne suupielissään. Verhon takaa ei löytynyt Juisea. Koko sali ja taikuri yleisön mukana päästi voimakkaan kohahduksen ja osa yleisöstä tuli jopa hiukan hysteeriseksi. Taikuri jähmettyi paikalleen, eikä saanut sanaakaan suusta. Yleisön kohinan keskeytti teatterin takaosasta sisäänkäyntiovista saapunut Juise, joka levitti kätensä diivan elkein ja huusi "SILVUPLEE!". Yleisön ja taikurin taputuksista ei meinannut tulla loppua, kun Juise asteli takaisin istumaan paikalleen. Hän joutui nousemaan monta kertaa ylös ja kumartamaan yleisöön päin. Taikurista tuntui, että joku oli varastanut hänen näytöksensä. Se ei tuntunut häntä haittaavan ollenkaan, se verran haltioissaan taikuri itsekin oli. Esitys alkoi lähestyä loppua ja taikuri teki vielä muutaman upean tempun. Pitkien taputusten jälkeen yleisö poistui katsomosta. Taikuri ei udellut Juiselta tempun salaisuutta, koska ammattietiikka oli kaikille illuusion mestareille itsestään selvää. Temppuja ei paljasteta, ei edes kollegoille. Taikuri kävi vielä kättelemässä ja kiittämässä Juisea huikasta tempusta ja toivotti tervetulleeksi uusiinkin esityksiin.

Illan päätteeksi Amelie ja Juise päättivät vielä mennä yksille drinksuille upeasti menneen päivän päätteeksi. Amelie oli vieläkin aivan ällikällä lyöty huomattuaan Juisen erityislahjakkuudet. Molemmat tilasivat yhdet kuivat Chardonnay valkoviinilasilliset.

- Kyllä sinä Marc tempun nyt teit, Amelie ihasteli Juisen mahtavaa katoamistemppua.

- Nojoo, tuo oli nyt vain tuollainen tavallinen katoamistemppu, Juise hymyili Amelielle.

- Haluaisitko sinä näyttää minulle vielä joitain lisätemppuja, Amelie hymyili viekkaasti ja iski silmää.

181

Juise ei ollut ihan paras tulkitsemaan naisten kehonkieltä, eikä tajunnut Amelien hieman vihjailevaa kommenttia. Amelieta oli selvästi alkanut kiinnostaa Juise enemmänkin, ei pelkästään ulkonäöllisesti, mutta myös luonteenlaadultaan ja erikoistaidoiltaan.

- No ei minulla nyt tällä hetkellä ole mitään erityisiä temppuja varastossa, joita näyttää. Juise vastasi vakavana ja hieman harmissaan, ettei omannut mitään jatkotemppuja.

Amelie tulkitsi Juisen kielteisen vastauksen hienovaraisena torjuntana. Hän olisi halunnut tehdä läheisempääkin tuttavuutta Juisen kanssa, mutta perääntyi. Pomon ja alaisen välien liika lämpeneminen näin lyhyen työsuhteen jälkeen ei ehkä sittenkään olisi hyvä ajatus, joten Amelie päätti pitää välit toverillisina ainakin toistaiseksi. Juise oli ollut töissä ruokalähettinä jo lähes kaksi viikkoa ja oli viihtynyt hyvin. Hän tiesi, että ei voisi kuitenkaan olla enää pitkää aikaa Pariisissa. Hän kertoi tämän myös Amelielle, joka oli ymmärtäväinen. Juisella olisi niin paljon muita kykyjä, jotka menisivät vain hukkaan ruokalähetin työssä.

Kului vielä muutamia päiviä töiden merkeissä. Juisesta tuntui, että arjen viettämisestä hän oli saanut melkein yhtä paljon hyödyllistä tietoa, kun mitä hän oli tähän mennessä kerännyt eri paikkakunnilla. Arkirutiinien hallitseminen tuntui olevan yksi avain parempaan ja positiivisempaan elämään. Hyvien ystävien olemassaolo vielä täydensi arkirutiinien hallintaa ja elämän laatua yleensä. Tässä olisi todella hyvää tietoa vietäväksi Jahvalandiaan. Nyt olisi aika kuitenkin jatkaa matkaa vielä käymättömille maille. Ehkä jossain olisi vielä uudenlaista positiivisuutta, josta ottaa opiksi ja matkaevääksi kotiin.

12. RUOTSI

Juise oli irtisanonut itsensä töistä ja luovuttanut vuokra-asuntonsa. Nyt hän istui avaruusaluksessaan Bois De Boulogne puiston kätköissä ja mietti mihin lähtisi seuraavaksi. Pohjois-Euroopasta hän oli kuullut positiivisia kommentteja tiedustelulta, joten aluksen keula suuntautui pohjoisia leveyspiiriä kohden. Yksi maa kiinnosti erityisesti. Kyseinen maa ei ollut käynyt sotia yli 200 vuoteen, joten siinä olisi varmaan jotain erityislaatuista, jota tulisi selvittää. Ovatko ruotsalaiset yksinkertaisesti vaan niin huonoja sotimaan, vai olisivatko he tosiaankin niin positiivisia ja hyväntahtoisia ihmisiä, ettei heidän tarvitse käydä sotia toisia maita vastaan. Mikä sen parempi paikka tutustua armeijaan kuin löytää sotilastukikohta ja mennä sinne sotilaaksi. Tukholman lähistöllä oli suuri kasarmi, jossa palveli yli 900 alokasta. Juise laskeutui kasarmin lähellä olevaan metsikköön. Nyt pitäisi keksiä jokin hyvä peitetarina, millä pääsisi alokkaaksi ilman suurempia epäilyksiä. Kutsuntalapun voisi hyvinkin väärentää, jolla voisi testata miten hyvin soluttautuminen Ruotsin armeijan palvelukseen onnistuisi. Juise käveli kohti kasarmin porttia.

- Gudaag, olisin tulossa tänne armeijaan opettelemaan sotimista, Juise puhutteli kasarmin portilla vartiovuorossa olevaa sotilasta.
- Nimi?
- Carl on nimeni.
- Koko nimenne!
- Carl Svenssonhan se on, Juise täydensi nimeään iloisesti hymyillen.

- Alokas Svensson, hymy perseeseen nyt. Kävelkää tuota kasarmin toimistoa kohden 30 metriä suoraan eteenpäin, vartijamies neuvoi Juisea.

Juise oli hieman yllättynyt ensikosketuksesta ruotsalaiseen ihmiseen. Jotenkin kumman kireän oloinen nuori mies tuntui olevan. Toimistossa Juisea oli vastassa vääpeli Johan Körmylkvist.

- Jahas, alokas Svenssonkin suvaitsee tulla paikanpäälle. Muu saapumiserä tulikin jo viimeviikolla, vääpeli irvisti sarkastisesti.
- Godaag, minulla oli hiukan kiireitä, joten en ehtinyt sotimaan vielä viimeviikolla, mutta nyt tässä ollaan, Juise selitti myöhästymistään vääpelille.
- Turpa kiinni ja hymy perseeseen alokas Svensson! Nyt kipitätte suoraa päätä rättivarastolle ja kuittaatte sieltä varusteet. Sen jälkeen menette tupaan numero 105. Siellä teitä odottaa alikersantti Borg, joka kertoo mitä teette seuraavaksi. Poistukaa, vääpeli komensi.

Hyväntahtoisiksi ja positiivisiksi ei ensimmäisiä kohtaamiaan ruotsalaisia Juise voinut kutsua. Jos he olisivat vielä huonoja sotimaankin, niin voisi jäädä todella mysteeriksi heidän pitkä sotimattomuuden aika. Varusteet saatuaan Juise meni joukkueensa tupaan purkamaan saamiaan vaatteita ja muita tavaroita.

- Heido, sinä olet vissiinkin Borg? Vääpeli ei sanonut teidän etunimeä, mutta varmaan tulemme toimeen sukunimilläkin. Minä olen Carl Svensson, mutta voit kutsua minua vaikka sveduksi, jos se on helpompi lausua, Juise aloitti keskustelun alikersantti Borgin kanssa.
- Turpa kiinni alokas Svensson. Emme käsittääkseni ole tehneet sinut kauppoja ja muutenkaan alokkaat

eivät puhuttele esimiestä, kun vain pyydettäessä, onko selvä?

- No selvähän tämä.
- Tämä selvä herra alikersantti! Sanoi Borg närkästyneenä.
- Ei kun kyllä minä vielä olen alokas, tulin juuri palvelukseen, Juise tarkensi.
- Perkele, tarkoitin, että teidän tulee puhutella esimiestä aina herra alikersantti tai mikä nyt esimiehen arvo onkaan. Onko tämä selvä?
- Kyllä on selvä, herra alikersantti, Juise vastasi naama vakavoituneena.

Jotenkin Juiselle tuli mieleen, että onkohan hän tullut väärään paikkaan, kun matkan tarkoitus on kuitenkin etsiä positiivisia asioita maapallolta. Ruotsin armeija on kuitenkin oletusarvoisesti positiivinen asia, koska sen ei ole tarvinnut käydä sotia pitkiin aikoihin, joten Juise päätti olla luovuttamatta. Tuvassa ei ollut muita alokkaita. He olivat metsässä harjoittelemassa sodankäyntiä. Alikersantti ohjeisti Juisea päivän askareisiin. Ensimmäisenä tehtävänään Juisella oli laittaa saamansa varusteet siististi alokkaan kaappiin. Jokaisella varusteella oli oma paikkansa.

- Alokas Svensson, tästä viereisestä kaapista näette malliesimerkin, mihin paikkoihin kaappia kukin varuste kuuluu. Vaatepinojen pitää olla millilleen kohdallaan. Otatte tästä mallia ja laitatte varusteenne kaappiin vähintään yhtä hyvin. Teette sen niin monta kertaa, kunnes olen tyytyväinen lopputulokseen, alikersantti opasti Juisea.

Alikersantti lähti kanttiiniin munkkikahville, koska oletti Juisella kestävän ainakin 15 minuuttia saada kaappi tip-top kuntoon. Juise ei ollut mikään perusalokas. Varsinkin kun puhutaan millimetreistä ja tarkkuudesta pääsee Juisen taidot omimmilleen. Varusteita oli todella paljon ja kaappi ei ollut järin suuri, joten kaikki tavarat piti laittaa juuri oikeaan paikkaan. Juise päätti olla hyvä alokas ja käytti hiukan maagisia kykyjään. Hän skannasi katseellaan mallikaapin sisällön. Sen jälkeen hän maagisesti sai tavarat menemään oikeaan paikkaansa ja vieläpä millimetrin tarkasti. Lopputulos oli jopa parempi kuin tuvan parhaimman alokkaan mallikaappi. Juise oli tyytyväinen lopputulokseen.

- Alokas Svensson, tuvassa HERÄTYS!! Mitä perkelettä tämä tarkoittaa?? Tällä vaan levytetään sängyssä, vaikka teidän pitäisi olla kaappisulkeisissa, alikersantti huusi saavuttuaan tupaan ja huomattuaan Juisen nukkuvan.
- Herra alikersantti, kaappi on laitettu kuntoon.

Jos silmämunat voisivat tippua niiden pullistumisesta, näin olisi käynyt alikersantti Borgin tapauksessa. Hän oli ällikällä lyöty. Kaapissa oli millilleen joka ikinen esine ja vaate paikallaan. Alikersantilla oli viivoitin mittanaan. Edes millin heittoa hän ei löytänyt mistään kohtaa.

- Kylläpäs alokas on tehnyt hyvää jälkeä, täytyy myöntää. Mutta sänkyyn ei saa missä nimessä mennä nukkumaan omin luvin. Nyt saatte harjoitella sängyn petaamista noin aluksi 10 kertaa peräkkäin. Ja päiväpeiton ruudukko pitää mennä millilleen suoraan, alikersantti ohjeisti.
- Kyllä herra alikersantti!

Alikersantti jäi valvomaan ensimmäiset petaukset. Juisen joutui petaamaan sängyn manuaalisesti omin käsin. Se ei ollut kuitenkaan mikään ongelma, taitava ja oppiva kun Juise oli. Peitto, tyynyt ja päiväpeite saivat kyytiä ja jokainen liike oli tarkkaan harkittua. Alikersantti oli hiukan harmissaan, kun Juise ei tehnyt yhtään virhettä. Näin hän ei päässyt huutamaan ja komentamaan Juisea. Muutaman petauksen katsottuaan alikersantti pyysi Juisea jatkamaan petaamisharjoittelua ja poistui hiukan noloissaan alipäällystön tupaan. Viimeisen petauksen aikana tuvan muut alokkaat saapuivat metsäkeikaltaan. Juise esitteli itsensä muille alokkaille ja kertoi tulleensa hiukan jälkijunassa armeijan palvelukseen muiden kiireiden estäessä tuloa.

- Vai ollaan me saatu puntis -Svensson tupaamme, joukkueen vääräleuka Kajander kailotti muille alokkaille hörähtäen äänekkääseen nauruun.

Tuvan kaikki alokkaat tuntuivat mukavilta ja reiluilta, huomattavasti inhimillisimmiltä päällystöön verrattuna. Juise sai heti ihastusta upeassa kunnossa olevasta kaapistaan. Joukkue oli ollut koko päivän metsässä ryynäämässä, joten he pääsivät käymään suihkussa ennen ruokailua. Suihkutilat olivat suuret. Kaikki kävivät suihkussa yhtä aikaa, paitsi naiset, joilla oli oma suihkutilansa. Juisea hiukan hämmensi tällainen joukkosuihkuttelu, kun hän oli tottunut aiemmissa maapallon kolkissa yksityissuihkuihin. Pääasia kuitenkin hoitui, eli puhtaaksi tuleminen, joten suurta ongelmaa Juise ei tällaisesta joukkotoiminnasta kokenut. Voisihan jopa olla, että tällainen joukkotekeminen yhdistäisi ihmisiä ja osaltaan loisi avoimempaa ja positiivisempaa ilmapiiriä. Tiedä vaikka Juise voisi ehdottaa tällaisia joukkosuihkutapaamisia myös Jahvalandiassa. Juise huomasi suihkutellessaan, että osa alokkaista katsoi mielenkiinnolla Juisen suihkuttelua ja varsinkin heidän katse kohdistui Juisen alapäähän. Juise ei ollut täysin varma minkälaisen muodonmuutoksen hänen olisi pitänyt tehdä muuttuessaan ruotsalaiseksi 20-vuotiaaksi mieheksi. Koulutuksessakaan hän ei ollut tarkkaavaisimmillaan biologian ja ihmisanatomian luennoilla. Näytti vahvasti siltä, että Juise oli liioitellut huomattavasti alapään lisäkkeen pituutta pidemmäksi mitä muilla alokkailla oli. Tämä sangen pitkä uloke näköjään oli pistänyt silmään usealla alokkaalla, jotka olivat jääneet tuijottamaan

187

Juisea. No, tehty mikä tehty ja näillä mennään, Juise tuumi itsekseen. Laskettuaan kylmää vettä suihkusta epäsuhde hiukan pieneni.

Suihkuttelun ja pukeutumisen jälkeen joukkue marssi ruokalaan, jossa odotti tuhti ja ravitseva ateria. Ruokailun jälkeen alokkailla oli jonkin verran ilta-aikaa vietettävänään. Aamulla olisi kuitenkin jälleen varhainen herätys uudelle metsäkeikalle, joten joukkue laittoi nukkumaan hyvissä ajoin. Juise nukkui kerrossängyn ylävuoteella ja hänen alapuolellaan nukkui vääräleuka -Kajander. Ruotsin armeijassa oli tapana tehdä uusille tulokkaille pientä hyvähenkistä jäynää. Kajander oli suunnitellut hiukan härnäävänsä uuden alokkaan unia. Kun Juise nukahti, alkoi Kajander varovaisesti nostelemaan jaloillaan Juisen sängyn pohjaa. Juise havahtui takapuolensa kohoamisesta ja kuristi alasänkyyn yrittäen löytää syyn kohoamiselleen. Kajander valenukkui, mutta Juiseen tämä valenukkuminen ei uponnut. Hän pystyi aistimaan Kajanderin elintoimintojen olevan tasolla, jota ei ole nukkuessa. Juise päätti tehdä vastajäynän. Kun hän uudelleen laittoi nukkumaan, Kajander kohotteli jälleen Juisen sängyn pohjaa. Juise käytti kykyjään ja alkoi samaan tahtiin kohottelemaan Kajanderin sängyn pohjaa. Aina kun Kajander kohotti Juisen sänkyä, samalla kohosi myös Kajanderin sänky. Nyt alapetiläisen jäynä alkoi muuttua ihmetykseksi. Kajander kurkisti sänkynsä alle, muttei nähnyt siellä ketään.

- *Fan också, mitähän tässä nyt oikein tapahtuu*, mietti Kajander kuumeissaan.

Pienen mietinnän jälkeen Kajander päätti vielä uudelleen työntää jaloillaan Juisen sängyn pohjaa: jälleen Kajanderillakin peppu kohosi. Nopea vilkaisu sängyn alle ei edelleenkään paljastanut mikä ihme sai aikaiseksi tällaisen ketjureaktion. Kajanderin ilme alkoi muuttua jo pelon ja ihmetyksen sekaiseksi. Hän päätti lopettaa jekkuilunsa ja jäi miettimään kaikkia mahdollisia syitä tähän eriskummalliseen ilmiöön. Mietintää kesti lähes aamun sarastukseen asti. Herätys tuli 5:55. Kajander oli rättiväsynyt herätessään. Hän oli hädin tuskin nukkunut kahta tuntia.

- Hooiih, hauk,hauk hauuukoitus! Huomenta kaikille. Kylläpäs oli makoisat yöunet. Harvoin saa näin hyvin nukuttua, Juise virnuili muille alokkaille ja erityisesti Kajanderille.

Juisen kohdalta jäynät olivat jäynäilty ja hän oli nyt tasaveroinen alokas muiden joukossa. Aamupalan jälkeen joukkue sai käskyn koota täyspakkausvarustuksen metsäkeikkaa varten. Joukkue vietiin Kuorma-autoilla etäällä olevaan metsään, josta piti alkaa lähestyä toista joukkuetta kohden. Juise tunsi jännityksen kiihdyttävän hengitystä ja sydämen lyöntejä. Vastaavaa hän ei ollut kokenut vielä kertaakaan. Jahvalandiassa ei ollut armeijaa eikä näin ollen sotaharjoituksiakaan. Vaikka kyseessä oli vasta koulutukseen tulleet alokkaat, oli heillä jo hyvä tuntuma sodan käynnin alkeisiin. Juise päätti olla sotaleikeissä taka-alalla, eikä rynniä eturintamassa. Sieltä hän pystyi tarkkailemaan ruotsalaisen sotamenetelmien tehokkuutta. Tiedä vaikka saisi jonkinlaisen vihin miksi he eivät ole osallistuneet sotiin moneen sataan vuoteen. Päivä kului nopeasti metsässä vaanien ja vihollisjoukkoja etsien. Välillä joukkue leiriytyi ja söi ravitsevan kenttälounaan. Juise oli yllättynyt ruoan suhteellisesta moderniudesta. Umpinaista ruokapussia hakkaamalla ja hieromalla ruoka lämpenin syömäkelpoiseksi. Toki jahvalandian ruokakapseleille ruoka ei vetänyt helppoudessaan vertoja, mutta maku oli huomattavasti parempi näissä ruotsalaisissa kenttämuonissa. Ruokailun jälkeen joukkue jatkoi sotimista ja toisen joukkueen vaanimista ja yllättämistä. Molemmat joukkueet tiesivät mitä tekivät ja kumpaakaan joukkuetta ei päästy yllättämään. Ilta alkoi jo hämärtyä ja päällystö komensi joukot perääntymään ja suuntaamaan kohti kuorma-autoja. Kasarmilla samat rutiinit jatkuivat: suihku, ruoka, illanvietto ja nukkumaan meno. Juise vietti lähes viikon armeijan leivissä ja oppi paljon ruotsalaisesta armeijamenosta. Touhu näytti ammattimaiselta ja Juisea ihmetytti miksi näinkin kouliintunut ja ammattimainen armeija ei ole päässyt näyttämään kykyjään pitkään aikaan.

Vaikka Juisella ei ollut mitään tarkkaa aikarajaa, milloin hänen tulisi palata takaisin Jahvalandiaan, hänellä ei ollut aikomustakaan viettää armeijan leivissä koko palvelusaikaa. Nyt oli aika jatkaa matkaa. Pitäisi livetä kasarmilta huomaamattomasti. Siirto toiseen kasarmiin oli hyvä tekosyy poistua. Hän teki siirtopaperit ja esitti ne kasarmin päällikölle. Näin hän sai luvan siirtyä Upsalan Kasarmille. Sinnehän Juise ei tietenkään koskaan saapunut, joten poistuminen armeijan vahvuudesta sujui huomaamattomasti.

Pitkän ja vaiherikkaan armeijakokemuksen jälkeen Juise tallusteli pitkin Tukholman katuja. Kontrasti oli melkoinen armeijan kurista vapaaseen laahustamiseen tukholmalaisia katuja pitkin. Jotenkin Juisesta tuntui, että hän oli odottanut vapauden tuntua. Armeijassa kaikki oli kerrottu Juisen puolesta mitä päivän aikana tulisi tehdä. Nyt oli totuttelussa päättää itse aikataulusta ja suunnitelmista. Juise istahti Strömgatanin varrella olevalle puistonpenkille ja vaipui mietteisiin. Jotain pitäisi nyt keksiä, sellaista mitä hän ei vielä maapallolla ollut tutkinut ja havainnoinut. Juise huomasi joen toisella puolella olevan jykevän rakennuksen, jossa liehui Ruotsin valtionlippu. Nyt hän oli ensimmäistä kertaa reissullaan kuningaskunnassa. Olisiko kuningaskunta onnellisempien ihmisten asuinsija verrattuna diktatuuriin tai tasavaltaan? Tätä olisi hyvä tutkia. Vastapäätä jokea kohosi kuninkaanlinna jykevänä ja komeana. Aamu alkoi valjeta, joten olisi hyvä hetki tutustua mistä puusta kuninkaat ja kuningattaret on veistetty. Sen verran armeija oli tehnyt tehtävänsä, että Juisella ei tällä hetkellä innovatiivisuus kukkinut miten hän pääsisi hoviin huomaamattomasti. Niinpä hän päätti turvautua ihan perinteiseen näkymättömänä liikkumiseen. Aamupala oli katettu kuningasparille suureen ruokasaliin. Pöytä oli lähes 10 metriä pitkä, joka notkui mitä upeampia ja maukkaampia aamupalaherkkuja. Silvia oli istuutunut jo pöydän toiseen päähän. Kallea ei vielä näkynyt. Juise oli saapunut ruokasaliin ja istui seinän vierellä 1800 -luvun hyvässä kunnossa olevalla sohvalla. Siitä oli mitä parhaimmat näkymät havainnoida kuninkaallisen perheen käyttäytymistä ja aamutoimia. Hovimestari oli tarjoillut jo Silvian lautaselle aamupalaherkkuja. Varsinkin hummeri on Silvian herkkua. Lautasella oli muutama grillattu hummerinpyrstö. Ruokasalin ovivahdin sauva kopsahti lattiaan merkkinä kuninkaan saapumisesta huoneeseen. Kalle käveli pöydän päätyä kohden hieman huonossa kunnossa. Päällään hänellä oli keltasininen aamutakki. Silmät hänellä oli väsyneen oloiset ja ryhti oli hiukan etukumarassa. Kallella oli mennyt eilinen illanvietto hiukan pitkäksi. Kuninkaallisella seurueella oli ollut edellisenä päivänä golfkisa, joka oli venynyt 19 reiälle aivan pikkutunneille asti. Silvia oli hiukan näreissään Kallen eilisestä kosteasta illasta, eikä puhunut puolisolleen mitään. Vaikka aamupalapöytä notkui mitä upeampia ruokalajeja, Kalle halusi aluksi vain yhden paistetun ahvenen sekä appelsiinimehun. Kala ja erityisesti ahven on Kallen herkkuruokaa, jota hän pystyy syömään vaikka aamulla olisikin huono vointi. Ensikosketus kuninkaallisen perheen aamuaskareisiin ei ollut Juiselle järisyttävä kokemus, päinvastoin. Aamupalan edetessä Silviakin alkoi leppyä ja avasi suutaan muutenkin kuin vai syödäkseen.

- Kalle, yritähän nyt syödä jotain, että olet edes jonkinlaisessa edustuskunnossa tänään. Meille tulee

vieraaksi nuori Greta Thunberg. Yritetään olla esi-
merkillisiä, Silvia ripitti Kallea.

- Ööö, javisst, javisst Silvia, vastasi Kalle hieman
käheällä äänellä.

Juise teki positiivisen havainnon, että myös kuninkaalliset
ovat kuolevaisia ja elävät osin myös samalla tavalla, kun moni
kansalainen. Kuuman suihkun jälkeen Kallen päivä alkoi pa-
ranemaan. Hän puki päälleen edustusasunsa ja muutaman mi-
talin rinnuksilleen. Nuori Greta oli saapunut jo yhteen edus-
tushuoneista ja odotteli siellä kuningaspariskuntaa. Juise ei
viitsinyt seurata Kallea suihkuun, vaan oli saapunut edustus-
huoneeseen tarkkailemaan Gretaa. Silvian ja Kallen saapuessa
huoneeseen Greta tekin pienen ja hillityn kumarruksen kunin-
gasparikuntaa kohden. Silminnähden onnellisena valtion johta-
jien näkemisestä Greta aloitti keskustelun pariskunnan kanssa.

- Teidän kuninkaallinen korkeutenne, on ilo päästä
keskustelemaan teidän ja vaimonne kanssa ilmas-
ton nykytilasta, Greta aloitti keskustelun mennen
heti asiaan.

- Sano Kalle ja Silvia vaan, heitetään tittelin pois,
Kalle vastasi Gretalle.

Nuori nainen oli tullut kuuluisaksi ympäri maailman aloi-
tettuaan ilmastonmuutoskampanjansa yhden hengen mielen-
osoituksella. Tämän jälkeen moni nuori ympäri maailman oli
ottanut esimerkkiä Gretasta ja saanut aikaiseksi ympäristöä
suojelevan mielialan kaikkialla maapallolla. Tämän päivän
agendalla oli käydä läpi minkälaisia ilmastonparannusaktivi-
teetteja ruotsissa voisi olla tulevaisuudessa. Samalla Greta
halusi kuulla mitä toimenpiteitä ilmastonmuutoksen ja luonto-
kadon pysäyttämiseksi kuningaspariskunnalla oli mielessä.
Juise oli ihan täpinöissään päästessään kuulijaksi tällaiseen
maapallon hyvinvointia edistävään keskusteluun. Gretalla oli
pitkä lista ideoita, miten maailman voi pelastaa: ostetaan vä-

hemmän uusi vaatteita, kierrätetään, lisätään kasvuston ja eläimistön moninaisuutta, tuotetaan ruoka ekologisemmin sekä matkustetaan vähemmän. Kalle kuunteli Gretaa vakava ilme kasvoillaan. Häntä hiukan hävetti, koska tunsi pistoksen sydämessään usean toimenpiteen kohdalla: Kallelle ostetaan paljon vaatteita. Matkustamistakin omalla suihkukoneella pariskunta harrastaa satoja kertoja vuodessa. Kalle jäi Gretan paatospuheen jälkeen sanattomaksi ja suu vain hiukan aukeni kuin ahvenella kuivalla maalla ilman äänen muodostamista. Silvia katkaisi nolon ja piinaavan hiljaisuuden. Ei siksi etteikö Kallella olisi mielipiteitä, mutta eilinen juhlinta oli vienyt hänen keskittymisensä.

- Greta, nuo ovat upeita toimenpiteitä, joita me jokainen yksilönä voimme alkaa ottaa käyttöön. Eli vaatimalla enemmän tekoja jokaiselta yksilöltä, niin sitä parempi elämä maapallolla on tulevaisuudessa, Silvia myötäili Gretan agendaa.

Kuningaspari oli samaa mieltä Gretan kanssa. He lupautuivat entisestään käyttämään vaikutusvaltaansa kyseisten asioiden edistämiseksi. Kuningaspari jopa lupautui käymään kirpputoreilla vastaisuudessa enemmän, mistä voisi ostaa käytettyjä vaatteita. Juise oli haltioissaan saadessaan olla todistamassa tällaista suurtapahtumaa, missä kansalainen ja valtion päämies kommunikoivat näinkin suoraviivaisesti. Greta henkilönä herätti Juisessa erittäin positiivisia tuntemuksia. Voisi olla todella hienoa saada Greta vierailemaan Jahvalandiaan. Nuori nainen oli kuitenkin sen verran kuuluisa maapallolla, että hänen katoaminen kymmeniksi vuosiksi voisi herättää liikaa huomiota. Huomion välttämistä oli painotettu erityisesti jahvanautin koulutuksessa, joten toistaiseksi Juise unohti tämän idean. Vierailu alkoi olla lopuillaan ja Greta teki lähtöä linnasta. Juise oli myös omasta mielestä saanut jonkinlaisen kuvan kuninkaallisesta elämästä ja oli valmis jatkamaan matkaa.

Juise vaelteli Södermalmilla ilman mitään selkeää päämäärää. Armeijakokemus oli edelleen jättänyt häneen hiukan päättämättömän olotilan. Ihan kuin hän odottaisi, että joku auktoriteetti kertoisi hänelle mitä pitää seuraavaksi tehdä. Metroaseman liepeillä maassa istui hiukan nuhruisissa vaatteissa viihtyvä reilu kuusikymppinen mies. Teräviä juomiakin hän oli maistellut joku aika sitten. Mies huomasi Juisessa jotain erikoista ja pysäytti hänet.

- Morjensta muukalainen. Voisitteko pysähtyä vähäksi aikaa? Teissä on jotain erikoista, mies puhutteli Juisea suomen kielellä.

Matti oli saapunut töihin 70-luvun puolivälissä Ruotsiin Göteborgin Volvon tehtaille. Tehtailla oli työssä tuhansia suomalaisia siihen aikaan saamassa parempaa elintaso silloisen Suomen suhteellisen vaatimattomaan elintasoon verrattuna. Mies oli tehnyt ahkerasti töitä. Töiden ohessa hän viihtyi ravintoloissa loiventamassa raskaita työpäiviä. Hänellä ei ollut koskaan ollut onnea naisasioissa, joten hän oli edelleen sinkku, vaikka lähenteli jo seitsemääkymmentä. 2000-luvulle mentäessä Volvo siirsi autotuotantonsa Aasiaan, jota seurasi joukkoirtisanomiset. Matti oli onnellinen, koska ehti juuri päästä eläkkeelle. Hän saa pientä takuueläkettä, koska on asunut ruotsissa niin kauan aikaa. Juise tunnisti suomen kielen.

- Morjensta vaan. Mistä tiesitte, että osaan puhua suomea? Ja että mitä erikoista minussa on, Juise tiedusteli Matilta.

- Teillä on päänne päällä sellainen erikoinen aura. Siitähän minä huomasin, että te ette ole mikään tavallinen maan tallaaja, Matti vastasi.

Matilla oli ollut koko elämänsä ajan erikoisia kykyjä, joita ei kaikilla maan asukkailla ollut. Hän pystyi aistimaan mm. erikoisia elollisia olioita. Joku voisi sanoa hänen taitojaan

194

humpuukitaidoiksi. Matti oli kuitenkin varma taidoistaan, eikä välittänyt ihmisten sarkastisista kommenteista ja vähättelyistä.

- Teillä on selkeästi jonkin tärkeä tehtävä täällä maapallolla. Me kaikkihan etsimme onnea, minäkin olen sitä etsinyt ja löytänyt sitä täältä Ruotsista. Mutta teidän kannattaa hypätä tuohon juuri lähtevään laivaan, joka menee Suomeen. Sieltä te löydätte paljon onnea.

Juise oli ällikällä lyöty. Miten tuo niin vaatimattoman näköinen mies pystyi näkemään hänestä noin paljon asioita. Juisella oli suuri kunnioitus Mattia kohtaan ja hän päätti ottaa neuvosta vaarin.

Satamasta oli juuri lähtemässä laiva kohti Helsinkiä. Juisen piti vaan saada aluksensa johonkin parkkiin. Laivan ruumassa oli vielä hyvin tilaa, joten hän jätti aluksensa puolillaan olevalle rekkakannelle. Näkymättömään alukseen ei kukaan kiinnittäisi huomiota. Laiva irrotti sopivasti köydet laiturista samaan aikaan kun Juise oli saanut parkkeerattua aluksensa. Autokannelta Juise suuntasi kohti ylempiä kansia, missä sijaitsi hyttikerrokset. Laiva ei ollut ihan täynnä, joten Juise löysi helposti vapaan hytin. Vaikka kello kävi vasta varhaista iltapäivää, laivassa tuntui olevan jo aika hulvaton meno käynnissä. Laiva tuntui olevan suomalaisten suosiossa, sillä valtaosa puheen sorinasta käytiin suomen kielellä. Loput olivat ruotsalaisia. Myös äänen voimakkuudessa suomalaiset olivat selkeästi hallitseva kansakunta laivalla. Jahvalandian tiedustelu oli kerännyt jonkin verran ennakkotietoa suomalaisista. Heitä pidettiin hiljaisina ja ujoina ihmisinä. Juise mietti, oliko heidän tiedustelunsa saanut jostain syystä väärää tietoa, sillä laivalla olevat suomalaiset eivät näyttäneet yhtään ujoilta ja hiljaisilta.

Hyttiin asettumisen jälkeen Juise suunnisti kohti pubia, jossa laivan trubaduuri viritteli jo kitaraa ja äänihuuliaan. John oli kokenut muusikko, joka oli kiertänyt monet laivan esiintymislavat. Nyt hän oli seilannut kaksi viikkoa putkeen saman laivan esiintyjänä. Vaikka artisti yritti lypsää yleisöltä toivemusiikkia, jäyhänä kansana suomalaiset eivät lähteneet näin alkuillasta vielä mukaan muusikon toivelistan täyttäjäksi. He keskittyivät vielä nesteytystasapainon ylläpitämiseen.

Suomalaisilla näytti olevan selkeä prosessi laivalla oloon. Aluksi mentiin seisovaan pöytään ja ahdettiin vatsat täyteen erilaisia herkkuja. Sen jälkeen mentiin nukkumaan hyttiin sulattelemaan ruokaa. Ruotsin aluevesillä ollessa päästiin shoppailemaan suomalaisten niin himoitsemaa nuuskaa sekä halpaa viinaa ja tupakkaa. Tämän jälkeen taloudelliset velvollisuudet oli hoidettu säästämisen merkeissä, joten oli aika irrottaa sokka ja siirtyä viihteen puolelle. Nyt näytti olevan tuo vuosikausia hiotun prosessin viimeinen vaihe, jota Juise pääsi todistamaan.

Pubissa oli meno vain parantunut nestetarjoilun ansiosta. Suomalaiset tuntuivat käynnistyvän sitä paremmin, mitä enemmän olutta he saivat sisäänsä. Pubiin tallusteli hiukan tukevassa kunnossa ja pienoisessa sivuluisussa kävelevä suomalainen mies. Sen verran oli tullut nautittua jo nesteitä, että housut olivat päässeet valumaan alaspäin paljastaen persvaon selkeästi näkyviin. Meno ei miestä haitannut, sillä ilta oli vasta nousukiidossa. Mies huomasi Juisen, joka istui yksin. Kysymättä lupaa istuutua, hän rojahti pitkälle sohvalle, missä Juise jo istui. Sen verran miehessä oli painoa, että Juise pompahti muutamia senttejä ilmaan sohvan jousien vaikutuksesta. Mies puuskutti hieman hengästyneenä kävelyrupeaman väsyttämänä.

- Huh, huh. Ompas tämä risteily ja juhliminen välillä rankkaa, mies puuskutti Juiselle.

196

- Joo, moi vaan. En ole vielä päässyt juhlimisessa kunnolla vauhtiin. Mutta enköhän tässä paranna menoa, Juise komppasi miestä.
- Anna mä tarjoon sulle kossupaukun, mies virkkoi ystävälliseen sävyyn.

Juisella ei ollut ennakkotietoa, mikä kossupaukku oli. Se kuulosti tarpeeksi vaarattomalta, joten hän tarttui tarjoukseen. Mies toi lempijuomaansa kossu-vissyä kaksin kappalein ja antoi toisen paukun Juiselle.

- Hölkyn kölkyn risteilylle, mies kohotti lasin ja kippisti sillä Juisen kanssa.

Juise oli oppinut maapallolla olon aikana, että jos joku tarjoaa juoman, niin vastavuoroisesti pitää myös itse tarjota seuraava kierros. Juisella ja miehellä kierrokset vuorottelivat muutaman kerran ja Juisekin alkoi olla ja pienessä humalassa. Miehen piti lähteä hyttiin lepäämään, koska hänellä oli ollut pienoinen etumatka ryyppyjen nautinnassa ja väsymys alkoi painaa. Juise päätti pitää myös pienen paussin juomisessa. Hän lähti tutustumaan laivan eri kerroksiin. Kannella 10 oli menossa laivabingo. Palkinnot eivät olleet järin suuret, mutta jännitys oli lähinnä se syy miksi ihmiset bingossa viihtyivät. Juise otti myös bingolapun ja alkoi ruksia huudettuja numeroita.

- Istuhan poika vaan tähän mun viereen, niin tuomme sitten bingo-onnea molemmille, eläkeläisnainen kehotti Juisea.

Juisea alkoi kiinnostaa bingon peluu. Näköjään onnen voi löytää myös tällaisesta numeronhuutopelistä, Juise mietti. Jos tällainen peli voi tuoda onnea, niin voisi olla hyvä idea viedä tämä bingo -niminen peli myös Jahvalandiaan. Juise pääsi hyvin peliin mukaan. Bingo emäntä huusi numeroita toisensa perään: Bertta21.. B21 .. Otto33 .. O33.. Gideon61 .. G61 .. Celsius99 .. C99 ..

197

- BINGOOOO, huusi vieressä istuva eläkeläisnainen kovaan ääneen ja huitoi kättä ja bingolappua ilmassa.

Juise säpsähti yllättävästä hiljaisuuden rikkoutumisesta. Vaikka jahvanautit oli keitetty monissa liemissä, psykologisissa kokeissa ja testeissä, tällainen suomalaisen eläkeläisnaisen kovaääninen rääkäisy pääsi yllättämään hänet. Bingoemännän apulainen kiirehti eläkeläisen luokse, tarkasti numerot ja tarkastuksen jälkeen ojensi palkintona olleen kahvipaketin voittajalle.

- Enkös minä sanonut, että sinä olet aikamoinen onnen kalu, eläkeläinen vuodatti mielihyväänsä Juiselle voiton kunniaksi.

Naisen leveä hymy ja onnen huokuminen sai Juisen vakuuttuneeksi, että tulevaisuudessa Bingon peluu tulee kuulumaan jokapäiväisiin rutiineihin Jahvalandiassa. Juisen kahvihammasta ei kolottanut, joten voitto saisi nyt jäädä seuraaviin kertoihin. Muutenkin Juise halusi tutustua muuhunkin laivan menoon, joten hän lopetti bingon peluun, hyvästeli eläkeläisen ja jatkoi matkaa.

Ilta oli jo pitkällä ja ravintolaan esiintymään tullut bändi oli vetänyt usean musiikkiesityksen. Väki oli päässyt juhlatunnelmaan ja tanssilava oli täynnä juhlijoita. Juise oli hiukan hämillään miten niin jäyhät ja jurottavat suomalaismiehet olivat nyt ihan eri ihmisiä. Lanteet ja kädet heiluivat musiikin tahtiin sellaisella vauhdilla, että Elvis ja tuulimyllyt kalpenisivat kateudesta. Ilta eteni vauhdikkaissa merkeissä suomalaisten matkustajien keskuudessa. Ruotsalaiset matkustajat olivat selkeästi hillitymmällä juhlamielellä. He pääsääntöisesti hyräilivät musiikin tahdissa pöydissä istuen ja jalkaa tahdin mukaan vipattaen. Juise ei ollut varma kumman kansakunnan tapa juhlia olisi parempi. Ehkä kyse ei ole siitä kumpi on parempi tapa, vaan se, että kaikki viihtyvät ja olivat onnellisia, Juise pohti asiaa filosofiselta kannalta. Juise itse juhli hillitymmin, olihan hänellä paljon nähtävää ja tehtävää Suomeen päästyään. Yö läheni ja musiikki vaimeni. Juise meni nukkumaan hyttiin valmistautuakseen aamuiseen satamaan tuloon. Varhain aamulla laivakuulutus kertoi satamaan saapumisesta. Juise heräsi ja siirtyi avaruusalukseen valmistelemaan Suomeen saapumista.

13. SUOMI

Jorma heräsi aamulla hyvin nukutun yön jälkeen. Edellisiltana hän oli ollut illanistujaisissa ystäviensä kanssa, mutta alkoholia oli nautittu hillitysti. Jääkaappi huusi lähes tyhjyyttä, joten Jorma lähti kauppahallia kohden. Ostoslistalla oli mm. viiriäisen munia, joista hän piti erityisesti. Halliin oli kertynyt jo melkoinen ihmismäärä tuoreiden vihannesten, leipien ja lihojen metsästykseen. Jorma puikkelehti notkein jaloin ihmisjoukkojen lomitse. Hän suunnisti tutun kauppiaan luokse tietäen, että saisi sieltä tuoreita ja maukkaita viiriäisen munia.

Päivä oli venynyt sen verran pitkälle ilman aamupalaa, että Jorma päätti istahtaa kauppahallin kahvioon nauttimaan kevyen ruokahetken. Kahviossa ei ollut erityistä ruuhkaa. Jorma nautti kahvikupposen. Viereisessä pöydässä istuva nuorehko mies tarkkaili Jorman tekemisiä silmä kovana.

- Olenko Euron velkaa sinulle, Jorma kysyi viekas hymy suupielessään.

Juise oli hyvin tietoinen, että Jorma oli valittu aikoinaan vuoden positiiviseksi henkilöksi. Tämä olisi hyvä tilaisuus kerätä tietoa positiivisuudesta ja onnellisuudesta. Jonkin verran hän oli joutunut tekemään töitä löytääkseen Jorman heti aamutuimaan. Kysymys yllätti kuitenkin Juisen täysin.

- Eeen minä usko ainakaan. Emme me ole tainneet tavat aiemmin, saati sitten rahoja lainaksi otettu puolin ja toisin, Juise vastasi Jorman leikilliseen kysymykseen.
- Ihmiset kyllä katsovat minua melko paljon, kun olen liikenteessä, mutta teidän tuijotus oli ennätyksellisen pitkä. Siksi heitin tuon leikillisen kommen-

tin eurosta. "Ei huono" tuo mun heitto, Jorma virnisti Juiselle.

"Ei huono" tosiaankaan. Tämä Jorman sanonta oli kiirinyt Jahvalandiaan ajat sitten ja pinttynyt myös Juisen aivojen syövereihin. Tuossa sanonnassa pitää olla jotain todella maagista ja positiivista tuumi Juise, varsinkin nyt kun hän kuuli tuon kuuluisan sanonnan ihan livenä.

- Joo, ei minulla ole tapana tuijottaa ihmisiä näin pitkään. Olen vaan koko elämäni ihannoinut teidän positiivisuutta ja onnellisuutta pursuavaa elämäntapaa.
- Kiitos tästä ihanasta huomionosoituksesta. Minulla on ollut tapana katsoa positiivisin silmälasein eteenpäin, vaikka elämä vastustelisikin välillä, Jorma vastasi.

Jorma pyysi Juisea istumaan pöytäänsä. Heille kehkeytyi hyvä keskusteluhetki. Elämää ja sen ylä- ja alamäkiä pohdittiin puolin ja toisin. Juise ammensi roppakaupalla tietoa positiivisesta elämäntavasta. Näillä tiedoilla tulisi olemaan Jahvalandiassa todella paljon käyttöä.

Suomi oli valittu monta vuotta putkeen maailman onnellisimmaksi maaksi. Tämä innosti Juise erityisesti. Nyt olisi mahtava tilaisuus löytää iso määrä onnellisuuden siemeniä vietäväksi Jahvalandiaan. Jorman tapaaminen oli onnistunut täydellisesti ja se entisestään kannusti uusiin onnen löydöksiin.

Juise oli löytänyt avaruusalukselleen mukavan rauhallisen parkkipaikan kahden kehätien välistä Haltialan aarnialueelta. Ainoastaan muutama aamuinen Vantaanjoen perhokalastaja oli ollut lähistöllä. Näkymätön kun alus oli, niin ei ollut mitään vaaraa tulla havaituksi.

Ensikosketus suomalaisiin oli tehty ja nyt oli aika jatkaa matkaa, sillä Suomi on laaja maa ja paljon nähtävää ja koettavaa. Jahvalandian tiedustelu oli aiemmin saanut paljon tietoa kuuluisasta suomalaisesta keksinnöstä, saunasta. Siinä tuntui oleva paljon mystiikkaa. Juisella oli tiedossa, että Rajaportin yleinen sauna Tampereella oli vanhin laatuaan.

Juise otti suunnan kohti Tamperetta. Eikä aikaakaan, kun kaupungin hieno maisema oli aluksen alapuolella. Kaupin metsiköistä löytyi sopiva laskeutumispaikka. Päivä ei ollut vielä kovinkaan pitkällä. Rajaportin sauna ei ollut vielä täysin käyttölämmössä, joten Juise päätti suunnata keskustaan kuluttamaan aikaa. Saapuessaan kaupunkiin hän oli nähnyt järven rannalla korkean tornin ja sen juurella olevia erikoisia laitteita, joihin Juise päätti mennä tutustumaan tarkemmin.

Alue vilisi nuoria iloisia ihmisenalkuja. Niemen kärki huokui iloisia ajatuksia ja tekoja. Ihmisillä näytti olevan muovinen ranneke kädessään, jolla tuntui pääsevän eri laitteisiin. Juise osti myös rannekkeen päästäkseen tuntemaan G-voimien väännön. Lippuluukulla hän kuuli, että paikka on huvipuisto. Nimikin jo viitaa siihen, että siellä on pakko olla jotain hauskaa: matkan tarkoitus oli ollut löytää hauskuutta tuovia asioita kotiplaneetalle, joten nyt hän tunsi olevan oikeassa paikassa. Jahvalandiassa ei ole vastaavia huvipuistoja, joten tästä voisi saada jotain hyödyllistä vietävää paluumatkalle. Jahvanauttikoulutusta varten tosin oli kehitetty vastaavanlaisia laitteita, joilla pystyi testaamaan tulevien jahvanauttien kykyä sietää äärimmäisiä voimia ja kiihtyvyyksiä.

Juise ei halunnut heti mennä hurjimpiin laitteisiin. Possujuna näytti sopivan rauhalliselta ensimmäiseksi laitteeksi. Jonoa ei ollut ollenkaan, joten hän hyppäsi pinkin possun kyytiin. Ihmisiä hieman huvitti, kun yli 30-vuotias mies körötteli possun kyydissä. Juisea nauraminen ei häirinnyt. Pikemminkin hän oli onnellinen huomatessaan antavan ilon aiheita kanssaihmisille. Possujuna puksutti sen verran verkkaiseen tahtiin, että Juise ei mennyt enää toista possukierrosta.

Nyt tulisi valita hieman nopeampaan tahtiin liikkuva laite, jotta pääsisi kunnon tunnelmaan. Koskiseikkailu kuulosti jännittävältä. Jonossa oli vain nainen ja lapsi. Kolmikko hyppäsi pyöreään koskilaitteeseen. Vesi pärskyi ja ilo oli ylimmillään. Lapsi kirkui. Yhtäkkiä äitikin alkoi myös kirkua.

- Apuaaa, nyt se alkaa, äiti kirkui kurkku suorana.
- Ollaanhan me menty jo jonkin matkaa, Juise kommentoi ihmetellen naisen myöhäistä heräämistä koskimatkan alkamiseen.
- Aaaapuuuaaa, nyt se tosiaan alkaa. Mulla tuli juuri lapsivedet.

Juise ihmetteli, miksi maassa nimitetään vettä lapseksi. Rakkaalla lapsellahan voi olla montakin nimeä, mutta ei kai vedellä ole olemassa mitään ikää, sehän syntyy kun happi ja vety yhdistyvät, Juise muisteli koulutusaikaansa.

- Ääh, tee perkele mies nyt jotain, mun pitää päästä nopeesti sairaalaan, muuten tää mun lapsi syntyy tähän pyörivään hökötykseen, nainen jatkoi kirkumista ja panikoimista.

Nyt Juiselle kirkastui, että nainenhan totta tosiaan on synnyttämässä ja ihan pikapuoliin. Jahvanauteille oli annettu perusteellinen ensiapu ja hätäkoulutus. Niinpä Juisella oli selkeä kuva mitä pitää tehdä ja minne mennä. Nyt ei auttanut muu, kun ottaa nainen ja lapsi kainaloon ja pikasiirtymällä lentää sairaalaan. Siirtymä tapahtui silmän räpäyksessä. Nainen luuli menettäneensä tajunnan vähäksi aikaa, koska oli niin nopeasti siirtynyt TAYSin Acutaan, ensiapuosastolle.

- Lapsivedet tulivat juuri äsken ja synnytys käynnistyy millä hetkellä tahansa, Juise kertasi sairaanhoitajalle.
- Kiitoksia, istukaa te odottamaan tuonne saliin, me viemme vaimonne synnytysosastolle.

Hoitajat singahtivat naisen kanssa synnytyssaliin eikä Juise ehtinyt korjata väärinkäsitystä. No, naisella ei tuntunut oleva muitakaan sukulaisia tai miestä mukana, joten Juise päätti jäädä huolehtimaan naisen toisesta lapsesta. Syntymistä sanotaan onnellisimmaksi hetkeksi vanhempien elämässä, joten tämä olisi hyvä tilaisuus saada selville mikä siitä tekee niin erikoisen onnellisen tapahtuman. Jahvalandiassa ei oltu enää pitkään aikaa synnytetty perinteisellä tavalla, joten tällaisesta onnen hetkestä planeetalla ei ollut mitään käsitystä. Siellä synnytys hoidetaan täysin keinotekoisesti. Miesten pitää toki saada purkkiin nesteensä, mutta neste voidaan skannata bittimuotoon ja lähettää sähköisessä muodossa laboratorioon hedelmöitystä varten. Naisten munasolu voidaan vastaavasti muodostaa suoraan heidän DNA:sta. Ei tarvitse kuin esimerkiksi sylkäistä purkkiin, josta munasolu-DNA:t siirtyvät bittimuodossa synnytyslaboratorioon. Nämä kaksi bittivirtaa yhdistämällä saadaan synnytys käyntiin. Laboratoriossa on keinokohtuja, joihin bittivirrat suunnataan. Sen jälkeen pariskunta odottaa muutaman kuukauden kunnes lapsi on kehittynyt. Sen jälkeen lapsen sai käydä noutamassa laboratoriosta. Maapallon ihmisten synnytysprosessi tuntui paljon mielenkiintoisemmalta ja jännittävämmältä.

- Mihin äiskä meni? Onko sillä kaikki hyvin, lapsi tiedusteli hädissään Juiselta.
- Joo, kyllä hänellä on kaikki hyvin. Äitisi alkoi synnyttämään, Juise selitti tytölle.
- Ootko sä joku enkeli tai silleen? Kyllä mä huomasin, että me lennettiin tänne tosi oudosti ja nopeesti, tyttö jatkoi keskustelu Juisen kanssa hieman rauhoituttuaan.
- Eeen? Eeenkeli? Eeen mä mikään enkeli ole. Se oli vaan sellainen minihelikopteri millä tultiin. Sä oot varmaan vaan nähnyt unta, kun järkytyit niin pal-

jon äitisi äkkinäisestä synnytyksen alkamisesta, Juise yritti selittää tytölle eriskummallisia tapahtumia.

Lapset ovat tunnetusti herkkiä näkemään tapahtumia mitä aikuiset eivät pysty näkemään. Tyttölapsi oli varma näkemästään, mutta Juise onnistui kääntämään puheen muihin aiheisiin.

- Onkos sinulla isäsi puhelinnumeroa, jotta voisimme soittaa äitisi synnyttämisen alkamisesta?
- Ei mulla oo isää, se lähti pois jo aikoja sitten. Voisitko sä alkaa mun isäksi, ainaki vähäksi aikaa kun äiti on synnyttämässä?
- No voin mä olla tässä odotushuoneessa ainakin sen aikaa, kun sun äitisi on synnyttänyt ja pääset sen tai muiden sukulaistesi hoitoon.

Siinä tyttö ja Juise istuivat odotushuoneen penkillä hiljaa tuijottaen vaaleanpunaista seinää. Kesti vajaa tunti, kun kätilö tuli heidän luokseen ja kertoi ilouutisen.

- Onneksi olkoon, teille on juuri syntynyt tyttölapsi. Voitte tulla tapaamaan vaimoanne ja uutta lastanne, kätilö hymyili iloisesti.

Juise ei halunnut selittää kätilölle sukujuuriaan vaan otti tytön kädestä kiinni ja lähti seuraamaan kätilöä. Vaimoke ja vastasyntynyt tyttölapsi oli siirretty vastasynnyttäneiden tarkkailuosastolle, koska synnytys oli ollut niin nopea. Lapsi oli hiukan alipainoinen. Kätilöt halusivat varmistaa, että äidillä ja vauvalla oli kaikki hyvin. Kätilö jätti perheen yksin huoneeseen ja poistui.

- Ihanaa äiskä, sä oot kunnossa!
- Joo, vähän on väsynyt, mutta onnellinen olo.
- Mutta kukas tuo mies sun mukana on?
- Se on mun väliaikainen iskä. Se lupas olla mun iskä ainakin tämän päivän.

Juise oli hieman vaivautuneen oloinen ja yritti keksiä hyvän tarinan ja olla järkyttämättä naista turhaan.

- Hyvää päivää. Nimeni on Juise. Toin teidät tänne sairaalaan synnytykseen. Olimme huvipuistossa siinä vesivempaimessa ja teidän lapsivedet tulivat kesken huviajelun. Tyttärenne oli yksin, joten jäin hänen kanssaan odotussaliin.

Nainen oli hiukan sekavassa tilassa vauhdikkaiden ja muistorikkaiden tapahtumien vuoksi. Hän hädin tuskin sai aluksi sanaa suustaan.

- Pä-päivää vaan. Nimeni on Maria ja hän on tyttäreni Peppi.
- Suurkiitoset, että toitte minut tänne sairaalaan ja huolehditte Pepistä, kiitokset totta tosiaan!

Maria oli väsynyt. Synnytys oli ollut raskas. Hänellä ei oikein meinannut ajatus luistaa. Kaikki kolme tuijottivat toisiaan ja olivat vaipuneina ajatuksiin. Maria katkaisi hiljaisuuden.

- Niin, Peppi kulta. Tässä on sinun uusi pikkusiskosi, Maria sai vihdoin ja viimein sanottua.
- Oi ku ihana pikkusisko. Mikä sen nimi on?
- No, päätetään se sitten vähän myöhemmin, kun ollaan vähän aikaa mietitty. Sanotaan häntä nyt vaikka väliaikaisesti tytteliksi.

Sairaalahuoltaja tuli huoneeseen ja katkaisi vaivautuneen hiljaisen tunnelman.

- Hyvää iltaa perheelle. Illan ruoka tuli juuri. Siinä on muutama ylimääräinen illallinen. Saisiko perheelle olla jotain syötävää?
- Niin, minähän ole vain Marian ystävä enkä aviomies. Minä taidankin jatkaa matkaa.

Maria, Peppi ja Juise hyvästelivät toisensa ja Juise poistui sairaalasta. Synnytysprosessi totta tosiaan oli erilainen ja mielenkiintoisempi verrattuna Jahvalandian arkiseen ja tekniseen

206

tapaan synnyttää. Juise ei heti kuitenkaan tiennyt mitkä asiat ja tavat voisi kopioida oman maansa synnytysrutiineihin. Tätä piti sulatella hieman enemmän. Ilta oli jo pitkällä ja Rajaportin saunakin oli jo sulkenut ovensa, joten saunominen piti siirtää seuraavaan päivään. Juise palasi alukselleen ja laittoi nukkumaan.

Kaupin metsä heräsi aamulla upeaan lintujen liverrykseen ja auringon sädekeilojen porautumiseen puiden latvoista maata kohden. Tuoksu oli aamun raikas. Juise oli oppinut maassa ollessaan ottamaan rennommin herätyksen suhteen. Välillä teki todella hyvää vain lökötellä avaruusaluksen pehmeässä sängyssä ilman minkäänlaisia suunnitelmia. Iltapäivä oli jo pitkällä, kun Juise heräsi. Sauna oli lämmennyt ja Juise suuntasi kohti Pispalan harjua. Saunojia oli saapunut jo muutama, mutta tilaa oli vielä mukavasti kassaneidin mukaan.

- Se olisi sitten 8 euroa. Saisiko olla myös vihta?

Vihta näytti melko pelottavalta. Silläkö pitäisi hakata itseään ja vielä kuumassa saunassa? Juise päätti kuitenkin ostaa myös vihdan, jotta saisi täydellisen kokemuksen kuuluisasta suomalaisesta saunasta.

Jonossa oli ollut selkeästi ammattilainen saunoja, josta Juise päätti ottaa mallia. Näin ei syntyisi kiusallisia tilanteita tietämättömyydestä mitä saisi ja ei saisi tehdä. Saunassa oli peseytymistilat lattiatasolla ja löylylauteet ylhäällä. Mies meni ensin pesemään itsensä ja kostuttamaan vihdan. Mies kaatoi pesuvatiin vettä ja kaatoi sen päälleen samalla hieroen itseään. Juise seurasi silmä kovana mitä mies teki. Peseminen hieman alkeellisissa olosuhteissa näytti aluksi hieman hankalalta, mutta Juise oppi nopeasti. Mies huomasi Juisen tuijotuksen.

- Taidat olla ensimmäistä kertaa yleisessä saunassa ku noin tarkkaan seuraat peseytymistäni. Kylä nääs on tosi tärkeetä pestä itsensä ennen ku menee lau-

207

teille. Pallit pyäritellään puhtaiks ja persvako myös. Näin lauteet ja istuinalusta pysyvät puhtaina, mies selitti Juiselle.

Juise otti oppia miehestä ja puhdisti itsensä ja kasteli vihdan. Portaat lauteille olivat melko jyrkät. Tilaa istua oli vielä muutamalle, joten Juise mahtui hyvin joukkoon. Aiemmin pessyt mies oli jo täydessä saunomisvauhdissa. Hän hakkasi itseään vihdalla selkään, rintaan ja jaloille. Toimenpide näytti melko väkivaltaiselta ja kivuliaalta. Juise kuitenkin rohkaisi itsensä ja alkoi vihtomaan myös.

- Ho, ho, ho! Kylä tuo su vihtominen näyttää enemmän vihdalla hinkkaamiselta ku kunnon vihtomiselta. Ihan ku yrittäis sivellä pullien päälle voita. Katoppa miten vihtaa käytetää oikeesti, mies opetti Juisea.

Mies otti vihdan käteensä ja alkoi hakata vimmatusti ruumistaan rytmikkäillä ja voimakkailla vihdan heilahduksilla. Mies innostui sen verran paljon, että iho alkoi jonkin verran punottamaan.

- Kas näin. AAAH, kylä tuntuu nääs hyvältä!

Juise seurasi perässä, vaikka miehen vihtominen näytti todella kivuliaalta. Jonkin aikaa vihdottuaan Juise huomasi, että vihtominen toikin mielihyvää eikä kipua. Hän innostui vihtomaan yhä vaan lisää ja kovempaa.

- Nonii, nyhän tuo alkaa näyttää ihan vihtomiselta eikä tyhjänpäiväseltä huitomiselta, mies kehui Juisen tyylipuhdasta vihdankäyttöä.

Välillä saunojat kävivät ulkona viilentämässä kehoaan. Sitten jälleen pestiin ja mentiin lauteille. Saunomisessa tuntui oleva jotain yliluonnollista ja mystistä. Tämä oli ehdottomasti Juisen tähänastisen maassaolon mystisin, mutta samalla miellyttävin kokemus. Oli selvää, että tulevina vuosina Jahvalandiassa tulisi olemaan sauna jokaisella asukkaalla, jos se vaan on

Juisesta kiinni. Juise hyvästeli saunakaverinsa, puki päälle ja käveli onnellisena avaruusalusta kohden tietäen kokeneensa yhden elämänsä mahtavimmista hetkistä.

Tampere oli syöpynyt Juisen aivoihin suurenmoisena kaupunkina. Nyt olisi kuitenkin aika jatkaa matkaa. Jahvalandian tiedustelu oli kerännyt jonkin verran ennakkotietoa Suomesta. Savon maakunta oli tiedustelun mukaan lupsakoita ihmisiä täynnä. Se voisi tarkoittaa, että sieltä voisi löytyä onnellisuuden ja positiivisuuden peruselementtejä. Juise käänsi avaruusaluksen nokan kohti Savon sydäntä. Ilta alkoi olla pitkällä. Torni ja hyppyrimäet näkyivät selkeästi kaupungin silhuetissa, kun Juise saapui perille. Kaupungin edustalla oli suuri joukko erikokoisia saaria, jonne Juise laskeutui ja laittoi itsensä yöpuulle.

TUUUT, TUUUT, TUUUT. Juise heräsi kovaan torven törinään. S/S Lokki höyrylaiva puksutti saaren ohi. Tällaista ääntä hän ei ollut kuullut aiemmin, joten herätys oli pikainen. Alus ei näyttänyt vaaralliselta, joten Juise köllähti takaisin sänkyyn ja torkkui vielä muutaman hetken. Aamupäivä oli sen verran upea, että Juise ei viitsinyt köllötellä turhan pitkää aikaa aluksessa. Kaupunki tuntui myös olevan kiinnostavan oloinen ja hän paloi halusta tavata ensimmäinen lupsakka ihminen. Juisella ei ollut tieto minkälainen on lupsakka ihminen, joten piti lähteä etsimään tätä ihmistyyppiä sokkona ja toivoa törmäävänsä sellaiseen ennemmin tai myöhemmin.

Tori tuntui olevan erinomainen paikka yrittää paikallistaa tätä niin kuuluisaa, mutta vielä niin mystistä ihmistyyppiä. Juise oli tykästynyt maapallolla ollessaan päälle kolmikymppiseen ihmistyyppiin, joten tällaiseksi hän oli nytkin muuntautunut. Hän istahti torin keskelle laitetun penkkiriviston päätypenkkiin. Ihmisiä kulki ohi vilinällä. Osa oli menossa kauppahalliin, osa muuten vain vaelteli torilla, osalla oli mielessä

209

aamupala. Ohimenevistä ihmisistä ei voinut millä tunnistaa olisiko joku heistä lupsakka vai ei. Turhaa istumista olisi voinut jatkua pidempäänkin. Viereen istuutui vanhahko mies. Hän oli selkeästi kokenut paljon jo iänkin puolesta. Kasvoihin oli piirtynyt paljon ryppyjä ja hiukset olivat mukavasti harmaantuneet. Ehkä mies osaisi antaa vinkkiä minkälainen on lupsakka ihminen ja mistä heitä löytyisi.

- Hyvää päivää. Kylläpä on kaunis päivä, Juise aloitti keskustelun.
- Hyvvee päevää vuan. Aarinko se vua jaksoo paestoo het aamust, mies vastasi ystävällisesti.

Juise oli koulutuksen aikana opetellut myös suomenkielen, mutta nyt tuli sen verran erikoisella tavalla lausuttua suomea, että Juisen piti oikein pinnistellä ymmärtääkseen mitä mies puhui hänelle.

- Niin joo, aarinko, aarinkopa hyvinkin, Juise toisti ja huomasi heti, että aurinkoahan hän tarkoitti.
- Olen tullut tänne Kuopioon lomailemaan. Yritän etsiä täältä lupsakoita ihmisiä, Juise meni heti suoraan asiaan.
- Ho-ho-ho-ho ..!!

Mies alkoi nauraa eikä tuntunut saada naurua loppumaan, sen verran huvittava Juisen kommentti oli.

- Vae et lupsakkoo immeistä työ etittä täält. Tehän se taeatte melekosen lupsakka immeinen olla, mies kommentoi ja jatkoi nauramistaan.
- Ai että minäkö olen lupsakka, Juise toisti hieman hämillään.

Juise oli istunut pitkän tovin penkillä lupsakkaa ihmistä etsin ja nyt hän kuuli olevansa itse lupsakka. Tämä ei auttanut Juisea yhtään, pikemminkin hankaloitti entisestään. Hänhän oli ihan tavallinen jahvanautti. Miten hän voisi olla lupsakka?

Eihän tässä auttanut muu kuin alkaa kyselemään ihan suoraan minkälainen se lupsakka oikein on.

- Voe sie nuar mies. Halluut sie tietää minkälaene se lupsakko oikeen on. No sehä on tos haaska ja naaraa tos paljo.

Nyt Juise meni täysin ymmälle. Vai että lupsakka on haaska ja naaraa paljon. Tuohan kuulostaa toisaalta ihan kuolleelta eläimen ruholta, mutta kuitenkin elävältä, joka naaraa kuolleita vedenpohjasta. Tuo ei kyllä käynyt yhtään järkeen. Miten voisi olla sekä kuollut että samalla kuolleiden etsijä? Mies oli sen verran vanha, että Juise päätteli hänen olevan jo hieman vanhuuden höperö, eikä jatkanut keskustelua miehen kanssa sen enempää. Juisella alkoi olla hiukan nälkä. Torilla oli Partasen ruokakoju, jossa mainostettiin kalakukkoja.

- Päivää, voisin ostaa yhden kalakukon kiitos.
- Saisiko olla ahven- vai muikkukukko, myyjä tiedusteli.
- Muikkukukko kuulostaa hyvältä. Voisin ottaa sellaisen.

Tori oli nyt vähäksi aikaa nähty ja Juise lähti kävelemään satamaa kohden kalakukko kainalossa. Kukon voisi syödä satamassa laivaliikennettä seuraten. Hän istahti sataman penkille ja otti kukon käsiinsä. Nyt hän vasta huomasi, että kalakukko on melko suuri. Mitenkä tällaista suurta kiven näköistä möhkälettä oikein syötäisiin. Hän koputteli kukon pintaa ja se tuntui ontolta. Ensimmäinen puraisu kukon kylkeen valutti herkullisen tuoksuisia muikkuja kukon sisältä ulos. Muutama muikku tipahti maahan.

- Sun kannattaisi pyytää tuosta satamaravintolasta lautanen, haarukka ja veitsi. Ne voisivat helpottaa tuon suuren kukon syömistä. Kannattaa ehkä myös ostaa jotain juotavaa. Noi kukot ovat aika kuivia ainakin pinnaltaan, joten sulla voi tulla jano, vieressä istunut nuori nainen alkoi opastaa avutonta kukonsyöjää.

- Kiitos vinkistä. Ompas helpottavaa tavata joku, kenen kieltä ymmärtää paremmin.
- Joo, tämä Savon murre on välillä aika hankalaa ymmärtää. Minäkin tulen Tampereelta. Olin siellä jonkin aikaa Salibandyä pelaamassa. Nyt elämä on tuonut minut tänne Savon sydänmaille. Mutta en ole vielä oppinut Savon kieltä ja en varmaan haluakkaan oppia täysin, nainen virnisti Juiselle ystävällisesti.

Juise haki kahdet haarukat, veitset ja pari kertakäyttölautasta. Hän tarjosi naiselle palan kalakukkoa. Siinä he söivät iloisesti jutellen suomalaisesta ja savolaisesta elämänmenosta. Juise tuntui viihtyvän todella hyvin naisen seurassa.

- Sen olen oppinut savolaisista ja savolaisesta elämänmenosta, että he ovat lupsakoita ihmisiä: hauskoja, iloisia ja paljon nauravia pilke silmäkulmassa eläviä positiivisia ihmisiä, nainen kertoi kokemuksiaan Savon kansasta.
- Tosin kyllä he osaavat olla myös hieman jäyhiä. Varsinkin kun huumori kohdistuu heitä itseään kohtaan, niin lupsakkuus tuntuu siinä vaiheessa häviävän heiltä.

Juise alkoi päästä jyvälle tämän maakunnan erityispiirteistä ja myös mitä lupsakkuus on. Niistä voisi jopa viedä joitakin ominaisuuksia Jahvalandiaan. Kyllä hänen kotiplaneetalleen varmaan johonkin kolkkaan mahtuu muutama savolaisen mielenlaadun omaava jahvalandialainen, Juise tuumi itsekseen. Juise oli ollut Kuopiossa vai lyhyen hetken, mutta saanut rutkasti kotiin vietävää omalle planeetalle. Aika maapallolla alkoi käydä vähiin. Avaruusaluksessa oli tietty määrä energiaa. Akkuja tulisi myös vielä ladata paluumatkaa varten. Ne saisi ladattua parhaiten auringon valolla. Tähän vuodenaikaan paras paikka ladata on Pohjois-Suomi, jossa on vielä yötön yö. Juise hyvästeli kuopiolaistuneen ex-salibandypelaajan ja suuntasi kohti alusta.

Aluksen lähellä ei ollut käynyt kuin muutama pikkulintu, sen hän pystyi tarkistamaan aluksen turvasensoreista. Juise käynnisti aluksen ja suuntasi keulan kohti pohjoista. Aluksen latauspaikka oli valittu jo hyvissä ajoin matkan suunnitteluvaiheessa. Saana -tunturissa on selkeä ja leveä laki, joka on erinomainen sekä aluksen lähtökiihdytykseen että akkujen lataukseen. Ei mennyt kuin hetki, niin Juise oli Saanan laella. Tuntui hyvältä päästä levähtämään rauhallisempaan ympäristöön pois kaupungin kiihkeämmästä menosta. Aluksen akkujen latautuminen täyteen iskuun tulisi vaatimaan vähintään kolmen päivän auringon paisteen. Juise oli ottanut selvää, miten hän saisi vietettyä aikaa käsivarren Lapissa ainakin nuo kolme päivää. Jopa Jahvalandiaan asti oli kiirinyt tieto Äijä -koirasta. Nyt olisi erinomainen tilaisuus kohdata ja tutustua tuohon niin paljon positiivisuutta ja iloa tarjoavaan suomenlapinkoiraan.

Äijä-koira oli nähnyt paljon elämää. Juisen pitäisi kehittää rooli ja hahmo, joka saisi Äijän mielenkiinnon heräämään. Näin tulisi hyvä tilaisuus kerätä tietoa, mitkä asiat ovat luoneet tuon niin mahtavan Äijä-koira kultin ja palvonnan. Helsinkiläinen mäyräkoiranarttu oli Juisen valinta. Tällä hahmolla hän tulisi saamaan Äijän sydämen sulamaan ja vapauttamaan sanaiset haukuntakielet. Jahvalandian tiedustelu oli seurannut Äijän liikkeitä jo hyvän aikaa, joten Juisella oli tarkka tieto missä Äijä ja hänen isäntänsä Aki olivat juuri tällä hetkellä.

Lätäsenon Isokurkkion lähistöllä Äijä ja Aki olivat pystyttäneet leirin ja suurehkon kotateltan. Äijä lökötteli teltan vieressä auringon paisteessa. Välillä se heilautteli häntäänsä häätääkseen ympärillä pörräävät sääsket hieman kauemmaksi. Liike oli turha, koska heti tuli uusi inisiäparvi turkkiin kiinni. Tärkeämpää oli pitää nenänpää ja silmät turvassa pyöräyttämällä tassulla kuonon yli aika-ajoin. Äijä oli jo tottunut kesäiseen sääsken ininään ja pörräykseen, joten melko rennosti se pystyi harjoittamaan koiranunta. Aki oli innokas perhokalastaja, joten hän seisoi perhovapa kädessään leirin edessä virtaavan kosken miedossa virrassa.

- Äijäää!! Hei Äijä, kato miten hieno harri tuli tällä juuri sitomallani koskikorennon pintaperholla, Aki jutteli koiransa kanssa.

Äijä ei viitsinyt nousta ja kävellä kosken rantaan. Harreja oli tullut sen verran paljon, että kyseinen tieto harrista ei oikein jaksanut Äijää enää juurikaan kiinnostaa. Aki oli kalastanut jo hyvän tovin ja saanut muutaman hienon hopeakylkisen. Yhden vajaa kiloisen hän oli ottanut, muut hän oli vapauttanut varovaisesti jatkamaan elämää ja sukua.

- Katoppa Äijä kuinka komean harrin otin meille ruuaksi. Nyt se pitää verestää, perkata ja suolata, niin saadaan siitä mahtava ateria. Äijä, mitä mieltä oo tästä kalasta, Äijä!? Hei Äijä, älä nyt nuku koko päivää.

- *Ei perhana tuota Akia, ei tuota lässytystä oikein aina jaksa, varsinkin kun on näin lämmin ja ihana päivä,* Äijä mietiskeli itsekseen ja loi hieman välinpitämättömän katseen isäntäänsä.

Aki oli kokenut eränkävijä ja kalastaja. Harrin perkaaminen sujui varmoin ottein. Tarkoitus oli paistaa siitä voipannulla mehevä päivällinen. Eli harri piti aluksi suomustaa, sitten suolistaa ja sen jälkeen fileerausveitsellä pään takaa varmoin ottein kääntää fileerausveitsi ruotoa pitkin taaksepäin. Näin hän sai hyvät fileet talteen. Lopuksi hän otti vielä vatsalaukkuruodot pois fileerausveitsellä.

- Kato Äijä, kun tuli upeat fileet, kato Äijä!
- *Kyllä tuo Aki on ihan mukava isäntä, mutta välillä tuo sen yli-intoinen puhuminen käy hermoille,* Äijäkoira mietiskeli ja huokaili syvään.

Aki laittoi harri -fileet lämpimään pirisevään paistinpannuun. Yhden osan hän oli leikannut Äijäkoiralle, jossa oli suolaa vain vähän. Perunat olivat olleet jo jonkin aikaa tulella. Äijä ja Aki nauttivat aterian ja laittoivat sen jälkeen nokosille. Juise oli tarkkaillut Äijän ja Akin touhuja vähän matkan päästä ja oli saanut jo melko hyvä kuvan heistä molemmista. Parivaljakko otti melko pitkät nokoset. Äijä nousi ylös aiemmin ja meni vähän matkan päähän leiristä pienille tarpeilleen. Juuri kun se oli nostanut takajalkansa vaivaiskoivun kylkeen, siro eteläsuomalainen mäyräkoiranarttu saapui paikalla. Äijä laski nopeasti jalkansa alas ja katsoi hiukan hämmentyneenä vierasta tulijaa.

- Vuh, Vuh, moi vaan! Olen tässä aamulenkillä. Mukava törmätä lajitovereihin. Olen Mimmi, Juise esitteli itsensä Äijälle.

Äijä ei saanut hämmennyksen vallitessa aluksi haukkua suusta. Vähitellen uteliaisuus voitti ja Äijä alkoi tehdä lähempää tuttavuutta. Äijä työnsi nenänsä Mimmin takapäätä kohden ottaen selvää kuka tulija mahtoi olla. Mimmi käänsi nopeasti peräpäänsä pois Äijän nenän edestä ja otti muutaman askeleen taaksepäin. Juise oli hieman hämillään, miksi Äijä lähestyi häntä tällä tavalla. Olisi aika eriskummallista, jos ihmisetkin reagoisivat tällä tavalla ensitapaamisessa: mies työntäisi nenänsä naisen takapuolta kohden ja alkaisi nuuskia ja puhua peräpäälle. No, ilmeisesti tämä oli jokin koirien tapa tutustua toisiinsa ja sitä ei varmaankaan voi verrata ihmisten tapoihin ja tottumuksiin, Juise mietiskeli.

- Vuh, Vuh!? Anteeksi jos olin liian tungetteleva ja ystävällinen. Tällainen tapa meillä täällä pohjoises-

215

sa on tervehtiä ja tutustua, Äijä pahoitteli Mimmille ja esitteli nimensä.

- Vuh. Ei se mitään. Mä tuun Helsingistä ja meillä voi olla hieman erilaiset tutustumistavat. Mutta ihan mukavaltahan tuo sinunkin tervehtiminen tuntui, Mimmi yritti keventää ilmapiiriä.

- Mitenkäs noin siro ja pienijalkainen neitokainen pystyy kulkemaan tuossa jumalattomassa vaivaiskoivuvarvikossa? Onko leirinne kovinkin kaukana, Äijä tiedusteli.

Juise ei ollut tajunnut ottaa huomioon valitsemansa koirarodun puutteita vaivalloisessa maastossa kulkemiseen. Äijä tuntui olevan välkky koira, joten jotain hyvää selitystä pitäisi yrittää keksiä.

- Vuh. Joo, oon kävellyt koko aamupäivän. Noita poronpolkuja tuntuu menevän sinne ja tänne. Niitä pitkin pystyy hyvin kävelemään. Meillä on leiri pystytetty tuonne ylävirtaan päin vajaan 5 kilometrin päähän.

Äijä oli sen verran mukavuudenhaluinen, että sille ei tullut mieleenkään lähteä vastavierailulle Mimmin leiriin. Juisen peitetarina puri täydellisesti. Alun nihkeiden tutustumis- ja lähestymisyritysten jälkeen kanssakäyminen pariskunnalla alkoi sujua paremmin. Juise alkoi ymmärtää minkälaista elämä täällä syrjäseudulla on. Mitä enemmän he keskustelivat, sitä vakuuttuneemmaksi Juise tuli, että alue loi loistavat puitteet onnelliseen elämään.

- Vuh. Elämä täällä takamailla on rentoa verrattuna kaupungin vilinään. Ei tarvi välittää mitä tekee ja missä tekee. Voi esimerkiksi paskantaa mihin ja milloin tahansa. Eteläsuomessa pitää olla tosi tarkka, minne kökkäreet pudottaa. Jos pudottaa väärään paikkaan tai nostaa jalan väärässä paikassa, niin heti on kymmenen etelän vetelää ihmistä torumassa minua ja isäntää, Äijä vuodatti ajatuksiaan Mimmille.

Äijä tuntui osuvan asian ytimeen, Juise mietti. Totta tosiaankin, nyt on tainnut löytyä elämän onnellisuuden lähteistä niitä ydinasioita! Vapaus paskantaa ja virtsata miten ja missä haluaa. Tämän Juise pystyi itsekin todentamaan koirana ollessaan keskellä erämaata. On tosi vapauttavaa tehdä ihan mitä itse haluaa ilman pienintäkään pelkoa, että joku tulisi arvostelemaan. Tämä oli ehdoton juttu, mikä pitäisi viedä tuliaisena Jahvalandiaan, muodossa tai toisessa.

Mimmi ja Äijä olisi voineet jutella ja telmiä varvikossa ja poron poluilla vaikka useamman päivän putkeen. Akin kaukaa kuulunut Äijän kutsuminen katkaisi kuitenkin pariskunnan ilakoinnin. Lyhyiden hyvästelyjen jälkeen he lähtivät eri suuntiin. Juise palasi takaisin alukselleen ja pötkähti levähtämään vaipuen päivän tapahtumiin. Ilta oli vierähtänyt jo yötä kohden. Aurinko paistoi vielä horisontissa, joka hämäsi Juisea nukkumaanmenoajasta. Jonkin aikaa mietittyään hän vaipui uneen.

Käkäkäkäkä, kopeu-kopeu-kopeu. Juise heräsi aamulla riekkojen käkätykseen. Tähän äännähdykseen oli hyvä herätä. Vielä olisi jonkin aikaa, kunnes akut olisivat täysin latautuneet ja voisi aloittaa lähtövalmistelut. Aamupalan syötyään Juise käynnisti testimielessä hyperavaruusmoottorin, jotta voisi varmistua sen toimivuudesta. Alus sanoi put, put, put, köh. Nyt oli jotain vikaa tuossa niin harvoin käytössä olevassa moottorissa. Kyseinen moottori ja siihen liittyvä voimansiirto ja elektroniikkaosat olivat melko alkeellisia. Juise oli käynyt melko kattavan avaruusaluksen huolto- ja korjauskurssin. Juiselta meni koko aamupäivä moottorin purkamiseen ja vian paikallistamiseen. Näyttäisi siltä, että voimansiirtoon tarkoitettu elektroniikkapiiri ei jostain syystä toiminut. Nyt olisi hyvät neuvot tarpeen, sillä Juisella ei ollut varaosaa. Kloonaaminenkaan ei nyt onnistunut, koska tuloksena saisi vain toisen viallisen osan. Muu ei auttanut, kuin lähteä Kilpisjärven kylille tiedustelemaan, josko joku taitava mekaanikko löytyisi lähistöltä. Osa oli kuitenkin lähes samanlainen mitä maapallollakin käytetään, joten hyvällä tuurilla voisi apua löytyä.

Kilpis-Hallin pihalla oli istuinpenkkejä, joissa notkui paikallisia hieman varttuneempia miehiä seuraamassa ja laskemassa liikennettä. Jahvalandian tiedustelun mukaan tällaiset pikkukylien äijäkeskittymät maanteiden varrella – varsinkin huoltoasemien baarien terasseilla – olivat oivallisia paikkoja kerätä tietoa. Jos sieltä ei saanut jotain paikkakuntakohtaista tietoa, niin sitten ei mistään. Juise liittyi vanhojen herrasmiesten seuraan.

- Päivää, saako liittyä seuraan?
- Ka, jo tokkiinsa. Met täsä vaan keskustellaan päivän säästä, yksi miehistä vastasi.

Miehet jatkoivat keskustelua keskenään eivätkä velvoittaneet Juisea osallistumaan keskusteluun. Välillä miehet pysähtyivät katsomaa satunnaista ohikulkijaa tiiviisti tuijottaen. Sen jälkeen henkilöstä vaihdettiin muutama mielipide, jos hänessä oli jotain kommentoitavaa. Useasti ohikulkijaa seurattiin vain ilman kommentteja.

- On net noin norjalaiset kovia kuskaan tuota lohta. Tiet ovat täälä niin kappeet, että ei oo ihime että noita rekkoja välilä mennee ojaan, eräs miehistä tiesi kertoa.

Juise tarttui tähän kohtaa keskustelua saaden näin oivan aasinsillan.

- Niin, onkos täällä paikkakunnalla kulkuneuvomekaanikkoja, jos tuollainen rekkakin esimerkiksi menisi rikki?

- Voi kuule poika. Meth täällä emmä omista mekaanikkoja. Lähin pätevä korjausmaakari löytyy Muoniosta. Se on se Pasman poika aika epeli. Kerranki se hajotti errään turistin Hondha Civikin ihan osiin, ku ei tahtonut löytää vikkaa siitä. No, päivän se sitä purki ja toisen päivän kokos ja vika löyty ja korjaantu. Ja ei se ottanut siitä työstäkään ku muutaman lantin, mies tiesi kertoa.

Nyt Juise oli saanut oivallisen vinkin huippumekaanikosta. Avaruusaluksesta Juise otti voimansiirtoelektroniikkapiirin ja singahti Muonioon. Pasman korjaamo löytyi helposti, sen verran pieni kyläkeskusta oli.

- Päivää, oletteko te herra Pasma?
- No ite Pasmapa hyvinki. Mitäs asiaa miehelä on?

Juise oli onnessaan, että herra Pasma oli paikalla. Oli kuitenkin lomasesonki, joten huonolla tuurilla päämekaanikko olisi voinut olla lomalla ja tavoittamattomissa.

- No kun minulla on tällainen ajoneuvon osa, joka ei toimi. Olen kuullut huhuja, että te voisitte paikallistaa vian laitteesta kuin laitteesta.

Pasmalla hymy vain leveni. Toki hän tiesi olevansa hyvä mekaanikko, mutta että sana olisi kiirinyt niinkin laajalle, että häntä tituleerattiin jo kaikkien laitteiden korjaajaksi.

- Noo, onhan noita laitteita tullu korjattua, jos jonkhinmoisia. Hmm, tämä osa ei ainakhaan kuulu Tojotale, Mersule eikä Hondhalle. Mikäs tää vempain oikhein onkaan? Aika pähkinän tet tähän mun pöyäle nyt heitittä, Pasma pohti ääneen.

Juiselle ei ollut tullut mieleen, että tällainen maapallon ulkopuolelta tuleva osa voisi herättää epäilyksiä, vaikkakin osa oli tehty lähes samoilla teknologioilla mitä maapallolla käytetään. Jälleen Juisen piti yrittää säveltää hyvä peitetarina.

219

- Niin, meillähän on täällä Muoniossa tosiaan autojen testausrata ja tiloja. Tämä osa kuuluu kahden vuoden päästä tuotantoon tulevaan Audiin. Meidän mekaanikot ovat paraikaa kaikki lomalla Saksassa. Tämä osa pitäisi nyt kuitenkin yrittää saada kuntoon, että pääsisimme ajamaan kesäkokeita, Juise kehitteli tarinaa.

- Ai, no oonhan mie kuullukki noista tejän salasista rojekteista. Katotaampa sitten mitä tää osa on syöny.

- Öö, se ei ole biologinen laite, kyllä se toimii ihan sähkövirralla, Juise selitti.

- Ho-ho-ho. Joo, kylläpä teilä Audiukkeleila on hyvät vitsit, Pasma nauro ja alkoi tutkia osaa.

Pasma otti osan ja alkoi haarukoida virtapiiripuikoilla missä virtaa kulki ja missä ei. Juise seurasi työtä ihan mekaanikkoon kiinni painautuneena ja nenä laitteessa kiinni samoin kuin Pasmalla. Pasma nosti päänsä ja katsoi Juiseen.

- Kuuleppa Audimies. Mulla mennee Pasmat iha sekasi, ku sä kyttäät siinä iha ihola. Ho-ho-hooo!!
Tää on mun vakiovitsi asiakkaille, Pasma nauroi katketakseen.

- Met tehemä nyt niin, että te meette tuonne pirttiin. Mun vaimo keittää teille sumpit. Kutun teät sitte tänne takasi ku oon löytänyt vian tästä.

Vaikka Pasma puhui hiukan oudolla murteella, Juise kuitenkin ymmärsi, että lisäsilmäparia ei kaivattu, vaan hänen tulisi siirtyä kahvinjuontiin. Mekaanikko oli erikoistunut sähkö- ja piirilevylaitteiden korjauksiin ja uskoi, että löytäisi vian hyvinkin nopeasti. Juise liittyi Pasman vaimon seuraan, jolla oli pöönäkahvit jo tulella. Juise sai ensikertaa maistaa oikeaan pannuun keitettyä vahvaa kahvia. Suomalaiset ovat kuuluja kahvikansaa. Tämä perinteinen kahvinkeittotapa ei löydä ver-

220

toja maapallon muista kahvikulttuureista. Juise maistoi kahvia. Kylmät ja kuumat väreet menivät halki kehon. Tunne oli sanoin kuvaamaton. Juise tiedusteli naiselta tarkasti, miten kahvi valmistettaisiin. Jahvalandian kahvi nautittiin kapselina. Tämä uusi kahvinjuontitapa tulisi ehdottomasti lyömään läpi Jahvalandiassa. Resepti, Kahvin DNA ja valmistustapa pitäisi dokumentoida hyvin. Juisella oli menossa jo kolmas kahvikupillinen. Pasma huusi pihan poikki Juiselle työn valmistuneen.

- Audimies, tulukaathan nyt tänne. Tää homma alakaa seleviämhään.

Juise joi nopeasti kolmannen kuppinsa tyhjäksi, kiitti rouvaa ja juoksi pihan poikki huoltamon puolelle.

- Katohan Audimies tätä osaa tällä suurennuslasila. Tuossa keskelä piiriä oli selekeä kylymäjuotos. Laitoin siihen pari tippaa tinaa ja nyt tää piiri toihmii ku juna vessa, Pasma selitti vikaa ja korjausta innon vallassa.

Totta tosiaan Pasma oli tehnyt upeaa työtä ja saanut avaruusaluksen yhden tärkeimmistä piirilevyistä toimimaan. Juise oli jo alkanut pelätä, että hänen paluumatkansa olisi peruuntunut kokonaan tai ainakin viivästynyt huomattavasti.

- Perhana sentään Pasma. Tehän olette ihan universaalisen taitava mekaanikko. Ei varmaan ole laitetta tai piirilevyä mitä te ette pystyisi korjaamaan, Juise ylisti supermekaanikkoa.

- Nooh, eihä tuo ollu mithään rakettitiedettä, Pasma vähätteli tekosiaan.

Juise säikähti. Olikohan tuo ovela Pasma sittenkin ymmärtänyt, että osa ei ollut mistään Audista vaan avaruusaluksesta. Vai mistähän se oli tuon rakettitiede-kommentin kehittänyt, Juise pohti hieman huolissaan. Pasma ei kuitenkaan osoittanut mitään muita elkeitä tai kommentteja, joiden perusteella voisi luulla paljastumisen tapahtuneen.

- Joo, ei me mitään raketteja kehitellä tuolla autojen koetestialueella, Juise vielä varmisti asian.
- Paljonkos se tekisi sitten tuo korjaus?
- Nooh, eihä tuo ollut juuri mithän. Ihan heleppohan toi oli korjata. Sanotaa nyt vaikka jottai kolokytä euroa. Oisko se liikaa?

Juise ei voinut käsittää, että korjaus maksoi noin vähän. Jahvalandiassa jos vastaava vika korjattaisiin ja kustannusten hinta suhteutettaisiin euroihin, niin hinnaksi tulisi vähintäänkin 1-2 miljoonaa euroa. Juise antoi hyvän miehen lisää ja ojensi Pasmalle 100 euron setelin. Pasma kiitti hymyillen ja Juise jatkoi matkaa.

Juise singahti takaisin käsivarteen aluksensa luokse. Moottori hurahti heti käyntiin tasaisesti hyrräten, kun korjattu osa oli laitettu paikalleen. Juise istahti aluksen ohjauspenkille. Hänellä tuli hiukan haikea olo. Kohta kotimatka Jahvalandiaan olisi tosiasia.

14. PALUU

Oli koittanut se aamu, jota Juise oli odottanut ehkä haikein mielin. Lastiruumasta tulisi tarkastaa, että kaikki esineet oli pakattu hyvin, ja että ne eivät alkaisi liikkua matkan aikana. Moottorit toimivat moitteettomasti. Pasma oli tehnyt hyvää työtä. Keli Saanan yllä oli ollut poutainen koko ajan, joten akut olivat piripinnassa energiaa paluumatkaa varten. Juise kävi vielä viimeisen jaloittelun kiertäen Saanan tunturinlaen ympäri. Kuluisi monta valovuotta, kunnes hän pääsisi jälleen jaloittelemaan avaruusaluksen ulkopuolella.

Juise oli valmis käynnistämään moottorit ja asentamaan navigaattorin kohti Jahvalandian planeettaa. Alus lipui hiljaa ja tasaisesti ylöspäin. Saana, Suomi ja Maapallo loittonivat, kun alus poistu ilmakehästä. Ennen kuin alus menisi hypervauhtiin ja Juise laittaisi nukkumaan, hänen mielessään pyöri suuri määrä asioita: mitä oli tullut löydettyä ja koettua maapallolla? Mitkä asiat tekevät maapallon asukkaista onnellisia? Ruumaan oli varmaan kertynyt paljon hömppääkin, mutta varmaan myös arvokkaita asioita, joista jahvalandialaiset voivat ammentaa iloa, onnea ja positiivisuutta. Luonto ja sen puhtaus oli ehdottomasti yksi tärkeimmistä asioista, mistä maapallolla ammennetaan onnea ja iloa, siitä Juise oli varma. Näytti myös selkeästi siltä, että maan asukkaat saavat voimaa muista kanssaihmisistä, niin vapaa-ajalla kuin työtä tehdessään. Nämä kaikki asiat olivat päässeet unohtumaan Jahvalandiassa. Kehitys oli mennyt sellaista vauhtia eteenpäin, että Jahvalandian asukkaille ei ollut jäänyt juuri mitään tehtävää. Lisääntynyt vapaa-aika ei ollutkaan tuonut Jahvalandiassa onnellisuutta vaan päinvastoin: masentuneisuutta ja kyllästymistä harmaaseen elämään.

Eräs asia, mitä Juise ei ollut ehtinyt miettiä maapallolla oloaikanaan, oli keskimääräinen ihmisen ikä maapallolla ja Jahvalandiassa. Maapallolla ihmiset elävät maksimissaan vähän yli 100-vuotiaiksi. Jahvalandiassa voidaan elää jopa useampi tuhat vuotta teknologian ansiosta. Tuoko pitkä elämä onnellisuutta? Vai onko onnellisempaa elää lyhyemmän aikaa, mutta täyteläisempää elämää? Juise ei ollut mikään järin suuri filosofi. Tämä ajatus tuli kuitenkin hänelle väistämättä mieleen seurattuaan maapallon asukkaiden suhteellisen lyhyttä, mutta onnellista elämää. Tokihan maapallollakin oli onnettomia ja masennuksessa eläviä ihmisiä, mutta Jahvalandiassa heitä oli suurin osa. Tosiasiahan tuntui olevan myös se, että elämässä pitäisi olla sekä ylä- että alamäkeä. Jos ei ole välillä surua, niin ei voi olla iloakaan.

Sininen piste pieneni pienenemistään ja lopuksi katosi avaruuden pimeyteen. Juise oli matkalla kotiin ja laittoi nukkumaan onnellisena tietäen, että matka oli ollut onnistunut. Uni otti vallan Juisesta ja hän vaipui syvempään ja syvempään uneen, kunnes nukahti täysin. Pitkä matka kohti Jahvalandiaa oli alkanut.